bibliolycée

Celle qui m'aime
et autres nouvelles

Zola

Notes, questionnaires et synthèses
par Isabelle de LISLE,
agrégée de Lettres modernes,
professeur en lycée

Crédits photographiques
pp. 4, 5, 8, 25, 33, 35 : photos Photothèque Hachette. **p. 9 :** Zola à son bureau par Fernand Desmoulins, photo Photothèque Hachette. **p. 41 :** photo Rue des Archives/BCA. **pp. 43, 55, 60, 62, 63 :** Vérascopes Richard, photos Photothèque Hachette. **p. 49 :** peinture d'Henriette Ronner (1895), photo Photothèque Hachette. **p. 68 :** photo Photothèque Hachette. **p. 70 :** photo BNF, Paris. **p. 71 :** Vue de Marseille, depuis la mer, Vérascopes Richard, photo Photothèque Hachette. **p. 84 :** Naïs et Frédéric s'embrassant sur la terrasse, illustration de Maurice Toussaint pour l'édition de Naïs Micoulin publiée par Calmann-Lévy en 1911, photo BNF, Paris. **p. 105 :** le pont des Saints-Pères et le Louvre, à Paris, photo Photothèque Hachette. **p. 115 :** photo BNF, Paris. **p. 135 :** Flavie refusant à son mari d'entrer dans sa chambre, illustration de Maurice Toussaint pour l'édition de Nantas publiée par Calmann-Lévy en 1911, photo BNF, Paris. **pp. 140, 170, 173 :** Rembrandt, *Résurrection de Lazare*, 1632, photo Photothèque Hachette. **p. 172 :** Rembrandt, photo Photothèque Hachette. **pp. 179, 219 :** photos Photothèque Hachette.

Conception graphique
Couverture : *Karine Nayé*
Intérieur : *ELSE*

Édition
Fabrice Pinel

Mise en page
Jouve, Saran

ISBN 978-2-01-281507-0
© Hachette Livre, 2012, 43 quai de Grenelle, 75905 Paris Cedex 15.
Tous droits de traduction, de reproduction et d'adaptation réservés pour tous pays.

Les droits de reproduction des textes et des illustrations sont réservés en notre comptabilité pour les auteurs ou ayants droit dont nous n'avons pas trouvé les coordonnées malgré nos recherches et dans les cas éventuels où les mentions n'auraient pas été spécifiées.

Sommaire

Présentation 5

Celle qui m'aime et autres nouvelles (textes intégraux)

Celle qui m'aime 9
Une cage de bêtes féroces 25

Questionnaires, groupement de textes et lecture d'image
«La cage des hommes» 33
Le regard étranger 35
Document : photo du film *La Planète des singes* de Franklin J. Schaffner (1967) 40

Mon Voisin Jacques 43
Le Paradis des chats 49
Le Forgeron 55

Questionnaires, groupement de textes et lecture d'image
«*Le héros grandi du travail*» 60
Portraits hors du temps 63
Document : Rembrandt, *Les Pèlerins d'Emmaüs* (1648) 68

Naïs Micoulin 71
Nantas 105
La Mort d'Olivier Bécaille 140

Questionnaires, groupement de textes et lecture d'image
«Mon Dieu ! il faut mourir !» 170
Sont-ils bien morts ? 173
Document : Maître de Coëtivy, *La Résurrection de Lazare* 179

Celle qui m'aime et autres nouvelles : bilan de première lecture 182

Dossier Bibliolycée

Zola : journaliste et écrivain… (biographie) 184
Du Second Empire à la IIIe République (contexte) 189
Zola en son temps (chronologie) 196
Structure des récits 198
Contes et nouvelles : les spécificités du récit bref 208
Au croisement de plusieurs mouvements littéraires 216

Annexes

Lexique d'analyse littéraire 223
Bibliographie, site Internet 224

Dossier pédagogique téléchargeable gratuitement sur :
www.biblio-hachette.com

Émile Zola (1840-1902) dans son bureau photographie de Nadar.

PRÉSENTATION

Entré comme commis aux éditions Hachette en 1862, Émile Zola découvre le monde de l'édition et de la presse. Il fait ses premières armes dans les journaux en publiant des récits brefs, satisfaisant aux exigences des rédacteurs en chef : intéresser le lecteur en le divertissant, voire en l'étonnant. Conscient du caractère éphémère de ses publications, le jeune journaliste éprouve le besoin de les réunir dans un livre : les *Contes à Ninon* paraissent en 1864, accompagnés d'une préface qui les présente comme des récits de jeunesse. Tout en continuant à écrire des histoires brèves pour les journaux, Zola s'aventure sur le terrain du roman et se fait remarquer en 1867 avec *Thérèse Raquin*. L'année suivante, le projet naturaliste des *Rougon-Macquart* se dessine ; à la suite de Balzac, Zola se lance dans une grande fresque romanesque dont les deux premiers volumes, *La Fortune des Rougon* et *La Curée*, paraissent dans les journaux en 1870 et 1871.

La notoriété est assurée et Zola devient, grâce à ses romans, le chef de file du naturalisme. On

Le forgeron par Ivan Pranishnikoff.

Présentation

pourrait alors voir ces brefs récits de jeunesse comme les premières tentatives d'un écrivain désireux d'affiner sa technique et de vivre de sa plume, mais ce serait bien réducteur car Zola, tout en se consacrant à son œuvre romanesque, continue d'écrire et de publier des contes et des nouvelles. Alors que *Celle qui m'aime* (1864) et *Une cage de bêtes féroces* sont écrits par un jeune journaliste encore inconnu, *Mon Voisin Jacques, Le Paradis des chats* et *Le Forgeron* sont rassemblés dans un recueil qui paraît en 1874 sous le titre de *Nouveaux Contes à Ninon*. Les deux premiers récits ont certes été écrits avant le succès de 1867, mais *Le Forgeron*, lui, est composé en 1874, trois ans après *La Curée*, un roman très remarqué. Les trois autres nouvelles que nous publions ici *(Naïs Micoulin, Nantas, La Mort d'Olivier Bécaille)* sont, quant à elles, un peu plus tardives ; elles seront réunies en 1884 dans un recueil intitulé *Naïs Micoulin*. Il ne s'agit plus pour l'écrivain de gagner sa vie ou de se faire connaître ; le récit bref est sans conteste, pour Zola comme pour Maupassant à la même époque, un art à part entière.

En marge de la production romanesque à laquelle l'écrivain consacre toute son énergie, les contes ou nouvelles que nous avons réunis ici sont des récréations, des espaces de liberté agréables pour le lecteur – comme pour l'auteur –, à l'écart des contraintes et des ambitions romanesques. Sans renier le projet naturaliste qui consiste à représenter la réalité et notamment les milieux sociaux, les récits brefs témoignent avant tout d'un projet esthétique destiné à nous séduire. Les histoires sont accessibles, les personnages simplifiés sans perdre pour autant de leur épaisseur. Les intrigues resserrées gagnent en force. Laissons-nous donc séduire par ces quelques récits qui nous ouvrent les portes de l'imaginaire zolien.

Celle qui m'aime
et autres nouvelles

Émile Zola

**Portrait charge d'Émile Zola
par A. Cazals paru dans *La Halle aux charges* (juillet 1885).**

Celle qui m'aime

[*En 1864, Émile Zola, qui n'est encore qu'un journaliste, réunit dans un recueil intitulé* Contes à Ninon *huit des récits qu'il a fait paraître dans la presse. Nous avons retenu* Celle qui m'aime, *sans doute composé en 1863 et publié dans* L'Entracte *entre le 18 et le 23 novembre 1864.*

Le fait de rassembler ces textes initialement destinés à la presse leur confère une dimension littéraire, mais Zola, dans sa préface, prend ses distances avec ces œuvres de jeunesse et semble même souhaiter que les lecteurs de son temps soient trop occupés pour s'intéresser à ces « longs bavardages », ces « histoires étranges, filles du rêve », ces « récits décousus où l'invention s'en allait au hasard ».

La préface donne le ton romantique de « ces libres récits de notre jeune âge » et la dédicace à Ninon fait ici de Zola un héritier de Musset auquel il emprunte ce prénom figurant dans un poème adressé en 1835 à Caroline Jaubert, sa maîtresse surnommée « Ninon », sans doute parce qu'elle ne disait ni oui ni non... On reconnaîtra là le visage énigmatique de « Celle qui m'aime ».

On entendra également des accents baudelairiens dans ce récit entre nouvelle et poème en prose. En effet, les poèmes en prose de Charles Baudelaire paraissent dans la presse à partir de 1855 avant d'être réunis en 1869 dans une édition posthume.]

Celle qui m'aime et autres nouvelles

I

Celle qui m'aime est-elle grande dame, toute de soie, de dentelles et de bijoux, rêvant à nos amours, sur le sofa[1] d'un boudoir[2] ? marquise ou duchesse, mignonne et légère comme un rêve, traînant languissamment[3] sur les tapis les flots de ses jupes blanches et faisant une petite moue plus douce qu'un sourire ?

Celle qui m'aime est-elle grisette[4] pimpante, trottant menu[5], se troussant[6] pour sauter les ruisseaux[7], quêtant d'un regard l'éloge de sa jambe fine ? Est-elle la bonne fille qui boit dans tous les verres, vêtue de satin aujourd'hui, d'indienne[8] grossière demain, trouvant dans les trésors de son cœur un brin d'amour pour chacun ?

Celle qui m'aime est-elle l'enfant blonde s'agenouillant pour prier au côté de sa mère ? la Vierge folle[9] m'appelant le soir dans l'ombre des ruelles ? Est-elle la brune paysanne qui me regarde au passage et qui emporte mon souvenir au milieu des blés et des vignes mûres ? la pauvresse qui me remercie de mon aumône ? la femme d'un autre, amant ou mari, que j'ai suivie un jour et que je n'ai plus revue ?

Celle qui m'aime est-elle fille d'Europe, blanche comme l'aube ? fille d'Asie, au teint jaune et doré comme un coucher de soleil ? ou fille du désert, noire comme une nuit d'orage ?

Celle qui m'aime est-elle séparée de moi par une mince cloison ? est-elle au-delà des mers ? est-elle au-delà des étoiles ?

Celle qui m'aime est-elle encore à naître ? est-elle morte il y a cent ans ?

notes

1. **sofa** : sorte de canapé.
2. **boudoir** : petit salon où l'on reçoit des proches.
3. **languissamment** : avec langueur, adoptant une attitude lente et rêveuse.
4. **grisette** : jeune fille coquette, d'un milieu modeste.
5. **trottant menu** : marchant d'un petit pas rapide.
6. **se troussant** : relevant ses jupes.
7. **ruisseaux** : caniveaux où s'écoulent les eaux usées.
8. **indienne** : toile de coton.
9. L'astrologie oppose deux comportements : la Vierge sage et la Vierge folle, fantaisiste et sans retenue.

Celle qui m'aime

II

Hier, je l'ai cherchée sur un champ de foire. Il y avait fête au faubourg, et le peuple endimanché[1] montait bruyamment par les rues.

On venait d'allumer les lampions. L'avenue, de distance en distance, était ornée de poteaux jaunes et bleus, garnis de petits pots de couleur, où brûlaient des mèches fumeuses que le vent effarait. Dans les arbres, vacillaient des lanternes vénitiennes[2]. Des baraques en toile bordaient les trottoirs, laissant traîner dans le ruisseau les franges de leurs rideaux rouges. Les faïences dorées, les bonbons fraîchement peints, le clinquant des étalages, miroitaient à la lumière crue des quinquets[3].

Il y avait dans l'air une odeur de poussière, de pain d'épices et de gaufres à la graisse. Les orgues[4] chantaient ; les paillasses[5] enfarinés riaient et pleuraient sous une grêle de soufflets[6] et de coups de pied. Une nuée chaude pesait sur cette joie.

Au-dessus de cette nuée, au-dessus de ces bruits, s'élargissait un ciel d'été, aux profondeurs pures et mélancoliques. Un ange venait d'illuminer l'azur pour quelque fête divine, fête souverainement calme de l'infini.

Perdu dans la foule, je sentais la solitude de mon cœur. J'allais, suivant du regard les jeunes filles qui me souriaient au passage, me disant que je ne reverrais plus ces sourires. Cette pensée de tant de lèvres amoureuses, entrevues un instant et perdues à jamais, était une angoisse pour mon âme.

J'arrivai ainsi à un carrefour, au milieu de l'avenue. À gauche, appuyée contre un orme[7], se dressait une baraque isolée. Sur le devant, quelques planches mal jointes formaient estrade, et deux lanternes éclairaient la porte, qui n'était autre chose qu'un pan de

---

notes

1. endimanché : vêtu de façon recherchée.
2. lanternes vénitiennes : lanternes en papier.
3. quinquets : lampes à huile.
4. Il s'agit des orgues de Barbarie, instruments populaires qui diffusent des airs connus au moyen d'une manivelle.

5. paillasses : sortes de clowns dans les foires.
6. soufflets : gifles.
7. orme : espèce d'arbre feuillu, particulièrement élevé.

Celle qui m'aime et autres nouvelles

toile relevé en façon de rideau. Comme je m'arrêtais, un homme portant un costume de magicien, grande robe noire et chapeau en pointe semé d'étoiles, haranguait[1] la foule du haut des planches.

— Entrez, criait-il, entrez, mes beaux messieurs, entrez, mes belles demoiselles ! J'arrive en toute hâte du fond de l'Inde pour réjouir les jeunes cœurs. C'est là que j'ai conquis, au péril de ma vie, le Miroir d'amour, que gardait un horrible Dragon. Mes beaux messieurs, mes belles demoiselles, je vous apporte la réalisation de vos rêves. Entrez, entrez voir Celle qui vous aime ! Pour deux sous Celle qui vous aime !

Une vieille femme, vêtue en bayadère[2], souleva le pan de toile. Elle promena sur la foule un regard hébété[3] ; puis, d'une voix épaisse :

— Pour deux sous, cria-t-elle, pour deux sous Celle qui vous aime ! Entrez voir Celle qui vous aime !

III

Le magicien battit une fantaisie entraînante sur la grosse caisse. La bayadère se pendit à une cloche et accompagna.

Le peuple hésitait. Un âne savant jouant aux cartes offre un vif intérêt ; un hercule soulevant des poids de cent livres[4] est un spectacle dont on ne saurait se lasser ; on ne peut nier non plus qu'une géante demi-nue ne soit faite pour distraire agréablement tous les âges. Mais voir Celle qui vous aime, voilà bien la chose dont on se soucie le moins, et qui ne promet pas la plus légère émotion.

Moi, j'avais écouté avec ferveur[5] l'appel de l'homme à la grande robe. Ses promesses répondaient au désir de mon cœur ; je voyais une Providence[6] dans le hasard qui venait de diriger mes pas. Ce misérable grandit singulièrement à mes yeux, de tout l'étonnement que j'éprouvais à l'entendre lire mes secrètes pensées. Il me sembla le

notes

1. haranguait : s'adressait à la foule de façon à la convaincre.
2. bayadère : danseuse indienne.
3. hébété : stupide.
4. Une livre équivaut à 500 g.
5. ferveur : conviction, passion.
6. Providence : action d'un dieu qui veille au bien-être des hommes.

Celle qui m'aime

voir fixer sur moi des regards flamboyants, battant la grosse caisse avec une furie diabolique, me criant d'entrer d'une voix plus haute que celle de la cloche.

Je posais le pied sur la première planche, lorsque je me sentis arrêté. M'étant tourné, je vis au pied de l'estrade un homme me retenant par mon vêtement. Cet homme était grand et maigre ; il avait de larges mains couvertes de gants de fil plus larges encore, et portait un chapeau devenu rouge, un habit noir blanchi aux coudes, et de déplorables culottes de casimir[1], jaunes de graisse et de boue. Il se plia en deux, dans une longue et exquise révérence, puis, d'une voix flûtée, me tint ce discours :

— Je suis fâché, monsieur, qu'un jeune homme bien élevé donne un mauvais exemple à la foule. C'est une grande légèreté que d'encourager dans son impudence[2] ce coquin spéculant sur nos mauvais instincts ; car je trouve profondément immorales ces paroles criées en plein vent, qui appellent filles et garçons à une débauche du regard et de l'esprit. Ah ! monsieur, le peuple est faible. Nous avons, nous les hommes rendus forts par l'instruction, nous avons, songez-y, de graves et impérieux devoirs. Ne cédons pas à de coupables curiosités, soyons dignes en toutes choses. La moralité de la société dépend de nous, monsieur.

Je l'écoutai parler. Il n'avait pas lâché mon vêtement et ne pouvait se décider à achever sa révérence. Son chapeau à la main, il discourait avec un calme si complaisant[3], que je ne songeai pas à me fâcher. Je me contentai, quand il se tut, de le regarder en face, sans lui répondre. Il vit une question dans ce silence.

— Monsieur, reprit-il avec un nouveau salut, monsieur, je suis l'Ami du peuple[4], et j'ai pour mission le bonheur de l'humanité.

Il prononça ces mots avec un modeste orgueil, en se grandissant brusquement de toute sa haute taille. Je lui tournai le dos et montai sur l'estrade. Avant d'entrer, comme je soulevais le pan de toile, je le

---

notes

1. casimir : fine étoffe de laine.
2. impudence : action qui manque de retenue.
3. complaisant : agréable.

4. En référence à *L'Ami du peuple*, un journal révolutionnaire que Marat fit paraître de 1789 à 1792.

regardai une dernière fois. Il avait délicatement pris de sa main droite les doigts de sa main gauche, cherchant à effacer les plis de ses gants qui menaçaient de le quitter.

Puis, croisant les bras, l'Ami du peuple contempla la bayadère avec tendresse.

IV

Je laissai retomber le rideau et me trouvai dans le temple. C'était une sorte de chambre longue et étroite, sans aucun siège, aux murs de toile, éclairée par un seul quinquet. Quelques personnes, des filles curieuses, des garçons faisant tapage, s'y trouvaient déjà réunies. Tout se passait d'ailleurs avec la plus grande décence[1] : une corde, tendue au milieu de la pièce, séparait les hommes des femmes.

Le Miroir d'amour, à vrai dire, n'était autre chose que deux glaces sans tain, une dans chaque compartiment, petites vitres rondes donnant sur l'intérieur de la baraque. Le miracle promis s'accomplissait avec une admirable simplicité : il suffisait d'appliquer l'œil droit contre la vitre, et au-delà, sans qu'il soit question de tonnerre ni de soufre, apparaissait la bien-aimée. Comment ne pas croire à une vision aussi naturelle !

Je ne me sentis pas la force de tenter l'épreuve dès l'entrée. La bayadère m'avait regardé au passage, d'un regard qui me donnait froid au cœur. Savais-je, moi, ce qui m'attendait derrière cette vitre : peut-être un horrible visage, aux yeux éteints, aux lèvres violettes ; une centenaire avide de jeune sang, une de ces créatures difformes que je vois, la nuit, passer dans mes mauvais rêves. Je ne croyais plus aux blondes créations dont je peuple charitablement mon désert. Je me rappelais toutes les laides qui me témoignent quelque affection, et je me demandais avec terreur si ce n'était pas une de ces laides que j'allais voir apparaître.

note

1. **décence** : respect des convenances.

Celle qui m'aime

Je me retirai dans un coin. Pour reprendre courage, je regardai ceux qui, plus hardis que moi, consultaient le destin, sans tant de façons[1]. Je ne tardai pas à goûter un singulier plaisir au spectacle de ces diverses figures, l'œil droit grand ouvert, le gauche fermé avec deux doigts, ayant chacune leur sourire, selon que la vision plaisait plus ou moins. La vitre se trouvant un peu basse, il fallait se courber légèrement. Rien ne me parut plus grotesque que ces hommes venant à la file voir l'âme sœur de leur âme par un trou de quelques centimètres de tour.

Deux soldats s'avancèrent d'abord : un sergent bruni au soleil d'Afrique, et un jeune conscrit[2], garçon sentant encore le labour[3], les bras gênés dans une capote[4] trois fois trop grande. Le sergent eut un rire sceptique. Le conscrit demeura longtemps courbé, singulièrement flatté d'avoir une bonne amie.

Puis vint un gros homme en veste blanche, à la face rouge et bouffie, qui regarda tranquillement, sans grimace de joie ni de déplaisir, comme s'il eût été tout naturel qu'il pût être aimé de quelqu'un.

Il fut suivi par trois écoliers, bonshommes de quinze ou seize ans, à la mine effrontée, se poussant pour faire accroire[5] qu'ils avaient l'honneur d'être ivres. Tous trois jurèrent qu'ils reconnaissaient leurs tantes.

Ainsi les curieux se succédaient devant la vitre, et je ne saurais me rappeler aujourd'hui les différentes expressions de physionomie qui me frappèrent alors. Ô vision de la bien-aimée ! quelles rudes vérités tu faisais dire à ces yeux grands ouverts ! Ils étaient les vrais Miroirs d'amour, Miroirs où la grâce de la femme se reflétait en une lueur louche où la luxure[6] s'étalait dans de la bêtise.

---

notes

1. **façons** : manières.
2. **conscrit** : jeune soldat.
3. **le labour** : la campagne, le travail de la terre.
4. **capote** : manteau.
5. **faire accroire** : faire croire.
6. **luxure** : penchant marqué pour les plaisirs sexuels.

Celle qui m'aime et autres nouvelles

V

Les filles, à l'autre carreau, s'égayaient d'une plus honnête façon. Je ne lisais que beaucoup de curiosité sur leurs visages ; pas le moindre vilain désir, pas la plus petite méchante pensée. Elles venaient tour à tour jeter un regard étonné par l'étroite ouverture, et se retiraient, les unes un peu songeuses, les autres riant comme des folles.

À vrai dire, je ne sais trop ce qu'elles faisaient là. Je serais femme, si peu que je fusse jolie, que je n'aurais jamais la sotte idée de me déranger pour aller voir l'Homme qui m'aime. Les jours où mon cœur pleurerait d'être seul, ces jours-là sont jours de printemps et de beau soleil, je m'en irais dans un sentier en fleurs me faire adorer de chaque passant. Le soir, je reviendrais riche d'amour.

Certes, mes curieuses n'étaient pas toutes également jolies. Les belles se moquaient bien de la science du magicien, depuis longtemps elles n'avaient plus besoin de lui. Les laides, au contraire, ne s'étaient jamais trouvées à pareille fête. Il en vint une, aux cheveux rares, à la bouche grande, qui ne pouvait s'éloigner du miroir magique ; elle gardait aux lèvres le sourire joyeux et navrant du pauvre apaisant sa faim après un long jeûne[1].

Je me demandai quelles belles idées s'éveillaient dans ces têtes folles. Ce n'était pas un mince problème. Toutes avaient, à coup sûr, vu en songe un prince se mettre à leurs genoux ; toutes désiraient mieux connaître l'amant dont elles se souvenaient confusément au réveil. Il y eut sans doute beaucoup de déceptions ; les princes deviennent rares, et les yeux de notre âme, qui s'ouvrent la nuit sur un monde meilleur, sont des yeux bien autrement complaisants que ceux dont nous nous servons le jour. Il y eut aussi de grandes joies ; le songe se réalisait, l'amant avait la fine moustache et la noire chevelure rêvées.

---

note

[1] **jeûne** : période durant laquelle on se prive de nourriture.

Celle qui m'aime

Ainsi chacune, dans quelques secondes, vivait une vie d'amour. Romans naïfs, rapides comme l'espérance, qui se devinaient dans la rougeur des joues et dans les frissons plus amoureux du corsage[1].

Après tout, ces filles étaient peut-être des sottes, et je suis un sot moi-même d'avoir vu tant de choses, lorsqu'il n'y avait sans doute rien à voir. Toutefois, je me rassurai complètement à les étudier. Je remarquai qu'hommes et femmes paraissaient en général fort satisfaits de l'apparition. Le magicien n'aurait certes jamais eu le mauvais cœur de causer le moindre déplaisir à de braves gens qui lui donnaient deux sous.

Je m'approchai, j'appliquai, sans trop d'émotion, mon œil droit contre la vitre. J'aperçus, entre deux grands rideaux rouges, une femme accoudée au dossier d'un fauteuil. Elle était vivement éclairée par des quinquets que je ne pouvais voir, et se détachait sur une toile peinte, tendue au fond ; cette toile, coupée par endroits, avait dû représenter jadis un galant bocage[2] d'arbres bleus.

Celle qui m'aime portait, en vision bien née, une longue robe blanche, à peine serrée à la taille, traînant sur le plancher en façon de nuage. Elle avait au front un large voile également blanc, retenu par une couronne de fleurs d'aubépine[3]. Le cher ange était, ainsi vêtu, toute blancheur, toute innocence.

Elle s'appuyait coquettement, tournant les yeux vers moi, de grands yeux bleus caressants. Elle me parut ravissante sous le voile : tresses blondes perdues dans la mousseline, front candide de vierge, lèvres délicates, fossettes qui sont nids à baisers. Au premier regard, je la pris pour une sainte ; au second, je lui trouvai un air bonne fille, point bégueule[4] du tout et fort accommodant.

Elle porta trois doigts à ses lèvres, et m'envoya un baiser, avec une révérence qui ne se sentait aucunement du royaume des ombres. Voyant qu'elle ne se décidait pas à s'envoler, je fixai ses traits dans ma mémoire, et je me retirai.

notes

1. corsage : chemise pour les femmes.
2. bocage : paysage de campagne avec des arbustes.
3. aubépine : fleur blanche, symbole de la virginité.

4. point bégueule : qui ne fait pas de manières, qui n'est pas exagérément attaché aux conventions.

Comme je sortais, je vis entrer l'Ami du peuple. Ce grave moraliste, qui parut m'éviter, courut donner le mauvais exemple d'une coupable curiosité. Sa longue échine[1], courbée en demi-cercle, frémit de désir ; puis, ne pouvant aller plus loin, il baisa le verre magique.

VI

Je descendis les trois planches, je me trouvai de nouveau dans la foule, décidé à chercher Celle qui m'aime, maintenant que je connaissais son sourire.

Les lampions fumaient, le tumulte croissait, le peuple se pressait à renverser les baraques. La fête en était à cette heure de joie idéale, où l'on risque d'avoir le bonheur d'être étouffé.

J'avais, en me dressant, un horizon de bonnets de linge[2] et de chapeaux de soie[3]. J'avançais, poussant les hommes, tournant[4] avec précaution les grandes jupes des dames. Peut-être était-ce cette capote rose ; peut-être cette coiffe de tulle[5] ornée de rubans mauves ; peut-être cette délicieuse toque[6] de paille à plume d'autruche. Hélas ! la capote avait soixante ans ; la coiffe, abominablement laide, s'appuyait amoureusement à l'épaule d'un sapeur ; la toque riait aux éclats, agrandissant les plus beaux yeux du monde, et je ne reconnaissais point ces beaux yeux.

Il y a, au-dessus des foules, je ne sais quelle angoisse, quelle immense tristesse, comme s'il se dégageait de la multitude un souffle de terreur et de pitié. Jamais je ne me suis trouvé dans un grand rassemblement de peuple sans éprouver un vague malaise. Il me semble qu'un épouvantable malheur menace ces hommes réunis,

---

notes

1. échine : colonne vertébrale.
2. bonnets de linge : coiffes portées par les femmes du peuple.
3. chapeaux de soie : chapeaux portés par les hommes.
4. tournant : contournant.
5. tulle : tissu léger.
6. toque : chapeau.

Celle qui m'aime

qu'un seul éclair va suffire, dans l'exaltation[1] de leurs gestes et de leurs voix, pour les frapper d'immobilité, d'éternel silence.

Peu à peu, je ralentis le pas, regardant cette joie qui me navrait[2]. Au pied d'un arbre, en plein dans la lumière jaune des lampions, se tenait debout un vieux mendiant, le corps roidi[3], horriblement tordu par une paralysie. Il levait vers les passants sa face blême, clignant les yeux d'une façon lamentable, pour mieux exciter la pitié. Il donnait à ses membres de brusques frissons de fièvre, qui le secouaient comme une branche sèche. Les jeunes filles, fraîches et rougissantes, passaient en riant devant ce hideux spectacle.

Plus loin, à la porte d'un cabaret, deux ouvriers se battaient. Dans la lutte, les verres avaient été renversés, et à voir couler le vin sur le trottoir, on eût dit le sang de larges blessures.

Les rires me parurent se changer en sanglots, les lumières devinrent un vaste incendie, la foule tourna, frappée d'épouvante. J'allais, me sentant triste à mourir, interrogeant les jeunes visages, et ne pouvant trouver Celle qui m'aime.

VII

Je vis un homme debout devant un des poteaux qui portaient les lampions, et le considérant d'un air profondément absorbé. À ses regards inquiets, je crus comprendre qu'il cherchait la solution de quelque grave problème. Cet homme était l'Ami du peuple.

Ayant tourné la tête, il m'aperçut.

– Monsieur, me dit-il, l'huile employée dans les fêtes coûte vingt sous le litre. Dans un litre, il y a vingt godets comme ceux que vous voyez là : soit un sou d'huile par godet. Or, ce poteau a seize rangs de huit godets chacun : cent vingt-huit godets en tout. De plus, – suivez bien mes calculs, – j'ai compté soixante poteaux semblables dans l'avenue, ce qui fait sept mille six cent quatre-vingts godets, ce

notes

1. **exaltation :** animation, expression d'un enthousiasme.
2. **navrait :** blessait.
3. **roidi :** raide.

qui fait par conséquent sept mille six cent quatre-vingts sous, ou mieux trois cent quatre-vingt-quatre francs.

En parlant ainsi, l'Ami du peuple gesticulait, appuyant de la voix sur les chiffres, courbant sa longue taille, comme pour se mettre à la portée de mon faible entendement[1]. Quand il se tut, il se renversa triomphalement en arrière ; puis, il croisa les bras, me regardant en face d'un air pénétré[2].

— Trois cent quatre-vingt-quatre francs d'huile ! s'écria-t-il, en scandant chaque syllabe, et le pauvre peuple manque de pain, monsieur ! Je vous le demande, et je vous le demande les larmes aux yeux, ne serait-il pas plus honorable pour l'humanité, de distribuer ces trois cent quatre-vingt-quatre francs aux trois mille indigents[3] que l'on compte dans ce faubourg ? Une mesure aussi charitable donnerait à chacun d'eux environ deux sous et demi de pain. Cette pensée est faite pour faire réfléchir les âmes tendres, monsieur.

Voyant que je le regardais curieusement, il continua d'une voix mourante, en assurant ses gants entre ses doigts :

— Le pauvre ne doit pas rire, monsieur. Il est tout à fait déshonnête[4] qu'il oublie sa pauvreté pendant une heure. Qui donc pleurerait sur les malheurs du peuple, si le gouvernement lui donnait souvent de pareilles saturnales[5] ?

Il essuya une larme et me quitta. Je le vis entrer chez un marchand de vin, où il noya son émotion dans cinq ou six petits verres pris coup sur coup sur le comptoir.

VIII

Le dernier lampion venait de s'éteindre. La foule s'en était allée. Aux clartés vacillantes des réverbères, je ne voyais plus errer sous les

notes

1. **entendement** : intelligence.
2. **pénétré** : profond.
3. **indigents** : personnes très pauvres.
4. **déshonnête** : incorrect.
5. **saturnales** : périodes d'excès ; allusion aux fêtes romaines au cours desquelles les esclaves portaient les mêmes habits que leurs maîtres et partageaient leur repas pour rappeler que, durant l'âge d'or, sous le règne de Saturne, tous les hommes étaient égaux.

Celle qui m'aime

arbres que quelques formes noires, couples d'amoureux attardés, ivrognes et sergents de ville promenant leur mélancolie. Les baraques s'allongeaient grises et muettes, aux deux bords de l'avenue, comme les tentes d'un camp désert.

Le vent du matin, un vent humide de rosée, donnait un frisson aux feuilles des ormes. Les émanations âcres[1] de la soirée avaient fait place à une fraîcheur délicieuse. Le silence attendri, l'ombre transparente de l'infini tombaient lentement des profondeurs du ciel, et la fête des étoiles succédait à la fête des lampions. Les honnêtes gens allaient enfin pouvoir se divertir un peu.

Je me sentais tout ragaillardi, l'heure de mes joies étant venue. Je marchais d'un bon pas, montant et descendant les allées, lorsque je vis une ombre grise glisser le long des maisons. Cette ombre venait à moi, rapidement, sans paraître me voir ; à la légèreté de la démarche, au rythme cadencé des vêtements, je reconnus une femme.

Elle allait me heurter, quand elle leva instinctivement les yeux. Son visage m'apparut à la lueur d'une lanterne voisine, et voilà que je reconnus Celle qui m'aime : non pas l'immortelle au blanc nuage de mousseline ; mais une pauvre fille de la terre, vêtue d'indienne déteinte. Dans sa misère, elle me parut charmante encore, bien que pâle et fatiguée. Je ne pouvais douter : c'étaient là les grands yeux, les lèvres caressantes de la vision ; et c'était, de plus, à la voir ainsi de près, la suavité[2] de traits que donne la souffrance.

Comme elle s'arrêtait une seconde, je saisis sa main, que je baisai. Elle leva la tête et me sourit vaguement, sans chercher à retirer ses doigts. Me voyant rester muet, l'émotion me serrant à la gorge, elle haussa les épaules, en reprenant sa marche rapide.

Je courus à elle, je l'accompagnai, mon bras serré à sa taille. Elle eut un rire silencieux ; puis frissonna et dit à voix basse :

– J'ai froid : marchons vite.

Pauvre ange, elle avait froid ! Sous le mince châle noir, ses épaules tremblaient au vent frais de la nuit. Je l'embrassai sur le front, je lui demandai doucement :

– Me connais-tu ?

notes

1. âcres : aigres.
2. suavité : douceur.

Une troisième fois, elle leva les yeux, et sans hésiter :
— Non, me répondit-elle.
Je ne sais quel rapide raisonnement se fit dans mon esprit. À mon tour je frissonnai.
— Où allons-nous ? lui demandai-je de nouveau.
Elle haussa les épaules, avec une petite moue d'insouciance ; elle me dit de sa voix d'enfant :
— Mais où tu voudras, chez moi, chez toi, peu importe.

IX

Nous marchions toujours, descendant l'avenue.

J'aperçus sur un banc deux soldats, dont l'un discourait gravement, tandis que l'autre écoutait avec respect. C'étaient le sergent et le conscrit. Le sergent, qui me parut très ému, m'adressa un salut moqueur, en murmurant :

— Les riches prêtent parfois, monsieur.

Le conscrit, âme tendre et naïve, me dit d'un ton dolent[1] :

— Je n'avais qu'elle, monsieur : vous me volez Celle qui m'aime.

Je traversai la route et pris l'autre allée.

Trois gamins venaient à nous, se tenant par les bras et chantant à tue-tête. Je reconnus les écoliers. Les petits malheureux n'avaient plus besoin de feindre l'ivresse. Ils s'arrêtèrent, pouffant de rire, puis me suivirent quelques pas, me criant chacun d'une voix mal assurée :

— Hé ! monsieur, madame vous trompe, madame est Celle qui m'aime !

Je sentais une sueur froide mouiller mes tempes. Je précipitais mes pas, ayant hâte de fuir, ne pensant plus à cette femme que j'emportais dans mes bras. Au bout de l'avenue, comme j'allais enfin quitter ce lieu maudit, je heurtai, en descendant du trottoir, un homme commodément assis dans le ruisseau. Il appuyait la tête sur la dalle, la

---

note

1. **dolent** : plaintif.

Celle qui m'aime

face tournée vers le ciel, se livrant sur ses doigts à un calcul fort compliqué.

Il tourna les yeux, et, sans quitter l'oreiller :

370 – Ah ! c'est vous, monsieur, me dit-il en balbutiant. Vous devriez bien m'aider à compter les étoiles. J'en ai déjà trouvé plusieurs millions, mais je crains d'en oublier quelqu'une. C'est de la statistique seule, monsieur, que dépend le bonheur de l'humanité.

Un hoquet l'interrompit. Il reprit en larmoyant :

375 – Savez-vous combien coûte une étoile ? Sûrement le Bon Dieu a fait là-haut une grosse dépense, et le peuple manque de pain, monsieur ! À quoi bon ces lampions ? est-ce que cela se mange ? quelle en est l'application pratique, je vous prie ? Nous avions bien besoin de cette fête éternelle. Allez, Dieu n'a jamais eu la moindre teinte d'économie sociale.

380 Il avait réussi à se mettre sur son séant ; il promenait autour de lui des regards troubles, hochant la tête d'un air indigné. C'est alors qu'il vint à apercevoir ma compagne. Il tressaillit, et, le visage pourpre[1], tendit avidement les bras.

– Eh ! eh ! reprit-il, c'est Celle qui m'aime.

X

385 ....
....

– Voici, me dit-elle, je suis pauvre, je fais ce que je peux pour manger. L'hiver dernier, je passais quinze heures courbée sur un métier, et je n'avais pas du pain tous les jours. Au printemps, j'ai jeté
390 mon aiguille par la fenêtre. Je venais de trouver une occupation moins fatigante et plus lucrative[2].

« Je m'habille chaque soir de mousseline blanche. Seule dans une sorte de réduit, appuyée au dossier d'un fauteuil, j'ai pour tout travail

notes

1. **pourpre :** d'un rouge vif.
2. **plus lucrative :** qui rapporte davantage d'argent.

à sourire depuis six heures jusqu'à minuit. De temps à autre, je fais une révérence, j'envoie un baiser dans le vide. On me paye cela trois francs par séance.

« En face de moi, derrière une petite vitre enchâssée[1] dans la cloison, je vois sans cesse un œil qui me regarde. Il est tantôt noir, tantôt bleu. Sans cet œil, je serais parfaitement heureuse ; il gâte le métier. Par moments, à le rencontrer toujours seul et fixe, il me prend de folles terreurs ; je suis tentée de crier et de fuir.

« Mais il faut bien travailler pour vivre. Je souris, je salue, j'envoie un baiser. À minuit, j'efface mon rouge et je remets ma robe d'indienne. Bah ! que de femmes, sans y être forcées, font ainsi les gracieuses devant un mur. »

Nouvelle publiée dans les *Contes à Ninon*, 1864.

---

note

1. **enchâssée** : insérée.

Une cage de bêtes féroces

[En décembre 1866, Zola fait paraître dans Le Figaro *un récit intitulé* La Journée d'un chien errant *(voir p. 43). S'inspirant de ce récit animalier, le jeune écrivain, qui connaît son premier succès avec* Thérèse Raquin *en 1867, publie la même année, dans l'hebdomadaire* La Rue *dirigé par Jules Vallès,* Une cage de bêtes féroces, *un apologue[1] qui tend un miroir à la société moderne.]*

I

Un matin, un Lion et une Hyène du Jardin des plantes[2] réussirent à ouvrir la porte de leur cage, fermée avec négligence.

La matinée était blanche et un clair soleil luisait gaiement au bord du ciel pâle. Il y avait, sous les grands marronniers, des fraîcheurs pénétrantes, les fraîcheurs tièdes du printemps naissant. Les deux honnêtes animaux, qui venaient de déjeuner copieusement, se

notes

1. *apologue* : court récit à visée didactique.
2. Jardin des plantes : jardin parisien datant de 1635 ; la ménagerie qui en occupe encore une partie a été créée en 1793 pour y placer notamment les animaux de la Ménagerie royale de Versailles.

promenèrent avec lenteur dans le Jardin, s'arrêtant de temps à autre, pour se lécher et jouir en braves gens des douceurs de la matinée.

Ils se rencontrèrent au fond d'une allée, et, après les politesses d'usage, ils se mirent à marcher de compagnie, causant en toute bonne amitié. Le Jardin ne tarda pas à les ennuyer et à leur paraître bien petit. Alors ils se demandèrent à quels amusements ils pourraient consacrer leur journée.

— Ma foi, dit le Lion, j'ai bien envie de contenter un caprice qui me tient depuis longtemps. Voici des années que les hommes viennent, comme des imbéciles, me regarder dans ma cage, et je me suis toujours promis de saisir la première occasion qui se présenterait, pour aller les regarder dans la leur, quitte à paraître aussi bête qu'eux... Je vous propose un bout de promenade dans la cage des hommes.

À ce moment, Paris, qui s'éveillait, se mit à rugir d'une telle force que la Hyène s'arrêta court[1], écoutant avec inquiétude. La clameur de la ville montait, sourde et menaçante, et cette clameur, faite du bruit des voitures[2], des cris[3] de la rue, de nos sanglots et de nos rires, ressemblait à des hurlements de fureur et à des râles d'agonie.

— Bon Dieu ! murmura la Hyène, ils s'égorgent pour sûr dans leur cage. Entendez-vous comme ils sont en colère et comme ils pleurent ?

— Il est de fait, répondit le Lion, qu'ils font un tapage effroyable : quelque dompteur les tourmente peut-être.

Le bruit croissait et la Hyène avait décidément peur.

— Croyez-vous, demanda-t-elle, qu'il soit prudent de se hasarder là-dedans ?

— Bah ! dit le Lion, ils ne nous mangeront pas, que diable ! Venez donc. Ils doivent se mordre d'une belle façon, et cela nous fera rire.

---

notes

1. s'arrêta court : s'arrêta net, surprise.
2. Il s'agit du bruit des roues et des sabots sur les pavés.

3. Les marchands et artisans ambulants apostrophent les passants en criant (les fameux « cris de Paris »).

Une cage de bêtes féroces

II

Dans les rues, ils marchèrent modestement le long des maisons. Comme ils arrivaient à un carrefour, ils furent entraînés par une foule énorme. Ils obéirent à cette poussée qui leur promettait un spectacle intéressant.

Ils se trouvèrent bientôt sur une vaste place[1] où s'écrasait tout un peuple. Au milieu, il y avait une sorte de charpente en bois rouge, et tous les yeux étaient fixés sur cette charpente, d'un air d'avidité et de jouissance.

— Voyez-vous, dit à voix basse le Lion à la Hyène, cette charpente est sans doute une table sur laquelle on va servir un bon repas à tous ces gens qui se passent déjà la langue sur les lèvres. Seulement la table me paraît bien petite.

Comme il disait ces mots, la foule poussa un grognement de satisfaction et le Lion déclara que ce devait être les vivres qui arrivaient, d'autant plus qu'une voiture passa au grand galop devant lui. On tira un homme de la voiture, on le monta sur la charpente et on lui coupa la tête avec dextérité[2] ; puis, l'on mit le cadavre dans une autre voiture, et l'on se hâta de l'enlever à l'appétit féroce de la foule, qui hurlait, sans doute de faim.

— Tiens, on ne le mange pas ! s'écria le Lion désappointé[3].

La Hyène sentit un petit frisson agiter ses poils.

— Au milieu de quelles bêtes fauves m'avez-vous conduite ? dit-elle. Elles tuent sans avoir faim... Pour l'amour de Dieu, tâchons de sortir vite de cette foule.

---

notes

1. Il s'agit de la place de Grève, actuelle place de l'Hôtel-de-Ville, où avaient lieu les exécutions publiques. Les ouvriers sans travail ayant l'habitude de s'y rassembler, le mot *grève* vient du nom de cette place.
2. dextérité : habileté.
3. désappointé : déçu.

Celle qui m'aime et autres nouvelles

III

Quand ils eurent quitté la place, ils prirent les boulevards extérieurs et marchèrent ensuite tout doucement le long des quais. En arrivant à la Cité[1], ils aperçurent, derrière Notre-Dame, une maison basse et longue[2], dans laquelle les passants entraient comme on entre dans une baraque de la foire, pour y voir quelque phénomène et en sortir émerveillé. On ne payait d'ailleurs ni en entrant ni en sortant. Le Lion et la Hyène suivirent la foule, et ils virent sur de larges dalles des cadavres étendus, la chair trouée de blessures. Les spectateurs, muets et curieux, regardaient tranquillement les cadavres.

— Eh ! que disais-je ! murmura la Hyène, ils ne tuent pas pour manger. Voyez comme ils laissent se gâter les vivres.

Lorsqu'ils se trouvèrent de nouveau dans la rue, ils passèrent devant un étal de boucher. La viande pendue aux crocs d'acier était toute rouge ; il y avait contre les murs des entassements de chair, et le sang, par minces ruisseaux, coulait sur les plaques de marbre. La boutique entière flambait sinistrement.

— Regardez donc, dit le Lion, vous dites qu'ils ne mangent pas. Voilà de quoi nourrir notre colonie du Jardin des plantes pendant huit jours... Est-ce que c'est de la viande d'homme, cela ?

La Hyène, je l'ai dit, avait copieusement déjeuné.

— Pouah ! fit-elle en détournant la tête, c'est dégoûtant. La vue de toute cette viande me fait mal au cœur.

---

notes

1. L'île de la Cité est, au cœur de Paris, considérée comme le siège historique des pouvoirs politiques et religieux.
2. Au XIXe siècle, la morgue, située à la pointe de l'île de la Cité et ouverte chaque jour au public, est un lieu très visité. Certains des corps exposés ont attiré plus de 60 000 visiteurs.

Une cage de bêtes féroces

IV

– Remarquez-vous, reprit la Hyène un peu plus loin, remarquez-vous ces portes épaisses et ces énormes serrures ? Les hommes mettent du fer et du bois entre eux, pour éviter le désagrément de s'entre-dévorer. Et il y a, à chaque coin de rue, des gens avec des épées, qui maintiennent la politesse publique. Quels animaux farouches !

À ce moment, un fiacre[1] qui passait écrasa un enfant et le sang jaillit jusque sur la face du Lion.

– Mais c'est écœurant ! s'écria-t-il en s'essuyant avec sa patte ; on ne peut faire deux pas tranquille. Il pleut du sang dans cette cage.

– Parbleu, ajouta la Hyène, ils ont inventé ces machines roulantes pour en obtenir le plus possible, et ce sont là les pressoirs de leur ignoble vendange. Depuis un instant, je remarque, à chaque pas, des cavernes empestées au fond desquelles les hommes boivent de grands verres pleins d'une liqueur rougeâtre qui ne peut être autre chose que du sang. Et ils boivent beaucoup de cette liqueur pour se donner la folie du meurtre, car, dans plusieurs cavernes, j'ai vu les buveurs s'assommer à coups de poing.

– Je comprends maintenant, reprit le Lion, la nécessité du grand ruisseau qui traverse la cage. Il en lave les impuretés et emporte tout le sang répandu. Ce sont les hommes qui ont dû l'amener ainsi chez eux, par crainte de la peste. Ils y jettent les gens qu'ils assassinent[2]...

– Nous ne passerons plus sur les ponts, interrompit la Hyène en frémissant... N'êtes-vous pas fatigué ? Il serait peut-être prudent de rentrer.

notes

1. fiacre : voiture à cheval louée pour une course, comme aujourd'hui les taxis.
2. De nombreux assassins jetaient leurs victimes dans la Seine.

V

Je ne puis suivre pas à pas les deux honnêtes animaux. Le Lion voulait tout visiter, et la Hyène, dont l'effroi croissait à chaque pas, était bien forcée de le suivre, car jamais elle n'aurait osé s'en retourner toute seule.

Lorsqu'ils passèrent devant la Bourse[1], elle obtint par ses prières instantes qu'on n'entrerait pas. Il sortait de cet antre de telles plaintes, de telles vociférations[2] qu'elle se tenait à la porte, frissonnante, le poil hérissé.

— Venez, venez vite, disait-elle en tâchant d'entraîner le Lion, c'est sûrement là le théâtre du massacre général. Entendez-vous les gémissements des victimes et les cris de joie furieuse des bourreaux ? Voilà un abattoir qui doit fournir toutes les boucheries du quartier. Par grâce, éloignons-nous.

Le Lion, que la peur gagnait, et qui commençait à porter la queue entre ses jambes, s'éloigna volontiers. S'il ne fuyait pas, c'est qu'il voulait garder intacte sa réputation de courage. Mais, au fond de lui, il s'accusait de témérité[3], il se disait que les rugissements de Paris, le matin, auraient dû l'empêcher de pénétrer au milieu d'une si farouche ménagerie.

Les dents de la Hyène claquaient d'effroi, et, tous deux, ils s'avançaient avec précaution, cherchant leur chemin pour rentrer chez eux, croyant à chaque instant sentir les crocs des passants s'enfoncer dans leur cou.

---

notes

1. Napoléon Ier a fait construire la Bourse de Paris, appelée familièrement « le palais Brongniart », dans le 2e arrondissement de Paris.
2. vociférations : cris.
3. À la différence du courage, la témérité consiste à prendre des risques inutiles.

Une cage de bêtes féroces

VI

Et voilà que, brusquement, il s'élève une clameur sourde des coins de la cage. Les boutiques se ferment, le tocsin[1] se lamente d'une voix haletante et inquiète.

Des groupes d'hommes armés envahissent les rues, arrachent les pavés, dressent à la hâte des barricades[2]. Les rugissements de la ville ont cessé ; il y règne un silence lourd et sinistre. Les bêtes humaines se taisent ; elles rampent le long des maisons, prêtes à bondir.

Et bientôt elles bondissent. La fusillade éclate, accompagnée de la voix grave du canon. Le sang coule, les morts s'écrasent la face dans les ruisseaux, les blessés hurlent. Il s'est formé deux camps dans la cage des hommes, et ces animaux s'égaient un peu à s'égorger en famille. Quand le Lion eut compris ce dont il s'agissait :

– Mon Dieu ! s'écria-t-il, sauvez-nous de la bagarre ! Je suis bien puni d'avoir cédé à la bête d'envie que j'avais de rendre visite à ces terribles carnassiers. Que nos mœurs sont douces à côté des leurs ! Jamais nous ne nous mangeons entre nous.

Et s'adressant à la Hyène :

– Allons, vite, détalons, continua-t-il. Ne faisons plus les braves. Pour moi, je l'avoue, j'ai les os gelés d'épouvante. Il nous faut quitter lestement[3] ce pays barbare.

Alors, ils s'enfuirent honteusement et peureusement. Leur course devint de plus en plus furieuse et emportée car l'effroi les battait aux flancs[4] et les souvenirs terrifiants de la journée étaient comme autant d'aiguillons qui précipitaient leurs bonds.

Ils arrivèrent ainsi au Jardin des plantes, hors d'haleine, regardant avec terreur derrière eux. Alors ils respirèrent à l'aise, ils coururent se blottir dans une cage vide dont ils fermèrent vigoureusement la porte. Là, ils se félicitèrent avec effusion[5] de leur retour.

notes

1. tocsin : sonnerie des cloches publiques pour prévenir d'un danger.
2. barricades : durant les émeutes (à Paris en 1830, 1832, 1848...), barrages construits dans les rues avec toutes sortes de matériaux.
3. lestement : habilement.
4. battait aux flancs : stimulait.
5. effusion : manifestation très visible des sentiments.

Celle qui m'aime et autres nouvelles

— Ah ! bien, dit le Lion, on ne me reprendra pas à sortir de ma cage pour aller me promener dans celle des hommes. Il n'y a de paix et de bonheur possibles qu'au fond de cette cellule douce et civilisée.

VII

Et, comme la Hyène tâtait les barreaux de la cage les uns après les autres :
— Que regardez-vous donc ? demanda le Lion.
— Je regarde, répondit la Hyène, si ces barreaux sont solides et s'ils nous défendent suffisamment contre la férocité des hommes.

Nouvelle publiée dans *La Rue*, le 31 août 1867.

« La cage des hommes »
Lecture analytique de la nouvelle, pp. 25 à 32.

L'apologue* est un récit court au service d'une leçon. Entrent dans cette très ancienne catégorie littéraire conjuguant narration et morale, les fables (d'Ésope aux auteurs contemporains, en passant par La Fontaine, le maître du genre), les contes (philosophiques ou non) et les paraboles (qui servent de support à l'enseignement du Christ dans les Évangiles). Cette diversité ne doit cependant pas cacher les nombreux points communs, outre l'entrecroisement de la narration et de la leçon. En effet, la brièveté du récit suppose toujours une composition simple. Les péripéties, qui, selon la structure du schéma narratif, doivent conduire les personnages principaux de l'élément perturbateur à l'élément de résolution, se succèdent rapidement. Même simplicité du côté des personnages : bien souvent, comme Cendrillon chez Perrault ou Candide dans le conte éponyme* de Voltaire, ils n'ont pas de réelle identité et leur nom se réduit à un surnom qui suffit à les définir. Ne cherchons surtout pas à creuser leur psychologie : au service de la leçon, les protagonistes ne sont que des outils sans réel visage humain. La Fontaine ne choisit-il pas d'ailleurs des animaux ? Ce détour, commode pour contourner la censure, convient parfaitement à un genre qui a fait de la simplicité sa règle d'or.

Sans adopter la forme versifiée de la fable animalière chère à La Fontaine, Zola, dans *Une cage de bêtes féroces*, récit bref à visée didactique*, reprend le principe des personnages-animaux pour en faire le ressort même de son intrigue, amenant le lecteur à se demander qui, de l'animal ou de l'homme, a le plus d'humanité. Ainsi, renouant avec la forme ancienne de l'apologue, le futur romancier engagé nous donne une image de la société de son temps et nous propose une réflexion sur la nature humaine.

* *Cf.* Lexique.

Lecture analytique

La composition d'un apologue*

① Pourquoi Zola a-t-il choisi de mettre en scène un lion et une hyène ?

② Quels sont les autres personnages du récit ? Comment sont-ils présentés ?

③ Relevez les interventions de l'auteur. Quels rôles jouent-elles ?

④ Dégagez précisément la composition de l'histoire.

⑤ Comparez l'atmosphère du début (chap. I) et celle suggérée à la fin (chap. VII).

⑥ En quoi cette dernière étape constitue-t-elle une réponse à la première ?

Les procédés de la dénonciation

⑦ Comment s'effectue la personnification des deux animaux ?

⑧ Montrez que les hommes sont, au contraire, animalisés.

⑨ Quels sont les différents aspects du procédé de l'inversion dans le récit ?

⑩ Quel est l'intérêt de cette inversion ?

⑪ Commentez le titre de cet apologue.

⑫ Quel rôle joue le regard étranger dans la dénonciation ?

Les cibles de l'apologue

⑬ Quels éléments appartiennent à la France contemporaine de Zola ?

⑭ Que reproche Zola à la peine de mort ?

⑮ Comment la Bourse est-elle représentée ? Qui vise ici Zola ?

⑯ Que dénonce Zola au chapitre VI ?

⑰ Quel est le dénominateur commun aux différentes cibles de la critique ?

⑱ Quelles leçons Zola nous invite-t-il à tirer de son apologue ?

* Cf. Lexique.

Le regard étranger
Lectures croisées et travaux d'écriture

« *Le monde est vieux, dit-on : je le crois ; cependant / Il le faut amuser encor comme un enfant* » (La Fontaine). Ces deux vers concluent « Le Pouvoir des fables », une longue démonstration de l'efficacité argumentative de la fiction illustrée par l'histoire d'un orateur athénien qui, pour toucher ses concitoyens, eut la bonne idée de leur raconter une histoire. Ne réduisons donc pas le détour par la fiction à un subterfuge pour contourner la censure : il est, avant tout, une arme efficace au service d'une opinion.

Au sein de ces fictions argumentatives, le procédé du regard étranger est particulièrement puissant car, tout en amusant, il permet une distance favorable à la réflexion. C'est ce que fait Zola lorsqu'il inverse le monde du zoo et fait se promener deux animaux dans « *la cage des hommes* » (texte A). La Fontaine, empruntant les yeux d'un loup pour considérer le collier d'un chien, procédait d'une façon similaire (texte C). Ce procédé, très apprécié par un public aimant « l'esprit », se développe au XVIIe siècle. Ainsi, s'inspirant de la curiosité dont les Européens faisaient preuve à l'égard de la Perse, Montesquieu (texte D) choisit d'inverser le regard et d'introduire un regard persan (le jeu de mots n'est pas à exclure) à Paris. Voltaire l'imite dans *Zadig*, *Candide* (texte E) et *L'Ingénu*.

Ne faisons pas pour autant de ce procédé du regard étranger une pièce de musée car la science-fiction du XXe siècle (texte F) s'en est emparée pour mieux dénoncer les travers de notre modernité : « *la cage des hommes* » n'a malheureusement pas d'âge...

Texte A : Chapitre VI d'*Une cage de bêtes féroces* d'Émile Zola (p. 31, l. 130, à p. 32, l. 160)

Lectures croisées

Texte B : Ésope, « Le Loup et le Chien »
On se perd en conjectures quant à la vie du Grec légendaire Ésope (VIIe-VIe siècle av. J.-C.) à qui on attribue la paternité du genre de la fable. Ces courts récits satiriques et didactiques se sont largement répandus avant d'être écrits au IVe siècle av. J.-C. et d'inspirer le fabuliste latin Phèdre et notre poète classique La Fontaine.

Le Loup et le Chien
Un loup voyant un très gros chien attaché par un collier lui demanda :
« Qui t'a lié et nourri de la sorte ?
– Un chasseur, répondit le chien.
– Ah ! Dieu garde de cela le loup qui m'est cher ! Autant la faim qu'un collier pesant ! »
Cette fable montre que dans le malheur on n'a même pas les plaisirs du ventre.

Ésope, « Le Loup et le Chien ».

Texte C : Jean de La Fontaine, « Le Loup et le Chien »
Reprenant la trame narrative de la fable d'Ésope, La Fontaine dramatise l'histoire et accentue le procédé du regard étranger. La morale explicite d'Ésope laisse la place à une leçon implicite bien différente...

Le Loup et le Chien
Un Loup n'avait que les os et la peau,
Tant les chiens faisaient bonne garde ;
Ce Loup rencontre un dogue aussi puissant que beau,
Gras, poli[1], qui s'était fourvoyé par mégarde.
L'attaquer, le mettre en quartiers,
Sire Loup l'eût fait volontiers :
Mais il fallait livrer bataille,
Et le Mâtin[2] était de taille
À se défendre hardiment.
Le Loup donc l'aborde humblement,
Entre en propos[3], et lui fait compliment
Sur son embonpoint, qu'il admire.
« Il ne tiendra qu'à vous, beau sire,
D'être aussi gras que moi, lui repartit le Chien.
Quittez les bois, vous ferez bien :
Vos pareils y sont misérables,

Lectures croisées

> Cancres, hères et pauvres diables,
> Dont la condition est de mourir de faim.
> Car, quoi ? rien d'assuré ! point de franche lippée !
> Tout à la pointe de l'épée !
> Suivez-moi, vous aurez un bien meilleur destin. »
> Le Loup reprit : « Que me faudra-t-il faire ?
> – Presque rien, dit le Chien : donner la chasse aux gens
> Portant bâtons et mendiants ;
> Flatter ceux du logis, à son Maître complaire.
> Moyennant quoi votre salaire
> Sera force reliefs de toutes les façons :
> Os de poulets, os de pigeons ;
> Sans parler de mainte caresse. »
> Le Loup déjà se forge une félicité
> Qui le fait pleurer de tendresse.
> Chemin faisant, il vit le col[4] du Chien pelé.
> « Qu'est-ce là ? lui dit-il. – Rien. – Quoi ! rien ? – Peu de chose.
> – Mais encor ? – Le collier dont je suis attaché
> De ce que vous voyez est peut-être la cause.
> – Attaché ? dit le Loup : vous ne courez donc pas
> Où vous voulez ? – Pas toujours ; mais qu'importe ?
> – Il importe si bien que de tous vos repas
> Je ne veux en aucune sorte,
> Et ne voudrais pas même à ce prix un trésor. »
> Cela dit, maître Loup s'enfuit, et court encor.

Jean de La Fontaine, « Le Loup et le Chien », extrait du livre I des *Fables*, 1668.

1. **poli** : a le double sens de « civilisé » et « lustré » (en parlant du poil).
2. **Mâtin** : gros chien de garde.
3. **entre en propos** : engage la conversation.
4. **col** : cou.

Texte D : Montesquieu, *Lettres persanes*

Publié en 1721 par Montesquieu, le philosophe des Lumières, le roman épistolaire des Lettres persanes *est un prétexte pour jeter un regard distancié et critique sur les mœurs et les institutions françaises.*
Rica, un Persan[1], découvre Paris et rapporte ses impressions faussement naïves à son ami Rhédi. Le lecteur du XVIIIe siècle est invité à poser sur son environnement familier le même regard étranger.

Lectures croisées

Lettre LXXXVI
Rica à Rhédi, *à Venise.*

Je trouve les caprices de la mode, chez les Français, étonnants. Ils ont oublié comment ils étaient habillés cet été ; ils ignorent encore plus comment ils le seront cet hiver ; mais, surtout, on ne saurait croire combien il en coûte à un mari pour mettre sa femme à la mode.

Que me servirait de te faire une description exacte de leur habillement et de leurs parures ? Une mode nouvelle viendrait détruire tout mon ouvrage, comme celui de leurs ouvriers, et avant que tu eusses reçu ma lettre, tout serait changé.

Une femme qui quitte Paris pour aller passer six mois à la campagne en revient aussi antique que si elle s'y était oubliée trente ans. Le fils méconnaît le portrait de sa mère, tant l'habit avec lequel elle est peinte lui paraît étranger : il s'imagine que c'est quelque Américaine qui y est représentée, ou que le peintre a voulu exprimer quelqu'une de ses fantaisies.

Quelquefois les coiffures montent insensiblement, et une révolution les fait descendre tout à coup. Il a été un temps que leur hauteur immense mettait le visage d'une femme au milieu d'elle-même. Dans un autre, c'étaient les pieds qui occupaient cette place ; les talons faisaient un piédestal qui les tenait en l'air. Qui pourrait le croire ? [...]

Il en est des manières et de la façon de vivre comme des modes : les Français changent de mœurs selon l'âge de leur roi. Le monarque pourrait même parvenir à rendre la nation grave, s'il l'avait entrepris. Le prince imprime le caractère de son esprit à la Cour, la Cour à la ville, la ville aux provinces. L'âme du souverain est un moule qui donne la forme à toutes les autres.

De Paris, le 8 de la lune de Saphar, 1717.

Montesquieu, *Lettres persanes*, extrait de la lettre LXXXVI, 1721.

1. Persan : habitant de la Perse.

Texte E : Voltaire, *Candide*

Le voyage initiatique de Candide, le personnage éponyme* du conte que Voltaire fait paraître anonymement en 1759, permet au jeune homme naïf – et, avec lui, au lecteur – de découvrir le monde qu'il ne connaît pas. En effet, après avoir vécu, éduqué par le philosophe optimiste Pangloss, dans le monde clos et apparemment paradisiaque de la baronnie de Thunder-ten-Tronckh, Candide est brusquement chassé et projeté dans un univers

* *Cf.* Lexique

Lectures croisées

incompréhensible. Dans le chapitre 3, enrôlé comme soldat, il se retrouve sur un champ de bataille.

Rien n'était si beau, si leste, si brillant, si bien ordonné que les deux armées. Les trompettes, les fifres, les hautbois, les tambours, les canons formaient une harmonie telle qu'il n'y en eut jamais en enfer. Les canons renversèrent d'abord à peu près six mille hommes de chaque côté ; ensuite la mousqueterie ôta du meilleur des mondes environ neuf à dix mille coquins[1] qui en infectaient la surface. La baïonnette fut aussi la raison suffisante[2] de la mort de quelques milliers d'hommes. Le tout pouvait bien se monter à une trentaine de mille âmes. Candide, qui tremblait comme un philosophe, se cacha du mieux qu'il put pendant cette boucherie héroïque.

Enfin, tandis que les deux rois faisaient chanter des *Te Deum*[3] chacun dans son camp, il prit le parti d'aller raisonner ailleurs des effets et des causes[4]. Il passa par-dessus des tas de morts et de mourants, et gagna d'abord un village voisin ; il était en cendres : c'était un village abare que les Bulgares avaient brûlé, selon les lois du droit public. Ici des vieillards criblés de coups regardaient mourir leurs femmes égorgées, qui tenaient leurs enfants à leurs mamelles sanglantes ; là des filles, éventrées après avoir assouvi les besoins naturels de quelques héros, rendaient les derniers soupirs ; d'autres, à demi brûlées, criaient qu'on achevât de leur donner la mort. Des cervelles étaient répandues sur la terre à côté de bras et de jambes coupés.

Candide s'enfuit au plus vite dans un autre village : il appartenait à des Bulgares, et des héros abares l'avaient traité de même.

Voltaire, *Candide*, extrait du chapitre 3, 1759.

1. coquins : fripons. **2. raison suffisante :** cause qui suffit à expliquer une situation ; expression philosophique dont se moque Voltaire. **3. Te Deum :** hymne catholique que l'on chantait notamment pour célébrer les victoires. **4. des effets et des causes :** au sujet des liens de cause à conséquence.

Texte F : Clifford D. Simak, *Demain les chiens*

Demain les chiens, une œuvre de science-fiction de l'écrivain américain Clifford D. Simak (1904-1988), se présente comme un recueil de contes réunis par des chiens civilisés et préfacés par un chien spécialiste d'une « race mythique » : la « race humaine ».

En ce qui concerne l'Homme, par contre, la terminologie a été bien mise au point. Cette race mythique était désignée sous le nom de race

Travaux d'écriture

> *humaine ; les femelles sont des femmes ou des épouses (deux termes qui ont peut-être jadis correspondu à des nuances distinctes, mais que l'on regarde aujourd'hui comme synonymes), les chiots sont des enfants. Un chiot mâle est un garçon. Un chiot femelle, une fille.*
> *Outre le concept de cité, deux autres concepts apparaissent dans le conte, que le lecteur sera incapable de concilier avec son mode de vie et qui heurteront peut-être même sa façon de penser : ce sont les idées de guerre et de meurtre. Le meurtre est un procédé, impliquant généralement la violence, par lequel une créature vivante met un terme à la vie d'une autre créature vivante. La guerre, semble-t-il, était une forme de meurtre collectif pratiqué à une échelle inconcevable.*
> *Rover[1] déclare, dans son étude de la légende, être persuadé que les contes sont beaucoup plus anciens qu'on ne le croit d'ordinaire : il affirme en effet que des concepts comme ceux de guerre et de meurtre n'ont pas pu venir de notre culture actuelle mais qu'ils doivent remonter à une ère de sauvagerie dont on ne possède plus de traces historiques.*

Clifford D. Simak, *Demain les chiens*, traduit par Jean Rosenthal, Club français du Livre, 1952.

1. Rover : spécialiste imaginé par l'auteur.

Document : Photo du film *La Planète des singes* de Franklin J. Schaffner (1967)

Adapté du roman français de Pierre Boulle (1963), La Planète des singes raconte les aventures de trois cosmonautes découvrant une planète sur laquelle les hommes sont réduits à la condition d'animaux et gouvernés par des grands singes.

Document ci-contre.

Corpus

Texte A : Extrait du chapitre VI d'*Une cage de bêtes féroces* d'Émile Zola (p. 31, l. 130, à p. 32, l. 160).

Texte B : « Le Loup et le Chien » d'Ésope (p. 36).

Texte C : « Le Loup et le Chien » de Jean de La Fontaine (pp. 36-37).

Texte D : Extrait de la lettre LXXXVI des *Lettres persanes* de Montesquieu (pp. 37-38).

Texte E : Extrait du chapitre 3 de *Candide* de Voltaire (pp. 38-39).

Texte F : Extrait de *Demain les chiens* de Clifford D. Simak (pp. 39-40).

Document : Photo du film *La Planète des singes* de Franklin J. Schaffner (pp. 40-41)

Travaux d'écriture

Travaux d'écriture

Examen des textes et de l'image

① Que représentent respectivement le Chien et le Loup dans les deux fables (textes B et C) ? Quel glissement la réécriture a-t-elle opéré ?

② Dans la fable de La Fontaine (texte C), en quoi le regard du Loup est-il essentiel pour l'argumentation ?

③ Comment le texte de Montesquieu (texte D) dénonce-t-il le pouvoir absolu du roi ? Vous répondrez à cette question après avoir dégagé le plan du texte.

④ À quoi voit-on que Candide est étranger à la scène (texte E) ? Quel est l'effet sur le lecteur ?

⑤ À quoi voit-on que le texte est supposé être une préface accompagnant des contes qui appartiennent à une autre culture que celle du lecteur (texte F) ?

⑥ En quoi peut-on dire que le film met en place un procédé d'inversion similaire à celui qu'emploie Zola dans son récit ?

Travaux d'écriture

Question préliminaire
Quels rôles joue le regard étranger dans les différents textes ? Quelles dénonciations sert-il ?

Commentaire
Vous ferez le commentaire de la fable « Le Loup et le Chien » de Jean de La Fontaine (texte C).

Dissertation
Les différentes formes de la fiction narrative sont-elles, selon vous, un bon moyen pour dénoncer les travers de la société et prendre la défense de l'homme ?
Vous présenterez une réflexion organisée et illustrée par des exemples tirés du corpus, des œuvres étudiées en classe et de vos lectures personnelles.

Écriture d'invention
En recourant à la technique du regard étranger, composez un récit dans lequel vous soutenez une cause qui vous est chère.

Mon Voisin Jacques

[Quand paraissent, en 1874, les quatorze récits des Nouveaux Contes à Ninon, *Zola a déjà planifié son œuvre romanesque. Le projet d'une « histoire naturelle et sociale d'une famille sous le Second Empire » date, en effet, de 1868 et le public n'est pas resté indifférent à* La Curée *en 1872. En 1873 et 1874 paraissent respectivement* Le Ventre de Paris *et* La Conquête de Plassans, *fruits du travail méthodique de l'écrivain. Le projet des* Rougon-Macquart *est ambitieux et contraignant. Dans ce contexte, les récits qui sont réunis en 1874 ouvrent un espace de fantaisie et renouent avec les œuvres de jeunesse.*

Comme pour le recueil de 1864, ces Nouveaux Contes à Ninon *ont d'abord paru dans la presse. Ainsi,* Mon Voisin Jacques, *composé en novembre 1865, est d'abord publié le même mois dans* Le Journal des villes et des campagnes *sous le titre* Un souvenir du printemps de ma vie, *avant de paraître dans différents journaux entre 1866 et 1872.* Le Paradis des chats, *qui paraît dans* La Tribune *en 1868, est une transposition de* La Journée d'un chien errant *parue dans* Le Figaro *en 1866. Quant au* Forgeron, *il sera composé en 1874 et publié la même année dans* L'Almanach des travailleurs, *avant d'inspirer à son auteur le personnage de « la Gueule-d'Or » (Goujet) dans* L'Assommoir *en 1877.]*

Celle qui m'aime et autres nouvelles

I

J'habitais alors, rue Gracieuse, le grenier de mes vingt ans. La rue Gracieuse est une ruelle escarpée[1], qui descend la butte Saint-Victor, derrière le Jardin des plantes.

Je montais deux étages, – les maisons sont basses en ce pays, – m'aidant d'une corde[2] pour ne pas glisser sur les marches usées, et je gagnais ainsi mon taudis dans la plus complète obscurité. La pièce, grande et froide, avait les nudités, les clartés blafardes d'un caveau[3]. J'ai eu pourtant des clairs-soleils dans cette ombre, les jours où mon cœur avait des rayons.

Puis, il me venait des rires de gamine, du grenier voisin, qui était peuplé de toute une famille, le père, la mère, et une bambine de sept à huit ans.

Le père avait un air anguleux, la tête plantée de travers entre deux épaules pointues. Son visage osseux était jaune, avec de gros yeux noirs enfoncés sous d'épais sourcils. Cet homme, dans sa mine lugubre, gardait un bon sourire timide ; on eût dit un grand enfant de cinquante ans, se troublant, rougissant comme une fille. Il cherchait l'ombre, filait le long des murs avec l'humilité d'un forçat[4] gracié.

Quelques saluts échangés m'en avaient fait un ami. Je me plaisais à cette face étrange, pleine d'une bonhomie[5] inquiète. Peu à peu, nous en étions venus aux poignées de main.

II

Au bout de six mois, j'ignorais encore le métier qui faisait vivre mon voisin Jacques et sa famille. Il parlait peu. J'avais bien, par pur intérêt, questionné la femme à deux ou trois reprises ; mais je n'avais pu tirer d'elle que des réponses évasives, balbutiées avec embarras.

---

notes

1. **escarpée** : en pente.
2. La corde sert ici de rampe.
3. **caveau** : petite cave ou tombeau.
4. **forçat** : condamné au bagne.
5. **bonhomie** : simplicité mêlée de générosité.

Mon Voisin Jacques

Un jour, – il avait plu la veille, et mon cœur était endolori, – comme je descendais le boulevard d'Enfer[1], je vis venir à moi un de ces parias[2] du peuple ouvrier de Paris, un homme vêtu et coiffé de noir, cravaté de blanc, tenant sous le bras la bière[3] étroite d'un enfant nouveau-né.

Il allait, la tête basse, portant son léger fardeau avec une insouciance rêveuse, poussant du pied les cailloux du chemin. La matinée était blanche. J'eus plaisir à cette tristesse qui passait. Au bruit de mes pas, l'homme leva la tête, puis la détourna vivement, mais trop tard : je l'avais reconnu. Mon voisin Jacques était croque-mort[4].

Je le regardai s'éloigner, honteux de sa honte. J'eus regret de ne pas avoir pris l'autre allée. Il s'en allait, la tête plus basse, se disant sans doute qu'il venait de perdre la poignée de main que nous échangions chaque soir.

III

Le lendemain, je le rencontrai dans l'escalier. Il se rangea peureusement contre le mur, se faisant petit, petit, ramenant avec humilité les plis de sa blouse, pour que la toile n'en touchât pas mon vêtement. Il était là, le front incliné, et j'apercevais sa pauvre tête grise tremblante d'émotion.

Je m'arrêtai, le regardant en face. Je lui tendis la main, toute large.

Il leva la tête, hésita, me regarda en face à son tour. Je vis ses gros yeux s'agiter et sa face jaune se tacher de rouge. Puis, me prenant le bras brusquement, il m'accompagna dans mon grenier, où il retrouva enfin la parole.

– Vous êtes un brave jeune homme, me dit-il ; votre poignée de main vient de me faire oublier bien des regards mauvais.

---

notes

1. boulevard d'Enfer : nom de l'actuel boulevard Raspail, à Paris.
2. parias : exclus.
3. bière : cercueil.
4. croque-mort : employé des pompes funèbres ; selon le dictionnaire de l'Académie française, l'expression vient du fait que cette profession consistait à faire disparaître (ancien sens du verbe *croquer*) les morts.

Et il s'assit, se confessant à moi. Il m'avoua qu'avant d'être de la partie, il se sentait, comme les autres, pris de malaise, lorsqu'il rencontrait un croque-mort. Mais, depuis ce temps, dans ses longues heures de marche, au milieu du silence des convois, il avait réfléchi à ces choses, il s'était étonné du dégoût et de la crainte qu'il soulevait sur son passage.

J'avais vingt ans alors, j'aurais embrassé un bourreau[1]. Je me lançai dans des considérations philosophiques, voulant démontrer à mon voisin Jacques que sa besogne était sainte. Mais il haussa ses épaules pointues, se frotta les mains en silence, en reprenant de sa voix lente et embarrassée :

— Voyez-vous, monsieur, les cancans[2] du quartier, les mauvais regards des passants, m'inquiètent peu, pourvu que ma femme et ma fille aient du pain. Une seule chose me taquine. Je n'en dors pas la nuit, quand j'y songe. Nous sommes, ma femme et moi, des vieux qui ne sentons plus la honte. Mais les jeunes filles, c'est ambitieux. Ma pauvre Marthe rougira de moi plus tard. À cinq ans, elle a vu un de mes collègues, et elle a tant pleuré, elle a eu si peur, que je n'ai pas encore osé mettre le manteau noir devant elle. Je m'habille et me déshabille dans l'escalier.

J'eus pitié de mon voisin Jacques ; je lui offris de déposer ses vêtements dans ma chambre, et d'y venir les mettre à son aise, à l'abri du froid. Il prit mille précautions pour transporter chez moi sa sinistre défroque[3]. À partir de ce jour, je le vis régulièrement matin et soir. Il faisait sa toilette dans un coin de ma mansarde.

IV

J'avais un vieux coffre dont le bois s'émiettait, piqué par les vers. Mon voisin Jacques en fit sa garde-robe ; il en garnit le fond de journaux, il y plia délicatement ses vêtements noirs.

---

notes

1. Le bourreau est exclu de la société.
2. cancans : ragots.
3. défroque : vieux vêtement.

Mon Voisin Jacques

Parfois, la nuit, lorsqu'un cauchemar m'éveillait en sursaut, je jetai un regard effaré sur le vieux coffre, qui s'allongeait contre le mur, en forme de bière. Il me semblait en voir sortir le chapeau, le manteau noir, la cravate blanche.

Le chapeau roulait autour de mon lit, ronflant et sautant par petits bonds nerveux ; le manteau s'élargissait, et, agitant ses pans comme des grandes ailes noires, volait dans la chambre, ample et silencieux ; la cravate blanche s'allongeait, s'allongeait, puis se mettait à ramper doucement vers moi, la tête levée, la queue frétillante.

J'ouvrais les yeux démesurément, j'apercevais le vieux coffre immobile et sombre dans son coin.

V

Je vivais dans le rêve, à cette époque, rêve d'amour, rêve de tristesse aussi. Je me plaisais à mon cauchemar ; j'aimais mon voisin Jacques, parce qu'il vivait avec les morts, et qu'il m'apportait les âcres[1] senteurs des cimetières. Il m'avait fait des confidences. J'écrivais les premières pages des *Mémoires d'un croque-mort*.

Le soir, mon voisin Jacques, avant de se déshabiller, s'asseyait sur le vieux coffre pour me conter sa journée. Il aimait à parler de ses morts. Tantôt, c'était une jeune fille, – la pauvre enfant, morte poitrinaire[2], ne pesait pas lourd ; tantôt, c'était un vieillard – ce vieillard, dont le cercueil lui avait cassé le bras, était un gros fonctionnaire qui devait avoir emporté son or dans ses poches. Et j'avais des détails intimes sur chaque mort ; je connaissais leur poids, les bruits qui s'étaient produits dans les bières, la façon dont il avait fallu les descendre, aux coudes des escaliers.

Il arriva que mon voisin Jacques, certains soirs, rentra plus bavard et plus épanoui. Il s'appuyait aux murs, le manteau agrafé sur l'épaule, le chapeau rejeté en arrière. Il avait rencontré des héritiers généreux

notes

1. âcres : aigres, irritantes.

2. poitrinaire : atteinte de la tuberculose, maladie mortelle au XIXe siècle.

qui lui avaient payé « les litres et le morceau de brie de la consolation. »[1] Et il finissait par s'attendrir ; il me jurait de me porter en terre, lorsque le moment serait venu, avec une douceur de main toute amicale.

Je vécus ainsi plus d'une année en pleine nécrologie[2].

Un matin mon voisin Jacques ne vint pas. Huit jours après, il était mort.

Lorsque deux de ses collègues enlevèrent le corps, j'étais sur le seuil de ma porte. Je les entendis plaisanter en descendant la bière, qui se plaignait sourdement à chaque heurt[3].

L'un d'eux, un petit gras, disait à l'autre, un grand maigre :
– Le croque-mort est croqué[4].

Nouvelle publiée dans les *Nouveaux Contes à Ninon*, 1874.

---

notes

[1]. Il s'agit de vin et de fromage de Brie.
[2]. **nécrologie** : rubrique des décès dans les journaux.
[3]. **à chaque heurt** : à chaque fois que le cercueil heurtait quelque chose.
[4]. **est croqué** : a disparu.

Le Paradis des chats

Une tante m'a légué un chat d'Angora[1] qui est bien la bête la plus stupide que je connaisse. Voici ce que mon chat m'a conté, un soir d'hiver, devant les cendres chaudes.

I

J'avais alors deux ans, et j'étais bien le chat le plus gras et le plus naïf qu'on pût voir. À cet âge tendre, je montrais encore toute la présomption[2] d'un animal qui dédaigne les douceurs du foyer. Et pourtant que de remercîments[3] je devais à la Providence[4] pour m'avoir placé chez votre tante ! La brave femme m'adorait. J'avais, au fond d'une armoire, une véritable chambre à coucher, coussin de plume en triple couverture. La nourriture valait le coucher ; jamais de pain, jamais de soupe, rien que de la viande, de la bonne viande saignante.

notes

1. chat d'Angora : race de chat à poils longs.
2. présomption : prétention, haute opinion de soi.
3. Autre façon d'écrire *remerciements*.
4. Providence : Dieu, qui pourvoit aux besoins des hommes.

Celle qui m'aime et autres nouvelles

Eh bien ! au milieu de ces douceurs, je n'avais qu'un désir, qu'un rêve, me glisser par la fenêtre entr'ouverte et me sauver sur les toits. Les caresses me semblaient fades, la mollesse de mon lit me donnait des nausées, j'étais gras à m'en écœurer moi-même. Et je m'ennuyais tout le long de la journée à être heureux.

Il faut vous dire qu'en allongeant le cou, j'avais vu de la fenêtre le toit d'en face. Quatre chats, ce jour-là, s'y battaient, le poil hérissé, la queue haute, se roulant sur les ardoises bleues, au grand soleil, avec des jurements de joie. Jamais je n'avais contemplé un spectacle si extraordinaire. Dès lors, mes croyances furent fixées. Le véritable bonheur était sur ce toit, derrière cette fenêtre qu'on fermait si soigneusement. Je me donnais pour preuve qu'on fermait ainsi les portes des armoires, derrière lesquelles on cachait la viande.

J'arrêtai le projet de m'enfuir. Il devait y avoir dans la vie autre chose que de la chair saignante. C'était là l'inconnu, l'idéal. Un jour, on oublia de pousser la fenêtre de la cuisine. Je sautai sur un petit toit qui se trouvait au-dessous.

II

Que les toits étaient beaux ! De larges gouttières les bordaient, exhalant des senteurs délicieuses. Je suivis voluptueusement ces gouttières, où mes pattes enfonçaient dans une boue fine, qui avait une tiédeur et une douceur infinies. Il me semblait que je marchais sur du velours. Et il faisait une bonne chaleur au soleil, une chaleur qui fondait ma graisse.

Je ne vous cacherai pas que je tremblais de tous mes membres. Il y avait de l'épouvante dans ma joie. Je me souviens surtout d'une terrible émotion qui faillit me faire culbuter sur les pavés. Trois chats qui roulèrent du faîte[1] d'une maison, vinrent à moi en miaulant affreusement. Et comme je défaillais[2], ils me traitèrent de grosse bête,

notes

1. faîte : sommet.

2. je défaillais : j'étais sur le point de m'évanouir.

Le Paradis des chats

ils me dirent qu'ils miaulaient pour rire. Je me mis à miauler avec eux. C'était charmant. Les gaillards n'avaient pas ma stupide graisse. Ils se moquaient de moi, lorsque je glissais comme une boule sur les plaques de zinc, chauffées par le grand soleil. Un vieux matou de la bande me prit particulièrement en amitié. Il m'offrit de faire mon éducation, ce que j'acceptai avec reconnaissance.

Ah ! que le mou[1] de votre tante était loin : je bus aux gouttières, et jamais lait sucré ne m'avait semblé si doux. Tout me parut bon et beau. Une chatte passa, une ravissante chatte, dont la vue m'emplit d'une émotion inconnue. Mes rêves seuls m'avaient jusque-là montré ces créatures exquises dont l'échine[2] a d'adorables souplesses. Nous nous précipitâmes à la rencontre de la nouvelle venue, mes trois compagnons et moi. Je devançai les autres, j'allais faire mon compliment à la ravissante chatte, lorsqu'un de mes camarades me mordit cruellement au cou. Je poussai un cri de douleur.

– Bah ! me dit le vieux matou en m'entraînant, vous en verrez bien d'autres.

III

Au bout d'une heure de promenade, je me sentis un appétit féroce.

– Qu'est-ce qu'on mange sur les toits ? demandai-je à mon ami le matou.

– Ce qu'on trouve, me répondit-il doctement[3].

Cette réponse m'embarrassa, car j'avais beau chercher, je ne trouvais rien. J'aperçus enfin, dans une mansarde, une jeune ouvrière qui préparait son déjeuner. Sur la table, au-dessous de la fenêtre, s'étalait une belle côtelette, d'un rouge appétissant.

– Voilà mon affaire, pensai-je en toute naïveté.

---

notes

1. mou : poumon d'animaux de boucherie destiné à nourrir les chats.

2. échine : colonne vertébrale.

3. doctement : sur un ton savant.

Et je sautai sur la table, où je pris la côtelette. Mais l'ouvrière m'ayant aperçu, m'asséna sur l'échine un terrible coup de balai. Je lâchai la viande, je m'enfuis, en jetant un juron effroyable.

– Vous sortez donc de votre village ? me dit le matou. La viande qui est sur les tables, est faite pour être désirée de loin. C'est dans les gouttières qu'il faut chercher.

Jamais je ne pus comprendre que la viande des cuisines n'appartînt pas aux chats. Mon ventre commençait à se fâcher sérieusement. Le matou acheva de me désespérer en me disant qu'il fallait attendre la nuit. Alors nous descendrions dans la rue, nous fouillerions les tas d'ordures. Attendre la nuit ! Il disait cela tranquillement, en philosophe endurci. Moi, je me sentais défaillir, à la seule pensée de ce jeûne[1] prolongé.

IV

La nuit vint lentement, une nuit de brouillard qui me glaça. La pluie tomba bientôt, mince, pénétrante, fouettée par des souffles brusques de vent. Nous descendîmes par la baie vitrée d'un escalier. Que la rue me parut laide ! Ce n'était plus cette bonne chaleur, ce large soleil, ces toits blancs de lumière où l'on se vautrait si délicieusement. Mes pattes glissaient sur le pavé gras. Je me souvins avec amertume de ma triple couverture et de mon coussin de plume.

À peine étions-nous dans la rue, que mon ami le matou se mit à trembler. Il se fit petit, petit, et fila sournoisement le long des maisons, en me disant de le suivre au plus vite. Dès qu'il rencontra une porte cochère, il s'y réfugia à la hâte, en laissant échapper un ronronnement de satisfaction. Comme je l'interrogeais sur cette fuite :

– Avez-vous vu cet homme qui avait une hotte et un crochet ? me demanda-t-il.

– Oui.

---

1. jeûne : privation de nourriture.

Le Paradis des chats

— Eh bien ! s'il nous avait aperçus, il nous aurait assommés et mangés à la broche !

— Mangés à la broche ! m'écriai-je. Mais la rue n'est donc pas à nous ? On ne mange pas, et l'on est mangé !

V

Cependant, on avait vidé les ordures devant les portes. Je fouillai les tas avec désespoir. Je rencontrai deux ou trois os maigres qui avaient traîné dans les cendres. C'est alors que je compris combien le mou frais est succulent. Mon ami le matou grattait les ordures en artiste. Il me fit courir jusqu'au matin, visitant chaque pavé, ne se pressant point. Pendant près de dix heures je reçus la pluie, je grelottai de tous mes membres. Maudite rue, maudite liberté, et comme je regrettai ma prison !

Au jour, le matou, voyant que je chancelais :

— Vous en avez assez ? me demanda-t-il d'un air étrange.

— Oh ! oui, répondis-je.

— Vous voulez rentrer chez vous ?

— Certes, mais comment retrouver la maison ?

— Venez. Ce matin, en vous voyant sortir, j'ai compris qu'un chat gras comme vous n'était pas fait pour les joies âpres[1] de la liberté. Je connais votre demeure, je vais vous mettre à votre porte.

Il disait cela simplement, ce digne matou. Lorsque nous fûmes arrivés :

— Adieu, me dit-il, sans témoigner la moindre émotion.

— Non, m'écriai-je, nous ne nous quitterons pas ainsi. Vous allez venir avec moi. Nous partagerons le même lit et la même viande. Ma maîtresse est une brave femme...

Il ne me laissa pas achever.

— Taisez-vous, dit-il brusquement, vous êtes un sot. Je mourrais dans vos tiédeurs molles. Votre vie plantureuse[2] est bonne pour les

notes

1. **âpres** : difficiles, rudes.
2. **plantureuse** : abondante.

chats bâtards. Les chats libres n'achèteront jamais au prix d'une prison votre mou et votre coussin de plume... Adieu.

Et il remonta sur ses toits. Je vis sa grande silhouette maigre frissonner d'aise aux caresses du soleil levant.

Quand je rentrai, votre tante prit le martinet et m'administra une correction que je reçus avec une joie profonde. Je goûtai largement la volupté d'avoir chaud et d'être battu. Pendant qu'elle me frappait, je songeais avec délices à la viande qu'elle allait me donner ensuite.

VI

Voyez-vous, – a conclu mon chat, en s'allongeant devant la braise, – le véritable bonheur, le paradis, mon cher maître, c'est d'être enfermé et battu dans une pièce où il y a de la viande.

Je parle pour les chats.

Nouvelle publiée dans les *Nouveaux Contes à Ninon*, 1874.

Le Forgeron

Le Forgeron était un grand, le plus grand du pays, les épaules noueuses, la face et les bras noirs des flammes de la forge et de la poussière de fer des marteaux. Il avait, dans son crâne carré, sous l'épaisse broussaille de ses cheveux, de gros yeux bleus d'enfant, clairs comme de l'acier. Sa mâchoire large roulait avec des rires, des bruits d'haleine qui ronflaient, pareils à la respiration et aux gaietés géantes de son soufflet ; et, quand il levait les bras, dans un geste de puissance satisfaite, – geste dont le travail de l'enclume[1] lui avait donné l'habitude, – il semblait porter ses cinquante ans plus gaillardement encore qu'il ne soulevait « la Demoiselle[2] », une masse pesant vingt-cinq livres[3], une terrible fillette qu'il pouvait seul mettre en danse, de Vernon à Rouen[4].

J'ai vécu une année chez le Forgeron, toute une année de convalescence. J'avais perdu mon cœur, perdu mon cerveau, j'étais parti, allant devant moi, me cherchant, cherchant un coin de paix et de travail, où je pusse retrouver ma virilité. C'est ainsi qu'un soir, sur la route, après avoir dépassé le village, j'ai aperçu la forge, isolée, toute

notes

1. enclume : masse d'acier sur laquelle sont battus les métaux.
2. la Demoiselle : nom que le forgeron a donné à son marteau.
3. Une livre vaut 500 g.
4. Vernon et Rouen sont deux villes de Normandie.

Celle qui m'aime et autres nouvelles

flambante, plantée de travers à la croix[1] des Quatre-Chemins. La lueur était telle, que la porte charretière[2], grande ouverte, incendiait le carrefour, et que les peupliers, rangés en face, le long du ruisseau, fumaient comme des torches. Au loin, au milieu de la douceur du crépuscule, la cadence des marteaux sonnait à une demi-lieue[3], semblable au galop de plus en plus rapproché de quelque régiment de fer. Puis, là, sous la porte béante, dans la clarté, dans le vacarme, dans l'ébranlement de ce tonnerre, je me suis arrêté, heureux, consolé déjà, à voir ce travail, à regarder ces mains d'homme tordre et aplatir les barres rouges.

J'ai vu, par ce soir d'automne, le Forgeron pour la première fois. Il forgeait le soc[4] d'une charrue. La chemise ouverte, montrant sa rude poitrine, où les côtes, à chaque souffle, marquaient leur carcasse de métal éprouvé, il se renversait, prenait un élan, abattait le marteau. Et cela, sans un arrêt, avec un balancement souple et continu du corps, avec une poussée implacable des muscles. Le marteau tournait dans un cercle régulier, emportant des étincelles, laissant derrière lui un éclair. C'était « la Demoiselle », à laquelle le Forgeron donnait ainsi le branle[5], à deux mains ; tandis que son fils, un gaillard de vingt ans, tenait le fer enflammé au bout de la pince, et tapait de son côté, tapait des coups sourds qu'étouffait la danse éclatante de la terrible fillette du vieux. Toc, toc, – toc, toc, on eût dit la voix grave d'une mère encourageant les premiers bégaiements d'un enfant. « La Demoiselle » valsait toujours, en secouant les paillettes de sa robe, en laissant ses talons marqués dans le soc qu'elle façonnait, chaque fois qu'elle rebondissait sur l'enclume. Une flamme saignante coulait jusqu'à terre, éclairant les arêtes saillantes des deux ouvriers, dont les grandes ombres s'allongeaient dans les coins sombres et confus de la forge. Peu à peu, l'incendie pâlit, le Forgeron s'arrêta. Il resta noir, debout, appuyé sur le manche du marteau, avec une sueur au front qu'il n'essuyait même pas. J'entendais le souffle de ses côtes encore

---

notes

1. à la croix : au carrefour.
2. porte charretière : porte destinée à laisser entrer les charrettes.
3. La lieue équivalait à 4 km environ.
4. soc : pièce métallique qui permet de retourner la terre.
5. branle : élan.

Le Forgeron

ébranlées, dans le grondement du soufflet[1] que son fils tirait, d'une main lente.

Le soir, je couchais chez le Forgeron, et je ne m'en allais plus. Il avait une chambre libre, en haut, au-dessus de la forge, qu'il m'offrit et que j'acceptai. Dès cinq heures, avant le jour, j'entrais dans la besogne de mon hôte. Je m'éveillais au rire de la maison entière, qui s'animait jusqu'à la nuit de sa gaieté énorme. Sous moi, les marteaux dansaient. Il semblait que « la Demoiselle » me jetât hors du lit, en tapant au plafond, en me traitant de fainéant. Toute la pauvre chambre, avec sa grande armoire, sa table de bois blanc[2], ses deux chaises, craquait, me criait de me hâter. Et il me fallait descendre. En bas, je trouvais la forge déjà rouge. Le soufflet ronronnait, une flamme bleue et rose montait du charbon, où la rondeur d'un astre semblait luire, sous le vent qui creusait la braise. Cependant, le Forgeron préparait la besogne du jour. Il remuait du fer dans les coins, retournait des charrues, examinait des roues. Quand il m'apercevait, il mettait les poings aux côtes, le digne homme, et il riait, la bouche fendue jusqu'aux oreilles. Cela l'égayait, de m'avoir délogé du lit à cinq heures. Je crois qu'il tapait pour taper, le matin, pour sonner le réveil avec le formidable carillon de ses marteaux. Il posait ses grosses mains sur mes épaules, se penchait comme s'il eût parlé à un enfant, en me disant que je me portais mieux, depuis que je vivais au milieu de sa ferraille. Et tous les jours, nous prenions le vin blanc ensemble, sur le cul[3] d'une vieille carriole renversée.

Puis, souvent, je passais ma journée à la forge. L'hiver surtout, par les temps de pluie, j'ai vécu toutes mes heures là. Je m'intéressais à l'ouvrage. Cette lutte continue du Forgeron contre ce fer brut qu'il pétrissait à sa guise, me passionnait comme un drame puissant. Je suivais le métal du fourneau sur l'enclume, j'avais de continuelles surprises à le voir se ployer, s'étendre, se rouler, pareil à une cire molle, sous l'effort victorieux de l'ouvrier. Quand la charrue était

---

notes

1. Il s'agit du soufflet de la forge, destiné à attiser le feu.

2. bois blanc : bois ordinaire (pin, bouleau...).
3. le cul : l'arrière.

terminée, je m'agenouillais devant elle, je ne reconnaissais plus l'ébauche informe de la veille, j'examinais les pièces, rêvant que des doigts souverainement forts les avaient prises et façonnées ainsi sans le secours du feu. Parfois, je souriais en songeant à une jeune fille que j'avais aperçue, autrefois, pendant des journées entières, en face de ma fenêtre, tordant de ses mains fluettes des tiges de laiton, sur lesquelles elle attachait, à l'aide d'un fil de soie, des violettes artificielles.

Jamais le Forgeron ne se plaignait. Je l'ai vu, après avoir battu le fer pendant des journées de quatorze heures, rire le soir de son bon rire, en se frottant les bras d'un air satisfait. Il n'était jamais triste, jamais las. Il aurait soutenu la maison sur son épaule, si la maison avait croulé. L'hiver, il disait qu'il faisait bon dans sa forge. L'été, il ouvrait la porte toute grande et laissait entrer l'odeur des foins. Quand l'été vint, à la tombée du jour, j'allais m'asseoir à côté de lui, devant la porte. On était à mi-côte ; on voyait de là toute la largeur de la vallée. Il était heureux de ce tapis immense de terres labourées, qui se perdait à l'horizon dans le lilas clair du crépuscule. Et le Forgeron plaisantait souvent. Il disait que toutes ces terres lui appartenaient, que la forge, depuis plus de deux cents ans, fournissait des charrues à tout le pays. C'était son orgueil. Pas une moisson ne poussait sans lui. Si la plaine était verte en mai et jaune en juillet, elle lui devait cette soie changeante. Il aimait les récoltes comme ses filles, ravi des grands soleils, levant le poing contre les nuages de grêle qui crevaient. Souvent, il me montrait au loin quelque pièce de terre qui paraissait moins large que le dos de sa veste, et il me racontait en quelle année il avait forgé une charrue pour ce carré d'avoine ou de seigle. À l'époque du labour, il lâchait parfois ses marteaux ; il venait au bord de la route ; la main sur les yeux, il regardait. Il regardait la famille nombreuse de ses charrues mordre le sol, tracer leurs sillons, en face, à gauche, à droite. La vallée en était toute pleine. On eût dit, à voir les attelages filer lentement, des régiments en marche. Les socs des charrues luisaient au soleil, avec des reflets d'argent. Et lui, levait les bras, m'appelait, me criait de venir voir quelle « sacrée besogne » elles faisaient.

Le Forgeron

Toute cette ferraille retentissante qui sonnait au-dessous de moi, me mettait du fer dans le sang. Cela me valait mieux que les drogues[1] des pharmacies. J'étais accoutumé à ce vacarme, j'avais besoin de cette musique des marteaux sur l'enclume pour m'entendre vivre. Dans ma chambre tout animée par les ronflements du soufflet, j'avais retrouvé ma pauvre tête. Toc, toc, – toc, toc, – c'était là comme le balancier joyeux qui réglait mes heures de travail. Au plus fort de l'ouvrage, lorsque le Forgeron se fâchait, que j'entendais le fer rouge craquer sous les bonds des marteaux endiablés, j'avais une fièvre de géant dans les poignets, j'aurais voulu aplatir le monde d'un coup de ma plume. Puis, quand la forge se taisait, tout faisait silence dans mon crâne ; je descendais, et j'avais honte de ma besogne, à voir tout ce métal vaincu et fumant encore.

Ah ! que je l'ai vu superbe, parfois, le Forgeron, pendant les chaudes après-midi ! Il était nu jusqu'à la ceinture, les muscles saillants et tendus, semblable à une de ces grandes figures de Michel-Ange[2], qui se redressent dans un suprême effort. Je trouvais, à le regarder, la ligne sculpturale moderne, que nos artistes cherchent péniblement dans les chairs mortes de la Grèce[3]. Il m'apparaissait comme le héros grandi du travail, l'enfant infatigable de ce siècle, qui bat sans cesse sur l'enclume l'outil de notre analyse, qui façonne dans le feu et par le fer la société de demain. Lui, jouait avec ses marteaux. Quand il voulait rire, il prenait « la Demoiselle » et, à toute volée, il tapait. Alors il faisait le tonnerre chez lui, dans l'halètement[4] rose du fourneau. Je croyais entendre le soupir du peuple à l'ouvrage.

C'est là, dans la forge, au milieu des charrues, que j'ai guéri à jamais mon mal de paresse et de doute.

Nouvelle publiée dans les *Nouveaux Contes à Ninon*, 1874.

---

notes

1. drogues : médicaments.
2. Michel-Ange (1475-1564) est un artiste majeur de la Renaissance italienne.
3. La sculpture de l'Antiquité grecque est une référence essentielle pour les artistes.
4. halètement : respiration forte.

« Le héros grandi du travail »
Lecture analytique de la nouvelle, pp. 55 à 59.

Conte ou nouvelle ? Ces deux genres, partageant la concision de la forme, sont très voisins et guère différenciés au XIXe siècle. La nouvelle semble un roman en miniature et, à ce titre, est sans doute plus proche du réel. Le conte, lui, s'écartant volontiers de la réalité pour mieux nous amener à réfléchir, affiche une visée didactique*.

Que dire alors du *Forgeron* ? Ce court récit a sans doute la souplesse et le naturel de la nouvelle. En effet, un narrateur y prend la parole pour se raconter. Il s'agit probablement de Zola lui-même car, selon les biographes, lors d'un séjour à Bennecourt, sur les bords de la Seine, l'écrivain a exprimé sa fascination pour le travail d'un maréchal-ferrant, fascination que l'on retrouvera dans *L'Assommoir* avec le personnage de « *la Gueule-d'Or* ». On aurait donc même envie de parler de « nouvelle autobiographique ».

Mais la rencontre entre le narrateur et le forgeron n'est ni située ni datée, et tout se passe comme si Zola avait voulu retirer au récit toutes racines personnelles. Quant au Forgeron, il n'a pas de nom et cet anonymat rappelle davantage le principe du conte. Qu'en est-il alors de la leçon chère à cette forme d'apologue* ? Elle apparaît à la fin et nous invite à une lecture rétrospective du récit.

En réalité, nous aurions tort de vouloir à tout prix choisir entre nouvelle ou conte, et sans doute l'intérêt du *Forgeron* réside-t-il justement dans ce glissement d'un genre à l'autre. Ce qui est personnel trouve sa place dans une réflexion universelle ; le personnage simplement romanesque se charge d'une aura mythologique. La production romanesque de Zola nous montrera d'ailleurs que l'exigence réaliste* (ou naturaliste*) n'enferme pas le récit dans le contexte étriqué d'une époque et n'empêche pas que s'expriment les forces de l'imaginaire et les valeurs universelles.

* *Cf.* Lexique.

Extrait, pp. 55 à 59

Un récit de forme autobiographique

1 Qu'apprend-on au sujet du passé du narrateur ?
2 Pourquoi le narrateur s'arrête-t-il chez le Forgeron (l. 13 à 27, pp. 55-56) ? Comment la forge apparaît-elle ?
3 Quelles sont les occupations du narrateur au fil du récit ?
4 Quel effet l'absence du narrateur dans le premier paragraphe produit-elle sur le lecteur ?

Le Forgeron au premier plan

5 Comment le Forgeron est-il progressivement amené dans le récit, après l'introduction descriptive (l. 16 à 29, pp. 55-56) ?
6 Quels sont les personnages présents dans le récit, hormis le narrateur et le Forgeron ? Comment sont-ils présentés ? Comment le rôle du Forgeron s'en trouve-t-il souligné ?
7 En quoi peut-on dire que le Forgeron occupe tout l'espace et tout le temps du récit ?
8 Quelle place occupe le travail dans la vie du Forgeron ?
9 Montrez que le Forgeron est un homme heureux.

L'art du portrait (l. 28 à 50, pp. 56-57)

10 Selon quelle focalisation* le portrait est-il mené ? Quel est l'intérêt de ce procédé ?
11 Quel est le temps dominant ? Justifiez son emploi.
12 Relevez et commentez les phrases au passé simple en vous attachant notamment à la valeur de ce temps.
13 En quoi ce portrait est-il réaliste* ?
14 Relevez et commentez les comparaisons, métaphores* et personnifications*. S'agit-il toujours de réalisme* ?

* *Cf.* Lexique.

Lecture analytique

Le Forgeron transfiguré et la leçon du récit

⓯ Quel effet produit la majuscule du nom « *Forgeron* » ?

⓰ Qu'est-ce qui fait du Forgeron un personnage hors du commun, voire mythologique ?

⓱ Pourquoi n'apprend-on qu'à la fin la profession du narrateur ? Quel rôle le Forgeron joue-t-il dans l'exercice de ce métier ?

⓲ En expliquant l'expression « *j'aurais voulu aplatir le monde d'un coup de ma plume* » (l. 124-125, p. 59), montrez que le Forgeron est une allégorie*.

⓳ Quelle image de l'écrivain le récit nous donne-t-il ?

Ouvrier forgeron au travail vers 1905, photographie de Vergniaud.

* Cf. Lexique.

Portraits hors du temps
Lectures croisées et travaux d'écriture

Le français nous invite à bien distinguer le *personnage* et la *personne* : quand la seconde est une réalité vivante et complexe, le premier est une fabrication. Ne dit-on pas d'ailleurs parfois de quelqu'un qu'il « joue un personnage » pour signifier justement un aspect artificiel de sa personnalité ? Pourtant, tout nous invite à rapprocher ces deux notions. D'une part, l'écrivain s'inspire souvent de personnes bien réelles pour créer ses personnages imaginaires et, d'autre part, notre lecture nous amène à donner vie aux personnages fictifs. Gervaise, Chabert, le Duc de Guermantes, Lalla : autant de personnages qui sont pour nous des personnes ! Pourquoi alors distinguer les deux termes quand tout les réunit, y compris une même étymologie étrusque : *persona*, le « masque de théâtre » ?

Cependant, si l'être de papier ressemble à un être de chair, comme les écrivains du XIXe siècle se sont appliqués à le montrer, il n'en garde pas moins une dimension tout autre. En effet, à la différence d'une personne vivante, le personnage de fiction, parce qu'il est fabriqué, incarne des valeurs, des forces qui le dépassent. Le Forgeron de Zola et, plus tard, la Gueule-d'Or de *L'Assommoir* ne sont pas de simples ouvriers mais des forces mythologiques (textes A et B) ; de même, le Colonel Chabert incarne l'Empire disparu (texte C), tandis que le portrait du Duc de Guermantes vieilli exprime la lutte du vivant contre la mort et la puissance salvatrice de l'art (texte D). Quant à la danse de Lalla (texte E), ne monte-t-elle pas « *jusqu'à la nuit* » ? À la différence des êtres de chair que nous sommes, le personnage échappe au temps qui passe pour traverser les siècles.

Texte A : Extrait du *Forgeron* d'Émile Zola (p. 56, l. 28, à p. 57, l. 50)

Lectures croisées

Texte B : Émile Zola, *L'Assommoir*
Dans L'Assommoir *qui paraît en 1877, Zola dénonce la misère des ouvriers des faubourgs.*
Alors qu'elle vit avec Coupeau devenu alcoolique, la blanchisseuse Gervaise est tombée amoureuse du forgeron Goujet, surnommé « la Gueule-d'Or » et proche de celui décrit dans l'apologue* que nous publions (p. 55). Devant Gervaise, en visite à la forge sous prétexte de voir son fils qui y est apprenti, Goujet et Bec-Salé, un autre ouvrier, rivalisent de force et de savoir-faire. Après que Bec-Salé a terminé, Goujet prend à son tour son marteau surnommé « Fifine ».

C'était le tour de la Gueule-d'Or. Avant de commencer, il jeta à la blanchisseuse un regard plein de tendresse confiante. Puis il ne se pressa pas, il prit sa distance, lança le marteau de haut, à grandes volées régulières. Il avait le jeu classique, correct, balancé et souple. Fifine, dans ses deux mains, ne dansait pas un chahut de bastringue[1], les guibolles emportées par-dessus les jupes ; elle s'enlevait, retombait en cadence, comme une dame noble, l'air sérieux, conduisant quelque menuet[2] ancien. Les talons de Fifine tapaient la mesure, gravement ; et ils s'enfonçaient dans le fer rouge, sur la tête du boulon, avec une science réfléchie, d'abord écrasant le métal au milieu, puis le modelant par une série de coups d'une précision rythmée. Bien sûr, ce n'était pas de l'eau-de-vie que la Gueule-d'Or avait dans les veines, c'était du sang, du sang pur, qui battait puissamment jusque dans son marteau, et qui réglait la besogne. Un homme magnifique au travail, ce gaillard-là ! Il recevait en plein la grande flamme de la forge. Ses cheveux courts, frisant sur son front bas, sa belle barbe jaune, aux anneaux tombants, s'allumaient, lui éclairaient toute la figure de leurs fils d'or, une vraie figure d'or, sans mentir. Avec ça, un cou pareil à une colonne, blanc comme un cou d'enfant ; une poitrine vaste, large à y coucher une femme en travers ; des épaules et des bras sculptés qui paraissaient copiés sur ceux d'un géant, dans un musée. Quand il prenait son élan, on voyait ses muscles se gonfler, des montagnes de chair roulant et durcissant sous la peau ; ses épaules, sa poitrine, son cou enflaient ; il faisait de la clarté autour de lui, il devenait beau, tout-puissant, comme un Bon Dieu.

Émile Zola, *L'Assommoir*, extrait du chapitre VI, 1877.

1. chahut de bastringue : musique bruyante des bals populaires.
2. menuet : danse et musique à la mode dans la haute société des XVIIe et XVIIIe siècles.

* *Cf.* Lexique

Lectures croisées

Texte C : Honoré de Balzac, *Le Colonel Chabert*

Dans Le Colonel Chabert, *Balzac exprime son admiration pour l'armée napoléonienne et dénonce la société de la Restauration qu'il juge dépourvue de valeurs.*
Déclaré mort à la bataille d'Eylau, le Colonel Chabert, un fidèle soldat de Napoléon Ier, a réussi à survivre ; mais il est méconnaissable. Désireux de faire reconnaître ses droits afin de retrouver sa femme et ses biens, il prend rendez-vous avec Maître Derville qui le reçoit un soir dans son étude.

Le Colonel Chabert était aussi parfaitement immobile que peut l'être une figure en cire de ce cabinet de Curtius où Godeschal avait voulu mener ses camarades. Cette immobilité n'aurait peut-être pas été un sujet d'étonnement, si elle n'eût complété le spectacle surnaturel que présentait l'ensemble du personnage. Le vieux soldat était sec et maigre. Son front, volontairement caché sous les cheveux de sa perruque lisse, lui donnait quelque chose de mystérieux. Ses yeux paraissaient couverts d'une taie[1] transparente : vous eussiez dit de la nacre sale dont les reflets bleuâtres chatoyaient à la lueur des bougies. Le visage pâle, livide et en lame de couteau, s'il est permis d'emprunter cette expression vulgaire[2], semblait mort. Le cou était serré par une mauvaise cravate de soie noire. L'ombre cachait si bien le corps à partir de la ligne brune que décrivait ce haillon, qu'un homme d'imagination aurait pu prendre cette vieille tête pour quelque silhouette due au hasard, ou pour un portrait de Rembrandt[3], sans cadre. Les bords du chapeau qui couvrait le front du vieillard projetaient un sillon noir sur le haut du visage. Cet effet bizarre, quoique naturel, faisait ressortir, par la brusquerie du contraste, les rides blanches, les sinuosités froides, le sentiment décoloré de cette physionomie cadavéreuse. Enfin l'absence de tout mouvement dans le corps, de toute chaleur dans le regard, s'accordait avec une certaine expression de démence triste, avec les dégradants symptômes par lesquels se caractérise l'idiotisme, pour faire de cette figure je ne sais quoi de funeste qu'aucune parole humaine ne pourrait exprimer.

Balzac, *Le Colonel Chabert*, extrait du chapitre « Une étude d'avoué », 1832.

1. **taie** : tache qui recouvre la cornée de l'œil.
2. **vulgaire** : ordinaire.
3. Rembrandt, peintre hollandais du XVIIe siècle, est particulièrement réputé pour ses portraits en clair-obscur.

Lectures croisées

Texte D : Marcel Proust, *Le Temps retrouvé*
Dans Le Temps retrouvé, *dernier volume de la vaste œuvre romanesque* À la recherche du temps perdu, *Marcel, le narrateur, comprend que, puisque la mémoire est fragile, seul l'art permet d'échapper à l'emprise destructrice du temps et à la mort. Il retrouve les personnages qu'il a admirés quand il était jeune, dont le prestigieux Duc de Guermantes.*

Le vieux Duc de Guermantes ne sortait plus [...]. Je ne l'avais pas aperçu et je ne l'eusse sans doute pas reconnu, si on ne me l'avait clairement désigné. Il n'était plus qu'une ruine mais superbe, et moins encore qu'une ruine, cette belle chose romantique que peut être un rocher dans la tempête. Fouettée de toutes parts par les vagues de souffrance, de colère de souffrir, d'avancée montante de la mort qui la circonvenaient[1], sa figure, effritée comme un bloc, gardait le style, la cambrure que j'avais toujours admirés ; elle était rongée comme une de ces belles têtes antiques trop abîmées mais dont nous sommes trop heureux d'orner un cabinet de travail. Elle paraissait seulement appartenir à une époque plus ancienne qu'autrefois, non seulement à cause de ce qu'elle avait pris de rude et de rompu dans sa manière jadis plus brillante, mais parce qu'à l'expression de finesse et d'enjouement avait succédé une involontaire, une inconsciente expression, bâtie par la maladie, de lutte contre la mort, de résistance, de difficulté à vivre. Les artères ayant perdu toute souplesse avaient donné au visage jadis épanoui une dureté sculpturale. Et sans que le Duc s'en doutât, il découvrait des aspects de nuque, de joue, de front, où l'être comme obligé de se raccrocher avec acharnement à chaque minute semblait bousculé dans une tragique rafale, pendant que les mèches blanches de sa magnifique chevelure moins épaisse venaient souffleter de leur écume le promontoire envahi du visage. Comme ces reflets étranges, uniques, que seule l'approche de la tempête où tout va sombrer donne aux roches qui avaient été jusque-là d'une autre couleur, je compris que le gris plombé des joues raides et usées, le gris presque blanc et moutonnant[2] des mèches soulevées, la faible lumière encore départie[3] aux yeux qui voyaient à peine étaient des teintes non pas irréelles, trop réelles au contraire, mais fantastiques, et empruntées à la palette, à l'éclairage inimitable dans ses noirceurs effrayantes et prophétiques, de la vieillesse, de la proximité de la mort.

Marcel Proust, *Le Temps retrouvé*, 1927.

1. qui la circonvenaient : qui tentaient de la dominer par la ruse.
2. moutonnant : présentant de l'écume. **3. départie :** attribuée.

Lectures croisées

Texte E : J.-M. G. Le Clézio, *Désert*

Dans Désert, *Le Clézio croise deux histoires : celle de Nour, témoin d'un drame concernant les nomades du Sahara occidental au début du xxe siècle, et celle de Lalla, qui, après avoir connu une enfance heureuse dans un bidonville aux frontières du désert marocain, est contrainte de fuir à Marseille où elle découvre la misère. Avant de retourner dans son pays, elle devient mannequin et un photographe l'emmène dans une discothèque.*

Elle danse comme elle a appris autrefois, seule au milieu des gens, pour cacher sa peur, parce qu'il y a trop de bruit, trop de lumière. Le photographe reste assis sur la marche, sans bouger, sans même penser à la photographier. Au début, les gens ne font pas attention à Hawa, parce que la lumière les aveugle. Puis c'est comme s'ils sentaient que quelque chose d'extraordinaire était arrivé, sans qu'ils s'en doutent. Ils s'écartent, ils s'arrêtent de danser, les uns après les autres, pour regarder Lalla Hawa. Elle est toute seule dans le cercle de lumière, elle ne voit personne. Elle danse sur le rythme lent de la musique électrique, et c'est comme si la musique était à l'intérieur de son corps. La lumière brille sur le tissu noir de sa robe, sur sa peau couleur de cuivre, sur ses cheveux. On ne voit pas ses yeux à cause de l'ombre, mais son regard passe sur les gens, emplit la salle, de toute sa force, de toute sa beauté. Hawa danse pieds nus sur le sol lisse, ses pieds longs et plats frappent au rythme des tambours, ou plutôt c'est elle qui semble dicter avec la plante de ses pieds et ses talons le rythme de la musique. Son corps souple ondoie ; ses hanches, ses épaules et ses bras sont légèrement écartés comme des ailes. La lumière des projecteurs rebondit sur elle, l'enveloppe, crée des tourbillons autour de ses pas. Elle est absolument seule dans la grande salle, seule comme au milieu d'une esplanade, seule comme au milieu d'un plateau de pierres, et la musique électrique joue pour elle seule, de son rythme lent et lourd. Peut-être qu'ils ont tous disparu, enfin, ceux qui étaient là autour d'elle, hommes, femmes, reflets passagers des miroirs éblouis, dévorés ? Elle ne les voit plus, à présent, elle ne les entend plus. Même le photographe a disparu, assis sur sa marche. Ils sont devenus pareils à des rochers, pareils à des blocs de calcaire. Mais elle, elle peut bouger, enfin, elle est libre, elle tourne sur elle-même, les bras écartés, et ses pieds frappent le sol, du bout des orteils, puis du talon, comme sur les rayons d'une grande roue dont l'axe monte jusqu'à la nuit.

J.-M. G. Le Clézio, *Désert*, coll. « Le Chemin », Gallimard, 1980.

Lectures croisées

Document : Rembrandt, *Les Pèlerins d'Emmaüs* (1648)
Rembrandt (1606-1669) est un peintre hollandais dont l'une des principales caractéristiques est le jeu de clair-obscur. Les Pèlerins d'Emmaüs relate une scène des Évangiles. Quelques jours après la crucifixion de Jésus, deux disciples de ce dernier le rencontrent sur le chemin du village d'Emmaüs sans le reconnaître tout d'abord. C'est le soir, au moment du repas, que la nature divine de leur compagnon leur est révélée.

Travaux d'écriture

> **Corpus**
> **Texte A** : Extrait du *Forgeron* d'Émile Zola (p. 56, l. 28, à p. 57, l. 50).
> **Texte B** : Extrait du chapitre VI de *L'Assommoir* d'Émile Zola (p. 64).
> **Texte C** : Extrait du chapitre I du *Colonel Chabert* d'Honoré de Balzac (p. 65).
> **Texte D** : Extrait du *Temps retrouvé* de Marcel Proust (p. 66).
> **Texte E** : Extrait de *Désert* de J.-M. G. Le Clézio (p. 67).
> **Document** : *Les Pèlerins d'Emmaüs* de Rembrandt (p. 68).

Examen des textes et de l'image

❶ En quoi peut-on dire que le portrait de la Gueule-d'Or, dans *L'Assommoir* de Zola (texte B), est une réécriture de celui du *Forgeron* (texte A) ?

❷ Relevez et commentez le champ lexical* de la mort dans le texte de Balzac (texte C).

❸ Justifiez l'expression « *spectacle surnaturel* » employée par Balzac pour qualifier le Colonel Chabert (texte C).

❹ Quel rôle joue le narrateur dans le portrait du Duc de Guermantes (texte D) ? Quels sont ses sentiments ?

❺ Relevez et commentez les allusions à la sculpture et à la peinture dans le portrait du Duc (texte D) ?

❻ Étudiez le jeu des regards dans le texte de Le Clézio (texte E).

❼ Comment Rembrandt exprime-t-il la nature à la fois humaine et divine de Jésus ?

Travaux d'écriture

Question préliminaire
Dans quelle mesure ces portraits sont-ils réalistes* ? Dans quelle mesure montrent-ils des personnages qui, chacun à leur manière, échappent au temps ?

Commentaire
Vous ferez le commentaire de l'extrait de *Désert* de J.-M. G. Le Clézio (texte E).

Cf. Lexique.

Travaux d'écriture

Dissertation
Le personnage de roman ressemble-t-il à une personne réelle ? Vous répondrez à cette question dans un développement argumenté en vous appuyant sur les textes du corpus, sur ceux étudiés en cours, ainsi que sur vos lectures personnelles.

Écriture d'invention
Vous observez une personne dans l'exercice d'un métier ou d'une activité qui vous fascine. Faites-en le portrait en exprimant vos sentiments et en expliquant la raison pour laquelle cette profession ou cette activité compte beaucoup à vos yeux.

**Frédéric Rostand et Naïs Micoulin,
illustration de Maurice Toussaint (1911).**

Naïs Micoulin

[Respectivement vingt ans et dix ans après les Contes à Ninon *et les* Nouveaux Contes à Ninon, Naïs Micoulin, *un recueil de six histoires, témoigne à la fois d'une maîtrise de l'art du récit bref et d'une liberté dont l'auteur de la longue saga des* Rougon-Macquart *doit éprouver le besoin. Écrits en marge de la production romanesque comme durant des récréations que s'accorderait l'écrivain, ces récits aboutis sont variés et fins.*

Comme pour les précédents recueils, il s'agit là encore de récits publiés initialement dans des journaux. Naïs Micoulin *est publié en feuilleton dans* Le Messager de l'Europe *en 1877 ; après avoir à nouveau paru dans* La Réforme *en 1879-1880, il figurera en tête du recueil de 1884, juste avant* Nantas *et* La Mort d'Olivier Bécaille. *On avait d'abord pu lire* Nantas *en 1878 dans* Le Messager de l'Europe *sous le titre de* La Vie contemporaine, *puis, l'année suivante, dans* Le Voltaire. La Mort d'Olivier Bécaille *(1879) paraît également dans ces deux revues avant de rejoindre* Naïs Micoulin *dans la publication de 1884.]*

Celle qui m'aime et autres nouvelles

I

À la saison des fruits, une petite fille, brune de peau, avec des cheveux noirs embroussaillés, se présentait chaque mois chez un avoué[1] d'Aix[2], M. Rostand, tenant une énorme corbeille d'abricots ou de pêches, qu'elle avait peine à porter. Elle restait dans le large vestibule[3], et toute la famille, prévenue, descendait.

— Ah ! c'est toi, Naïs, disait l'avoué. Tu nous apportes la récolte. Allons, tu es une brave fille... Et le père Micoulin, comment va-t-il ?

— Bien, Monsieur, répondait la petite en montrant ses dents blanches.

Alors, Mme Rostand la faisait entrer à la cuisine, où elle la questionnait sur les oliviers, les amandiers, les vignes. La grande affaire était de savoir s'il avait plu à l'Estaque, le coin du littoral où les Rostand possédaient leur propriété, la Blancarde, que les Micoulin cultivaient. Il n'y avait là que quelques douzaines d'amandiers et d'oliviers, mais la question de la pluie n'en restait pas moins capitale, dans ce pays qui meurt de sécheresse.

— Il a tombé des gouttes, disait Naïs. Le raisin aurait besoin d'eau.

Puis, lorsqu'elle avait donné les nouvelles, elle mangeait un morceau de pain avec un reste de viande, et elle repartait pour l'Estaque, dans la carriole d'un boucher, qui venait à Aix tous les quinze jours. Souvent, elle apportait des coquillages, une langouste, un beau poisson, le père Micoulin pêchant plus encore qu'il ne labourait. Quand elle arrivait pendant les vacances, Frédéric, le fils de l'avoué, descendait d'un bond dans la cuisine pour lui annoncer que la famille allait bientôt s'installer à la Blancarde, en lui recommandant de tenir prêts ses filets et ses lignes. Il la tutoyait, car il avait joué avec elle tout petit. Depuis l'âge de douze ans seulement, elle l'appelait « monsieur Frédéric », par respect. Chaque fois que le père Micoulin

---

notes

1. avoué : juriste chargé de défendre ses clients devant le tribunal.
2. Zola a passé les premières années de sa vie à Aix-en-Provence.
3. vestibule : entrée de la maison.

l'entendait dire « tu » au fils de ses maîtres, il la souffletait[1]. Mais cela n'empêchait pas que les deux enfants fussent très bons amis.

– Et n'oublie pas de raccommoder les filets, répétait le collégien.

– N'ayez pas peur, monsieur Frédéric, répondait Naïs. Vous pouvez venir.

M. Rostand était fort riche. Il avait acheté à vil[2] prix un hôtel[3] superbe, rue du Collège. L'hôtel de Coiron, bâti dans les dernières années du dix-septième siècle, développait une façade de douze fenêtres, et contenait assez de pièces pour loger une communauté. Au milieu de ces appartements immenses, la famille composée de cinq personnes, en comptant les deux vieilles domestiques, semblait perdue. L'avoué occupait seulement le premier étage. Pendant dix ans, il avait affiché[4] le rez-de-chaussée et le second, sans trouver de locataires. Alors, il s'était décidé à fermer les portes, à abandonner les deux tiers de l'hôtel aux araignées. L'hôtel, vide et sonore, avait des échos de cathédrale au moindre bruit qui se produisait dans le vestibule, un énorme vestibule avec une cage d'escalier monumentale, où l'on aurait aisément construit une maison moderne.

Au lendemain de son achat, M. Rostand avait coupé en deux par une cloison le grand salon d'honneur, un salon de douze mètres sur huit, que six fenêtres éclairaient. Puis, il avait installé là, dans un compartiment son cabinet[5], et dans l'autre le cabinet de ses clercs[6]. Le premier étage comptait en outre quatre pièces, dont la plus petite mesurait près de sept mètres sur cinq. Mme Rostand, Frédéric, les deux vieilles bonnes, habitaient des chambres hautes comme des chapelles. L'avoué s'était résigné à faire aménager un ancien boudoir[7] en cuisine, pour rendre le service plus commode ; auparavant, lorsqu'on se servait de la cuisine du rez-de-chaussée, les plats arrivaient complètement froids, après avoir traversé l'humidité glaciale du vestibule et de l'escalier. Et le pis était que cet appartement démesuré se trouvait meublé de la façon la plus sommaire[8]. Dans le

notes

1. il la souffletait : il lui donnait une gifle.
2. vil : bas.
3. hôtel : hôtel particulier, belle maison de ville.
4. affiché : mis en location grâce à des affiches.
5. cabinet : bureau.
6. clercs : employés d'un notaire ou d'un avoué.
7. boudoir : petit salon.
8. sommaire : rudimentaire.

cabinet, un ancien meuble vert, en velours d'Utrecht[1], espaçait son canapé et ses huit fauteuils, style Empire, aux bois raides et tristes ; un petit guéridon[2] de la même époque semblait un joujou, au milieu de l'immensité de la pièce ; sur la cheminée, il n'y avait qu'une affreuse pendule de marbre moderne, entre deux vases, tandis que le carrelage, passé au rouge et frotté, luisait d'un éclat dur. Les chambres à coucher étaient encore plus vides. On sentait là le tranquille dédain[3] des familles du Midi, même les plus riches, pour le confort et le luxe, dans cette bienheureuse contrée du soleil où la vie se passe au-dehors. Les Rostand n'avaient certainement pas conscience de la mélancolie, du froid mortel qui désolaient ces grandes salles, dont la tristesse de ruines semblait accrue par la rareté et la pauvreté des meubles.

L'avoué était pourtant un homme fort adroit. Son père lui avait laissé une des meilleures études d'Aix, et il trouvait moyen d'augmenter sa clientèle par une activité rare dans ce pays de paresse. Petit, remuant, avec un fin visage de fouine[4], il s'occupait passionnément de son étude. Le soin de sa fortune le tenait d'ailleurs tout entier, il ne jetait même pas les yeux sur un journal, pendant les rares heures de flânerie qu'il tuait au cercle[5]. Sa femme, au contraire, passait pour une des femmes intelligentes et distinguées de la ville. Elle était née de Villebonne, ce qui lui laissait une auréole de dignité, malgré sa mésalliance[6]. Mais elle montrait un rigorisme[7] si outré[8], elle pratiquait ses devoirs religieux avec tant d'obstination étroite, qu'elle avait comme séché dans l'existence méthodique qu'elle menait.

Quant à Frédéric, il grandissait entre ce père si affairé et cette mère si rigide. Pendant ses années de collège, il fut un cancre de la belle espèce, tremblant devant sa mère, mais ayant tant de répugnance pour le travail, que, dans le salon, le soir, il lui arrivait de rester des heures le nez sur ses livres, sans lire une ligne, l'esprit perdu, tandis

---

notes

1. Utrecht : ville des Pays-Bas réputée pour ses étoffes, ses draperies.
2. guéridon : petite table ronde à un seul pied.
3. dédain : mépris.
4. fouine : petit mammifère carnivore au museau étroit, réputé très actif quand il cherche ses proies.
5. cercle : lieu de réunion, club.

6. mésalliance : mariage avec une personne d'une classe sociale inférieure ; le nom de jeune fille de Mme Rostand indique qu'elle appartenait à une famille noble.
7. rigorisme : respect parfois excessif des règles morales et religieuses.
8. outré : exagéré.

Naïs Micoulin

que ses parents s'imaginaient, à le voir, qu'il étudiait ses leçons. Irrités de sa paresse, ils le mirent pensionnaire au collège ; et il ne travailla pas davantage, moins surveillé qu'à la maison, enchanté de ne plus sentir toujours peser sur lui des yeux sévères. Aussi, alarmés des allures émancipées[1] qu'il prenait, finirent-ils par le retirer, afin de l'avoir de nouveau sous leur férule[2]. Il termina sa seconde et sa rhétorique[3], gardé de si près, qu'il dut enfin travailler : sa mère examinait ses cahiers, le forçait à répéter ses leçons, se tenait derrière lui à toute heure, comme un gendarme. Grâce à cette surveillance, Frédéric ne fut refusé que deux fois aux examens du baccalauréat.

Aix possède une école de droit renommée, où le fils Rostand prit naturellement ses inscriptions. Dans cette ancienne ville parlementaire[4], il n'y a guère que des avocats, des notaires et des avoués, groupés là autour de la Cour[5]. On y fait son droit quand même, quitte ensuite à planter tranquillement ses choux. Il continua d'ailleurs sa vie du collège, travaillant le moins possible, tâchant simplement de faire croire qu'il travaillait beaucoup. Mme Rostand, à son grand regret, avait dû lui accorder plus de liberté. Maintenant, il sortait quand il voulait, et n'était tenu qu'à se trouver là aux heures des repas ; le soir, il devait rentrer à neuf heures, excepté les jours où on lui permettait le théâtre. Alors, commença pour lui cette vie d'étudiant de province, si monotone, si pleine de vices, lorsqu'elle n'est pas entièrement donnée au travail.

Il faut connaître Aix, la tranquillité de ses rues où l'herbe pousse, le sommeil qui endort la ville entière, pour comprendre quelle existence vide y mènent les étudiants. Ceux qui travaillent ont la ressource de tuer les heures devant leurs livres. Mais ceux qui se refusent à suivre sérieusement les cours n'ont d'autres refuges, pour se désennuyer, que les cafés, où l'on joue, et certaines maisons, où l'on fait pis encore[6]. Le jeune homme se trouva être un joueur

notes

1. émancipées : libérées des règles imposées par l'autorité familiale.
2. férule : autorité rigoureuse ; au sens propre, ce mot désigne une plante dont on se sert pour fabriquer des attelles ou des fouets.
3. rhétorique : correspond à notre classe de première.
4. Le parlement de Provence, qui était une cour de justice, fut fondé en 1501 et dissous en 1790.
5. Cour : tribunal.
6. Il s'agit des maisons closes, lieux de prostitution.

Celle qui m'aime et autres nouvelles

passionné ; il passait au jeu la plupart de ses soirées, et les achevait ailleurs. Une sensualité de gamin échappé du collège le jetait dans les seules débauches que la ville pouvait offrir, une ville où manquaient les filles libres qui peuplent à Paris le Quartier latin. Lorsque ses soirées ne lui suffirent plus, il s'arrangea pour avoir également ses nuits, en volant une clé de la maison. De cette manière, il passa heureusement ses années de droit. Du reste, Frédéric avait compris qu'il devait se montrer un fils docile. Toute une hypocrisie d'enfant courbé par la peur lui était peu à peu venue. Sa mère, maintenant, se déclarait satisfaite : il la conduisait à la messe, gardait une allure correcte, lui contait tranquillement des mensonges énormes, qu'elle acceptait, devant son air de bonne foi. Et son habileté devint telle, que jamais il ne se laissa surprendre, trouvant toujours une excuse, inventant d'avance des histoires extraordinaires pour se préparer des arguments. Il payait ses dettes de jeu avec de l'argent emprunté à des cousins. Il tenait toute une comptabilité compliquée. Une fois, après un gain inespéré, il réalisa même ce rêve d'aller passer une semaine à Paris, en se faisant inviter par un ami, qui possédait une propriété près de la Durance.

Au demeurant, Frédéric était un beau jeune homme, grand et de figure régulière, avec une forte barbe noire. Ses vices le rendaient aimable, auprès des femmes surtout. On le citait pour ses bonnes manières. Les personnes qui connaissaient ses farces souriaient un peu ; mais, puisqu'il avait la décence de cacher cette moitié suspecte de sa vie, il fallait encore lui savoir gré[1] de ne pas étaler ses débordements, comme certains étudiants grossiers, qui faisaient le scandale de la ville.

Frédéric allait avoir vingt et un ans. Il devait passer bientôt ses derniers examens. Son père, encore jeune et peu désireux de lui céder tout de suite son étude, parlait de le pousser dans la magistrature debout[2]. Il avait à Paris des amis qu'il ferait agir, pour obtenir une

---

notes

1. lui savoir gré : le remercier.
2. magistrature debout : magistrats qui, représentant le ministère public, défendent les intérêts de la société ; on parle aussi de « parquet ».

Naïs Micoulin

nomination de substitut¹. Le jeune homme ne disait pas non ; jamais il ne combattait ses parents d'une façon ouverte ; mais il avait un mince sourire qui indiquait son intention arrêtée de continuer l'heureuse flânerie dont il se trouvait si bien. Il savait son père riche, il était fils unique, pourquoi aurait-il pris la moindre peine ? En attendant, il fumait des cigares sur le Cours, allait dans les bastidons² voisins faire des parties fines, fréquentait journellement en cachette les maisons louches, ce qui ne l'empêchait pas d'être aux ordres de sa mère et de la combler de prévenances³. Quand une noce plus débraillée que les autres lui avait brisé les membres et compromis l'estomac, il rentrait dans le grand hôtel glacial de la rue du Collège, où il se reposait avec délices. Le vide des pièces, le sévère ennui qui tombait des plafonds, lui semblaient avoir une fraîcheur calmante. Il s'y remettait, en faisant croire à sa mère qu'il restait là pour elle, jusqu'au jour où, la santé et l'appétit revenus, il machinait quelque nouvelle escapade. En somme, le meilleur garçon du monde, pourvu qu'on ne touchât point à ses plaisirs.

Naïs, cependant, venait chaque année chez les Rostand, avec ses fruits et ses poissons, et chaque année elle grandissait. Elle avait juste le même âge que Frédéric, trois mois de plus environ. Aussi, Mme Rostand lui disait-elle chaque fois :

– Comme tu te fais grande fille, Naïs !

Et Naïs souriait, en montrant ses dents blanches. Le plus souvent, Frédéric n'était pas là. Mais, un jour, la dernière année de son droit, il sortait, lorsqu'il trouva Naïs debout dans le vestibule, avec sa corbeille. Il s'arrêta net d'étonnement. Il ne reconnaissait pas la longue fille mince et déhanchée⁴ qu'il avait vue, l'autre saison, à la Blancarde. Naïs était superbe, avec sa tête brune, sous le casque sombre de ses épais cheveux noirs ; et elle avait des épaules fortes, une taille ronde, des bras magnifiques dont elle montrait les poignets nus. En une année, elle venait de pousser comme un jeune arbre.

notes

1. Le substitut du procureur est un magistrat chargé de représenter le ministère public et donc les intérêts de la société.
2. bastidons : petites bastides (maisons dans le Midi).
3. prévenances : marques d'attention.
4. déhanchée : qui se déhanche en marchant.

— C'est toi ! dit-il d'une voix balbutiante.
— Mais oui, monsieur Frédéric, répondit-elle en le regardant en face, de ses grands yeux où brûlait un feu sombre. J'apporte des oursins... Quand arrivez-vous ? Faut-il préparer les filets ?
Il la contemplait toujours, il murmura, sans paraître avoir entendu :
— Tu es bien belle, Naïs !... Qu'est-ce que tu as donc ?
Ce compliment la fit rire. Puis, comme il lui prenait les mains, ayant l'air de jouer, ainsi qu'ils jouaient ensemble autrefois, elle devint sérieuse, elle le tutoya brusquement, en lui disant tout bas, d'une voix un peu rauque :
— Non, non, pas ici... Prends garde ! voici ta mère.

II

Quinze jours plus tard, la famille Rostand partait pour la Blancarde. L'avoué devait attendre les vacances des tribunaux, et d'ailleurs le mois de septembre était d'un grand charme, au bord de la mer. Les chaleurs finissaient, les nuits avaient une fraîcheur délicieuse.

La Blancarde ne se trouvait pas dans l'Estaque même, un bourg situé à l'extrême banlieue de Marseille, au fond d'un cul-de-sac de rochers, qui ferme le golfe. Elle se dressait au-delà du village, sur une falaise ; de toute la baie, on apercevait sa façade jaune, au milieu d'un bouquet de grands pins. C'était une de ces bâtisses carrées, lourdes, percées de fenêtres irrégulières, qu'on appelle des châteaux en Provence. Devant la maison, une large terrasse s'étendait à pic sur une étroite plage de cailloux. Derrière, il y avait un vaste clos, des terres maigres où quelques vignes, des amandiers et des oliviers consentaient seuls à pousser. Mais un des inconvénients, un des dangers de la Blancarde était que la mer ébranlait continuellement la falaise ; des infiltrations, provenant de sources voisines, se produisaient dans cette masse amollie de terre glaise et de roches ; et il arrivait, à chaque saison, que des blocs énormes se détachaient pour

Naïs Micoulin

tomber dans l'eau avec un bruit épouvantable. Peu à peu, la propriété s'échancrait[1]. Des pins avaient déjà été engloutis.

Depuis quarante ans, les Micoulin étaient mégers[2] à la Blancarde. Selon l'usage provençal, ils cultivaient le bien et partageaient les récoltes avec le propriétaire. Ces récoltes étant pauvres, ils seraient morts de famine, s'ils n'avaient pas pêché un peu de poisson l'été. Entre un labourage et un ensemencement[3], ils donnaient un coup de filet. La famille était composée du père Micoulin, un dur vieillard à la face noire et creusée, devant lequel toute la maison tremblait ; de la mère Micoulin, une grande femme abêtie par le travail de la terre au plein soleil ; d'un fils qui servait pour le moment sur l'*Arrogante*[4], et de Naïs que son père envoyait travailler dans une fabrique de tuiles, malgré toute la besogne qu'il y avait au logis. L'habitation du méger, une masure collée à l'un des flancs de la Blancarde, s'égayait rarement d'un rire ou d'une chanson. Micoulin gardait un silence de vieux sauvage, enfoncé dans les réflexions de son expérience. Les deux femmes éprouvaient pour lui ce respect terrifié que les filles et les épouses du Midi témoignent au chef de la famille. Et la paix n'était guère troublée que par les appels furieux de la mère, qui se mettait les poings sur les hanches pour enfler son gosier à le rompre, en jetant aux quatre points du ciel le nom de Naïs, dès que sa fille disparaissait. Naïs entendait d'un kilomètre et rentrait, toute pâle de colère contenue.

Elle n'était point heureuse, la belle Naïs, comme on la nommait à l'Estaque. Elle avait seize ans, que Micoulin, pour un oui, pour un non, la frappait au visage, si rudement, que le sang lui partait du nez ; et, maintenant encore, malgré ses vingt ans passés, elle gardait pendant des semaines les épaules bleues des sévérités du père. Celui-ci n'était pas méchant, il usait simplement avec rigueur de sa royauté, voulant être obéi, ayant dans le sang l'ancienne autorité latine, le droit de vie et de mort sur les siens. Un jour, Naïs, rouée de coups, ayant osé lever la main pour se défendre, il avait failli la tuer.

Notes

1. s'échancrait : se creusait.
2. mégers : fermiers ; les Micoulin gèrent la propriété des Rostand.
3. ensemencement : fait de semer.
4. l'*Arrogante* : bateau-école des canonniers de la Marine.

Celle qui m'aime et autres nouvelles

La jeune fille, après ces corrections, restait frémissante. Elle s'asseyait par terre, dans un coin noir, et là, les yeux secs, dévorait l'affront[1]. Une rancune sombre la tenait ainsi muette pendant des heures, à rouler des vengeances qu'elle ne pouvait exécuter. C'était le sang même de son père qui se révoltait en elle, un emportement aveugle, un besoin furieux d'être la plus forte. Quand elle voyait sa mère, tremblante et soumise, se faire toute petite devant Micoulin, elle la regardait pleine de mépris. Elle disait souvent : « Si j'avais un mari comme ça, je le tuerais. »

Naïs préférait encore les jours où elle était battue, car ces violences la secouaient. Les autres jours, elle menait une existence si étroite, si enfermée, qu'elle se mourait d'ennui. Son père lui défendait de descendre à l'Estaque, la tenait à la maison dans des occupations continuelles ; et, même lorsqu'elle n'avait rien à faire, il voulait qu'elle restât là, sous ses yeux. Aussi attendait-elle le mois de septembre avec impatience ; dès que les maîtres habitaient la Blancarde, la surveillance de Micoulin se relâchait forcément. Naïs, qui faisait des courses pour Mme Rostand, se dédommageait de[2] son emprisonnement de toute l'année.

Un matin, le père Micoulin avait réfléchi que cette grande fille pouvait lui rapporter trente sous par jour. Alors, il l'émancipa[3], il l'envoya travailler dans une tuilerie. Bien que le travail y fût très dur, Naïs était enchantée. Elle partait dès le matin, allait de l'autre côté de l'Estaque et restait jusqu'au soir au grand soleil, à retourner des tuiles pour les faire sécher. Ses mains s'usaient à cette corvée de manœuvre, mais elle ne sentait plus son père derrière son dos, elle riait librement avec des garçons. Ce fut là, dans ce labeur si rude, qu'elle se développa et devint une belle fille. Le soleil ardent lui dorait la peau, lui mettait au cou une large collerette d'ambre[4] ; ses cheveux noirs poussaient, s'entassaient, comme pour la garantir de leurs mèches volantes ; son corps, continuellement penché et balancé dans le va-et-vient de sa besogne, prenait une vigueur souple de jeune

notes

1. affront : action subie comme humiliante et déshonorante.
2. se dédommageait de : compensait.
3. l'émancipa : la libéra.

4. ambre : résine fossile de conifère dont la couleur est dorée ; par extension, le mot *ambre* désigne cette couleur.

guerrière. Lorsqu'elle se relevait, sur le terrain battu, au milieu de ces argiles rouges, elle ressemblait à une Amazone[1] antique, à quelque terre cuite puissante, tout à coup animée par la pluie de flammes qui tombait du ciel. Aussi Micoulin la couvait-il de ses petits yeux, en la voyant embellir. Elle riait trop, cela ne lui paraissait pas naturel qu'une fille fût si gaie. Et il se promettait d'étrangler les amoureux, s'il en découvrait jamais autour de ses jupes.

Des amoureux, Naïs en aurait eu des douzaines, mais elle les décourageait. Elle se moquait de tous les garçons. Son seul bon ami était un bossu, occupé à la même tuilerie qu'elle, un petit homme nommé Toine, que la maison des enfants trouvés d'Aix avait envoyé à l'Estaque, et qui était resté là, adopté par le pays. Il riait d'un joli rire, ce bossu, avec son profil de polichinelle. Naïs le tolérait pour sa douceur. Elle faisait de lui ce qu'elle voulait, le rudoyait souvent, lorsqu'elle avait à se venger sur quelqu'un d'une violence de son père. Du reste, cela ne tirait pas à conséquence. Dans le pays, on riait de Toine. Micoulin avait dit : « Je lui permets le bossu, je la connais, elle est trop fière ! »

Cette année-là, quand Mme Rostand fut installée à la Blancarde, elle demanda au méger de lui prêter Naïs, une de ses bonnes étant malade. Justement, la tuilerie chômait. D'ailleurs, Micoulin, si dur pour les siens, se montrait politique à l'égard des maîtres ; il n'aurait pas refusé sa fille, même si la demande l'eût contrarié. M. Rostand avait dû se rendre à Paris, pour des affaires graves, et Frédéric se trouvait à la campagne seul avec sa mère. Les premiers jours, d'habitude, le jeune homme était pris d'un grand besoin d'exercice, grisé par l'air, allant en compagnie de Micoulin jeter ou retirer les filets, faisant de longues promenades au fond des gorges qui viennent déboucher à l'Estaque. Puis, cette belle ardeur se calmait, il restait allongé des journées entières sous les pins, au bord de la terrasse, dormant à moitié, regardant la mer, dont le bleu monotone finissait par lui causer un ennui mortel. Au bout de quinze jours, générale-

---

note

1. Amazone : femme guerrière dans l'Antiquité.

ment, le séjour de la Blancarde l'assommait. Alors, il inventait chaque matin un prétexte pour filer à Marseille.

Le lendemain de l'arrivée des maîtres, Micoulin, au lever du soleil, appela Frédéric. Il s'agissait d'aller lever des jambins, de longs paniers à étroite ouverture de souricière, dans lesquels les poissons de fond se prennent. Mais le jeune homme fit la sourde oreille. La pêche ne paraissait pas le tenter. Quand il fut levé, il s'installa sous les pins, étendu sur le dos, les regards perdus au ciel. Sa mère fut toute surprise de ne pas le voir partir pour une de ces grandes courses dont il revenait affamé.

— Tu ne sors pas ? demanda-t-elle.

— Non, mère, répondit-il. Puisque papa n'est pas là, je reste avec vous.

Le méger, qui entendit cette réponse, murmura en patois :

— Allons, monsieur Frédéric ne va pas tarder à partir pour Marseille.

Frédéric, pourtant, n'alla pas à Marseille. La semaine s'écoula, il était toujours allongé, changeant simplement de place, quand le soleil le gagnait. Par contenance, il avait pris un livre ; seulement, il ne lisait guère ; le livre, le plus souvent, traînait parmi les aiguilles de pin, séchées sur la terre dure. Le jeune homme ne regardait même pas la mer ; la face tournée vers la maison, il semblait s'intéresser au service, guetter les bonnes qui allaient et venaient, traversant la terrasse à toute minute ; et quand c'était Naïs qui passait, de courtes flammes s'allumaient dans ses yeux de jeune maître sensuel. Alors, Naïs ralentissait le pas, s'éloignait avec le balancement rythmé de sa taille, sans jamais jeter un regard sur lui.

Pendant plusieurs jours, ce jeu dura. Devant sa mère, Frédéric traitait Naïs presque durement, en servante maladroite. La jeune fille grondée baissait les yeux, avec une sournoiserie heureuse, comme pour jouir de ces fâcheries.

Un matin, au déjeuner, Naïs cassa un saladier. Frédéric s'emporta.

— Est-elle sotte ! cria-t-il. Où a-t-elle la tête ?

Et il se leva furieux, en ajoutant que son pantalon était perdu. Une goutte d'huile l'avait taché au genou. Mais il en faisait une affaire.

— Quand tu me regarderas ! Donne-moi une serviette et de l'eau... Aide-moi.

Naïs Micoulin

Naïs trempa le coin d'une serviette dans une tasse, puis se mit à genoux devant Frédéric, pour frotter la tache.

345 — Laisse, répétait Mme Rostand. C'est comme si tu ne faisais rien.

Mais la jeune fille ne lâchait point la jambe de son maître, qu'elle continuait à frotter de toute la force de ses beaux bras. Lui, grondait toujours des paroles sévères.

— Jamais on n'a vu une pareille maladresse... Elle l'aurait fait exprès
350 que ce saladier ne serait pas venu se casser plus près de moi... Ah bien ! si elle nous servait à Aix, notre porcelaine serait vite en pièces !

Ces reproches étaient si peu proportionnés à la faute, que Mme Rostand crut devoir calmer son fils, lorsque Naïs ne fut plus là.

— Qu'as-tu donc contre cette pauvre fille ? On dirait que tu ne
355 peux la souffrir[1]... Je te prie d'être plus doux pour elle. C'est une ancienne camarade de jeux, et elle n'a pas ici la situation d'une servante ordinaire.

— Eh ! elle m'ennuie ! répondit Frédéric, en affectant un air de brutalité.

360 Le soir même, à la nuit tombée, Naïs et Frédéric se rencontrèrent dans l'ombre, au bout de la terrasse. Ils ne s'étaient point encore parlé seul à seule. On ne pouvait les entendre de la maison. Les pins secouaient dans l'air mort une chaude senteur résineuse. Alors, elle, à voix basse, demanda, en retrouvant le tutoiement de leur enfance :

365 — Pourquoi m'as-tu grondée, Frédéric ?... Tu es bien méchant.

Sans répondre, il lui prit les mains, il l'attira contre sa poitrine, la baisa aux lèvres. Elle le laissa faire, et s'en alla ensuite, pendant qu'il s'asseyait sur le parapet[2], pour ne point paraître devant sa mère tout secoué d'émotion. Dix minutes plus tard, elle servait à table, avec son
370 grand calme un peu fier.

Frédéric et Naïs ne se donnèrent pas de rendez-vous. Ce fut une nuit qu'ils se retrouvèrent sous un olivier, au bord de la falaise. Pendant le repas, leurs yeux s'étaient plusieurs fois rencontrés avec une fixité ardente. La nuit était très chaude, Frédéric fuma des
375 cigarettes à sa fenêtre jusqu'à une heure, interrogeant l'ombre. Vers une heure, il aperçut une forme vague qui se glissait le long de la

notes

1. souffrir : supporter.   **2. parapet** : rambarde qui borde la terrasse.

Celle qui m'aime et autres nouvelles

terrasse. Alors, il n'hésita plus. Il descendit sur le toit d'un hangar, d'où il sauta ensuite à terre, en s'aidant de longues perches, posées là, dans un angle ; de cette façon, il ne craignait pas de réveiller sa mère. Puis, quand il fut en bas, il marcha droit à un vieil olivier, certain que Naïs l'attendait.

— Tu es là ? demanda-t-il à demi-voix.
— Oui, répondit-elle simplement.

Naïs Micoulin

Et il s'assit près d'elle, dans le chaume[1] ; il la prit à la taille, tandis qu'elle appuyait la tête sur son épaule. Un instant, ils restèrent sans parler. Le vieil olivier, au bois noueux, les couvrait de son toit de feuilles grises. En face, la mer s'étendait, noire, immobile sous les étoiles. Marseille, au fond du golfe, était caché par une brume ; à gauche, seul le phare tournant de Planier revenait toutes les minutes, trouant les ténèbres d'un rayon jaune, qui s'éteignait brusquement ; et rien n'était plus doux ni plus tendre que cette lumière, sans cesse perdue à l'horizon, et sans cesse retrouvée.

– Ton père est donc absent ? reprit Frédéric.

– J'ai sauté par la fenêtre, dit-elle de sa voix grave.

Ils ne parlèrent point de leur amour. Cet amour venait de loin, du fond de leur enfance. Maintenant, ils se rappelaient des jeux où le désir perçait déjà dans l'enfantillage. Cela leur semblait naturel, de glisser à des caresses. Ils n'auraient su que se dire, ils avaient l'unique besoin d'être l'un à l'autre. Lui, la trouvait belle, excitante avec son hâle et son odeur de terre, et elle, goûtait un orgueil de fille battue, à devenir la maîtresse du jeune maître. Elle s'abandonna. Le jour allait paraître, quand tous deux rentrèrent dans leurs chambres par le chemin qu'ils avaient pris pour en sortir.

III

Quel mois adorable ! Il ne plut pas un seul jour. Le ciel, toujours bleu, développait un satin que pas un nuage ne venait tacher. Le soleil se levait dans un cristal rose et se couchait dans une poussière d'or. Pourtant, il ne faisait point trop chaud, la brise de mer montait avec le soleil et s'en allait avec lui ; puis, les nuits avaient une fraîcheur

---

note

1. chaume : tige qui reste sur pied après la moisson.

délicieuse, tout embaumée des plantes aromatiques chauffées pendant le jour, fumant dans l'ombre.

Le pays est superbe. Des deux côtés du golfe, des bras de rochers s'avancent, tandis que les îles, au large, semblent barrer l'horizon ; et la mer n'est plus qu'un vaste bassin, un lac d'un bleu intense par les beaux temps. Au pied des montagnes, au fond, Marseille étage ses maisons sur des collines basses ; quand l'air est limpide, on aperçoit, de l'Estaque, la jetée grise de la Joliette, avec les fines mâtures[1] des vaisseaux, dans le port ; puis, derrière, des façades se montrent au milieu de massifs d'arbres, la chapelle de Notre-Dame-de-la-Garde[2] blanchit sur une hauteur, en plein ciel. Et la côte part de Marseille, s'arrondit, se creuse en larges échancrures avant d'arriver à l'Estaque, bordée d'usines qui lâchent, par moments, de hauts panaches de fumée. Lorsque le soleil tombe d'aplomb, la mer, presque noire, est comme endormie entre les deux promontoires de rochers, dont la blancheur se chauffe de jaune et de brun. Les pins tachent de vert sombre les terres rougeâtres. C'est un vaste tableau, un coin entrevu de l'Orient, s'enlevant dans la vibration aveuglante du jour.

Mais l'Estaque n'a pas seulement cette échappée sur la mer. Le village, adossé aux montagnes, est traversé par des routes qui vont se perdre au milieu d'un chaos de roches foudroyées. Le chemin de fer de Marseille à Lyon[3] court parmi les grands blocs, traverse des ravins sur des ponts, s'enfonce brusquement sous le roc lui-même, et y reste pendant une lieue et demie[4], dans ce tunnel de la Nerthe[5], le plus long de France. Rien n'égale la majesté sauvage de ces gorges qui se creusent entre les collines, chemins étroits serpentant au fond d'un gouffre, flancs arides plantés de pins, dressant des murailles aux colorations de rouille et de sang. Parfois, les défilés[6] s'élargissent, un champ maigre d'oliviers occupe le creux d'un vallon, une maison perdue montre sa façade peinte, aux volets fermés. Puis, ce sont

---

notes

1. **mâtures** : ensembles des mâts.
2. **Notre-Dame-de-la-Garde** : basilique construite à Marseille sur une hauteur.
3. La ligne de train Paris-Lyon-Marseille (PLM) a été inaugurée en 1857.
4. Une lieue équivaut à un peu plus de 4 km.
5. La construction du tunnel de la Nerthe (juste avant la gare de l'Estaque) en 1848 a permis la mise en service de la ligne Avignon-Marseille.
6. **défilés** : vallées étroites.

Naïs Micoulin

encore des sentiers pleins de ronces, des fourrés[1] impénétrables, des éboulements de cailloux, des torrents desséchés, toutes les surprises d'une marche dans un désert. En haut, au-dessus de la bordure noire des pins, le ciel met la bande continue de sa fine soie bleue.

Et il y a aussi l'étroit littoral entre les rochers et la mer, des terres rouges où les tuileries, la grande industrie de la contrée, ont creusé d'immenses trous, pour extraire l'argile. C'est un sol crevassé, bouleversé, à peine planté de quelques arbres chétifs[2], et dont une haleine d'ardente passion semble avoir séché les sources. Sur les chemins, on croirait marcher dans un lit de plâtre, on enfonce jusqu'aux chevilles ; et, aux moindres souffles de vent, de grandes poussières volantes poudrent les haies. Le long des murailles, qui jettent des réverbérations de four, de petits lézards gris dorment, tandis que, du brasier des herbes roussies, des nuées de sauterelles s'envolent, avec un crépitement d'étincelles. Dans l'air immobile et lourd, dans la somnolence de midi, il n'y a d'autre vie que le chant monotone des cigales.

Ce fut au travers de cette contrée de flammes que Naïs et Frédéric s'aimèrent pendant un mois. Il semblait que tout ce feu du ciel était passé dans leur sang. Les huit premiers jours, ils se contentèrent de se retrouver la nuit, sous le même olivier, au bord de la falaise. Ils y goûtaient des joies exquises. La nuit fraîche calmait leur fièvre, ils tendaient parfois leurs visages et leurs mains brûlantes aux haleines qui passaient, pour les rafraîchir comme dans une source froide. La mer, à leurs pieds, au bas des roches, avait une plainte voluptueuse et lente. Une odeur pénétrante d'herbes marines les grisait de désirs. Puis, aux bras l'un de l'autre, las d'une fatigue heureuse, ils regardaient, de l'autre côté des eaux, le flamboiement nocturne de Marseille, les feux rouges de l'entrée du port jetant dans la mer des reflets sanglants, les étincelles du gaz dessinant, à droite et à gauche, les courbes allongées des faubourgs ; au milieu, sur la ville, c'était

notes

1. fourrés : végétation touffue d'arbustes.   **2. chétifs** : faibles.

un pétillement de lueurs vives, tandis que le jardin de la colline Bonaparte[1] était nettement indiqué par deux rampes de clartés, qui tournaient au bord du ciel. Toutes ces lumières, au-delà du golfe endormi, semblaient éclairer quelque ville du rêve, que l'aurore devait emporter. Et le ciel, élargi au-dessus du chaos noir de l'horizon, était pour eux un grand charme, un charme qui les inquiétait et les faisait se serrer davantage. Une pluie d'étoiles tombait. Les constellations, dans ces nuits claires de la Provence, avaient des flammes vivantes. Frémissant sous ces vastes espaces, ils baissaient la tête, ils ne s'intéressaient plus qu'à l'étoile solitaire du phare de Planier[2], dont la lueur dansante les attendrissait, pendant que leurs lèvres se cherchaient encore.

Mais, une nuit, ils trouvèrent une large lune à l'horizon, dont la face jaune les regardait. Dans la mer, une traînée de feu luisait, comme si un poisson gigantesque, quelque anguille des grands fonds, eût fait glisser les anneaux sans fin de ses écailles d'or ; et un demi-jour éteignait les clartés de Marseille, baignait les collines et les échancrures du golfe. À mesure que la lune montait, le jour grandissait, les ombres devenaient plus nettes. Dès lors, ce témoin les gêna. Ils eurent peur d'être surpris, en restant si près de la Blancarde. Au rendez-vous suivant, ils sortirent du clos par un coin de mur écroulé, ils promenèrent leurs amours dans tous les abris que le pays offrait. D'abord, ils se réfugièrent au fond d'une tuilerie abandonnée : le hangar miné y surmontait une cave, dans laquelle les deux bouches du four s'ouvraient encore. Mais ce trou les attristait, ils préféraient sentir sur leurs têtes le ciel libre. Ils coururent les carrières d'argile rouge, ils découvrirent des cachettes délicieuses, de véritables déserts de quelques mètres carrés, d'où ils entendaient seulement les aboiements des chiens qui gardaient les bastides. Ils allèrent plus loin, se perdirent en

---

notes

1. colline Bonaparte : une des collines de Marseille aménagée en jardin (jardin Puget) en 1857.

2. phare de Planier : phare en pleine mer ; l'ancienne tourelle du XIVe siècle a été remplacée par une tour de 36 m en 1829, puis de 59 m en 1881, trois ans avant la parution de *Naïs Micoulin*.

promenades le long de la côte rocheuse, du côté de Niolon, suivirent aussi les chemins étroits des gorges, cherchèrent les grottes, les crevasses lointaines. Ce fut, pendant quinze jours, des nuits pleines de jeux et de tendresses. La lune avait disparu, le ciel était redevenu noir ; mais, maintenant, il leur semblait que la Blancarde était trop petite pour les contenir, ils avaient le besoin de se posséder dans toute la largeur de la terre.

Une nuit, comme ils suivaient un chemin au-dessus de l'Estaque, pour gagner les gorges de la Nerthe, ils crurent entendre un pas étouffé qui les accompagnait, derrière un petit bois de pins, planté au bord de la route. Ils s'arrêtèrent, pris d'inquiétude.

— Entends-tu ? demanda Frédéric.

— Oui, quelque chien perdu, murmura Naïs.

Et ils continuèrent leur marche. Mais, au premier coude du chemin, comme le petit bois cessait, ils virent distinctement une masse noire se glisser derrière les rochers. C'était, à coup sûr, un être humain, bizarre et comme bossu. Naïs eut une légère exclamation.

— Attends-moi, dit-elle rapidement.

Elle s'élança à la poursuite de l'ombre. Bientôt, Frédéric entendit un chuchotement rapide. Puis elle revint, tranquille, un peu pâle.

— Qu'est-ce donc ? demanda-t-il.

— Rien, dit-elle.

Après un silence, elle reprit :

— Si tu entends marcher, n'aie pas peur. C'est Toine, tu sais ? Le bossu. Il veut veiller sur nous.

En effet, Frédéric sentait parfois dans l'ombre quelqu'un qui les suivait. Il y avait comme une protection autour d'eux. À plusieurs reprises, Naïs avait voulu chasser Toine ; mais le pauvre être ne demandait qu'à être son chien : on ne le verrait pas, on ne l'entendrait pas, pourquoi ne point lui permettre d'agir à sa guise ? Dès lors, si les amants eussent écouté, quand ils se baisaient à pleine bouche dans les tuileries en ruine, au milieu des carrières désertes, au fond des gorges perdues, ils auraient surpris derrière eux des bruits étouffés de sanglots. C'était Toine, leur chien de garde, qui pleurait dans ses poings tordus.

Et ils n'avaient pas que les nuits. Maintenant, ils s'enhardissaient[1], ils profitaient de toutes les occasions. Souvent, dans un corridor[2] de la Blancarde, dans une pièce où ils se rencontraient, ils échangeaient un long baiser. Même à table, lorsqu'elle servait et qu'il demandait du pain ou une assiette, il trouvait le moyen de lui serrer les doigts. La rigide Mme Rostand, qui ne voyait rien, accusait toujours son fils d'être trop sévère pour son ancienne camarade. Un jour, elle faillit les surprendre ; mais la jeune fille, ayant entendu le petit bruit de sa robe, se baissa vivement et se mit à essuyer avec son mouchoir les pieds du jeune maître, blancs de poussière.

Naïs et Frédéric goûtaient encore mille petites joies. Souvent, après le dîner, quand la soirée était fraîche, Mme Rostand voulait faire une promenade. Elle prenait le bras de son fils, elle descendait à l'Estaque, en chargeant Naïs de porter son châle, par précaution. Tous trois allaient ainsi voir l'arrivée des pêcheurs de sardines. En mer, des lanternes dansaient, on distinguait bientôt les masses noires des barques, qui abordaient avec le sourd battement des rames. Les jours de grande pêche, des voix joyeuses s'élevaient, des femmes accouraient, chargées de paniers ; et les trois hommes qui montaient chaque barque se mettaient à dévider le filet, laissé en tas sous les bancs. C'était comme un large ruban sombre, tout pailleté de lames d'argent ; les sardines, pendues par les ouïes aux fils des mailles, s'agitaient encore, jetaient des reflets de métal ; puis, elles tombaient dans les paniers, ainsi qu'une pluie d'écus, à la lumière pâle des lanternes. Souvent, Mme Rostand restait devant une barque, amusée par ce spectacle ; elle avait lâché le bras de son fils, elle causait avec les pêcheurs, tandis que Frédéric, près de Naïs, en dehors du rayon de la lanterne, lui serrait les poignets à les briser.

Cependant, le père Micoulin gardait son silence de bête expérimentée et têtue. Il allait en mer, revenait donner un coup de bêche, de sa même allure sournoise. Mais ses petits yeux gris avaient depuis quelque temps une inquiétude. Il jetait sur Naïs des regards obliques, sans rien dire. Elle lui semblait changée, il flairait en elle des choses

---

notes

1. s'enhardissaient : devenaient plus hardis, prenaient des risques.

2. corridor : couloir.

Naïs Micoulin

qu'il ne s'expliquait pas. Un jour, elle osa lui tenir tête. Micoulin lui allongea un tel soufflet qu'il lui fendit la lèvre.

Le soir, quand Frédéric sentit sous un baiser la bouche de Naïs enflée, il l'interrogea vivement.

– Ce n'est rien, un soufflet que mon père m'a donné, dit-elle.

Sa voix s'était assombrie. Comme le jeune homme se fâchait et déclarait qu'il mettrait ordre à cela :

– Non, laisse, reprit-elle, c'est mon affaire... Oh ! ça finira !

Elle ne lui parlait jamais des gifles qu'elle recevait. Seulement, les jours où son père l'avait battue, elle se pendait au cou de son amant avec plus d'ardeur, comme pour se venger du vieux.

Depuis trois semaines, Naïs sortait presque chaque nuit. D'abord elle avait pris de grandes précautions, puis une audace froide lui était venue, et elle osait tout. Quand elle comprit que son père se doutait de quelque chose, elle redevint prudente. Elle manqua deux rendez-vous. Sa mère lui avait dit que Micoulin ne dormait plus la nuit : il se levait, allait d'une pièce dans une autre. Mais, devant les regards suppliants de Frédéric, le troisième jour, Naïs oublia de nouveau toute prudence. Elle descendit vers onze heures, en se promettant de ne point rester plus d'une heure dehors ; et elle espérait que son père, dans le premier sommeil, ne l'entendrait pas.

Frédéric l'attendait sous les oliviers. Sans parler de ses craintes, elle refusa d'aller plus loin. Elle se sentait trop lasse, disait-elle, ce qui était vrai, car elle ne pouvait, comme lui, dormir pendant le jour. Ils se couchèrent à leur place habituelle, au-dessus de la mer, devant Marseille allumé. Le phare de Planier luisait. Naïs, en le regardant, s'endormit sur l'épaule de Frédéric. Celui-ci ne remua plus ; et peu à peu il céda lui-même à la fatigue, ses yeux se fermèrent. Tous deux, aux bras l'un de l'autre, mêlaient leurs haleines.

Aucun bruit, on n'entendait que la chanson aigre des sauterelles vertes. La mer dormait comme les amants. Alors, une forme noire sortit de l'ombre et s'approcha. C'était Micoulin, qui, réveillé par le craquement d'une fenêtre, n'avait pas trouvé Naïs dans sa chambre. Il était sorti, en emportant une petite hachette, à tout hasard. Quand il aperçut une tache sombre sous l'olivier, il serra le manche de la hachette. Mais les enfants ne bougeaient point, il put arriver jusqu'à

Celle qui m'aime et autres nouvelles

eux, se baisser, les regarder au visage. Un léger cri lui échappa, il venait de reconnaître le jeune maître. Non, non, il ne pouvait le tuer ainsi : le sang répandu sur le sol, qui en garderait la trace, lui coûterait trop cher. Il se releva, deux plis de décision farouche coupaient sa face de vieux cuir, raidie de rage contenue. Un paysan n'assassine pas son maître ouvertement, car le maître, même enterré, est toujours le plus fort. Et le père Micoulin hocha la tête, s'en alla à pas de loup, en laissant les deux amoureux dormir.

Quand Naïs rentra, un peu avant le jour, très inquiète de sa longue absence, elle trouva sa fenêtre telle qu'elle l'avait laissée. Au déjeuner, Micoulin la regarda tranquillement manger son morceau de pain. Elle se rassura, son père ne devait rien savoir.

IV

— Monsieur Frédéric, vous ne venez donc plus en mer ? demanda un soir le père Micoulin.

Mme Rostand, assise sur la terrasse, à l'ombre des pins, brodait un mouchoir, tandis que son fils, couché près d'elle, s'amusait à jeter des petits cailloux.

— Ma foi, non ! répondit le jeune homme. Je deviens paresseux.

— Vous avez tort, reprit le méger. Hier, les jambins[1] étaient pleins de poissons. On prend ce qu'on veut, en ce moment... Cela vous amuserait. Accompagnez-moi demain matin.

Il avait l'air si bonhomme, que Frédéric, qui songeait à Naïs et ne voulait pas le contrarier, finit par dire :

— Mon Dieu ! je veux bien... Seulement, il faudra me réveiller. Je vous préviens qu'à cinq heures je dors comme une souche[2].

Mme Rostand avait cessé de broder, légèrement inquiète.

— Et surtout soyez prudents, murmura-t-elle. Je tremble toujours, lorsque vous êtes en mer.

notes

1. **jambins** : filets.
2. **comme une souche** : très profondément (comme la souche d'un arbre, dans le sol).

Naïs Micoulin

Le lendemain matin, Micoulin eut beau appeler M. Frédéric, la **fenêtre** du jeune homme resta fermée. Alors, il dit à sa fille, d'une voix dont elle ne remarqua pas l'ironie sauvage :

– Monte, toi... Il t'entendra peut-être.

635 Ce fut Naïs qui, ce matin-là, réveilla Frédéric. Encore tout ensommeillé, il l'attirait dans la chaleur du lit ; mais elle lui rendit vivement son baiser et s'échappa. Dix minutes plus tard, le jeune homme parut, tout habillé de toile grise. Le père Micoulin l'attendait patiemment, assis sur le parapet de la terrasse.

640 – Il fait déjà frais, vous devriez prendre un foulard, dit-il.

Naïs remonta chercher un foulard. Puis, les deux hommes descendirent l'escalier, aux marches raides, qui conduisait à la mer, pendant que la jeune fille, debout, les suivait des yeux. En bas, le père Micoulin leva la tête, regarda Naïs ; et deux grands plis se creusaient

645 aux coins de sa bouche.

Depuis cinq jours, le terrible vent du nord-ouest, le mistral, **soufflait**. La veille, il était tombé vers le soir. Mais, au lever du soleil, il **avait** repris, faiblement d'abord. La mer, à cette heure matinale, houleuse sous les haleines brusques qui la fouettaient, se moirait de

650 bleu sombre[1] ; et, éclairée de biais par les premiers rayons, elle roulait de petites flammes à la crête de chaque vague. Le ciel était presque blanc, d'une limpidité cristalline. Marseille, dans le fond, avait une netteté de détails qui permettait de compter les fenêtres sur les façades des maisons ; tandis que les rochers du golfe s'allumaient de teintes

655 roses, d'une extrême délicatesse.

– Nous allons être secoués pour revenir, dit Frédéric.

– Peut-être, répondit simplement Micoulin.

Il ramait en silence, sans tourner la tête. Le jeune homme avait un instant regardé son dos rond, en pensant à Naïs ; il ne voyait du vieux

660 que la nuque brûlée de hâle, et deux bouts d'oreilles rouges, où pendaient des anneaux d'or. Puis, il s'était penché, s'intéressant aux profondeurs marines qui fuyaient sous la barque. L'eau se troublait, seules de grandes herbes vagues flottaient comme des cheveux de noyé. Cela l'attrista, l'effraya même un peu.

note

1. se moirait de bleu sombre : prenait des reflets bleu sombre.

– Dites donc, père Micoulin, reprit-il après un long silence, voilà le vent qui prend de la force. Soyez prudent... vous savez que je nage comme un cheval de plomb.

– Oui, oui, je sais, dit le vieux de sa voix sèche.

Et il ramait toujours, d'un mouvement mécanique. La barque commençait à danser, les petites flammes, aux crêtes des vagues, étaient devenues des flots d'écume qui volaient sous les coups de vent. Frédéric ne voulait pas montrer sa peur, mais il était médiocrement[1] rassuré, il eût donné beaucoup pour se rapprocher de la terre. Il s'impatienta, il cria :

– Où diable avez-vous fourré vos jambins, aujourd'hui ?... Est-ce que nous allons à Alger ?

Mais le père Micoulin répondit de nouveau, sans se presser :

– Nous arrivons, nous arrivons.

Tout d'un coup, il lâcha les rames, il se dressa dans la barque, chercha du regard, sur la côte, les deux points de repère ; et il dut ramer cinq minutes encore, avant d'arriver au milieu des bouées de liège, qui marquaient la place des jambins. Là, au moment de retirer les paniers, il resta quelques secondes tourné vers la Blancarde. Frédéric, en suivant la direction de ses yeux, vit distinctement, sous les pins, une tache blanche. C'était Naïs, toujours accoudée à la terrasse, et dont on apercevait la robe claire.

– Combien avez-vous de jambins ? demanda Frédéric.

– Trente-cinq... Il ne faut pas flâner.

Il saisit la bouée la plus voisine, il tira le premier panier. La profondeur était énorme, la corde n'en finissait plus. Enfin, le panier parut, avec la grosse pierre qui le maintenait au fond ; et, dès qu'il fut hors de l'eau, trois poissons se mirent à sauter comme des oiseaux dans une cage. On aurait cru entendre un bruit d'ailes. Dans le second panier, il n'y avait rien. Mais, dans le troisième, se trouvait, par une rencontre assez rare, une petite langouste qui donnait de violents coups de queue. Dès lors, Frédéric se passionna, oubliant ses craintes, se penchant au bord de la barque, attendant les paniers avec un battement de cœur. Quand il entendait le bruit d'ailes, il éprou-

note

1. **médiocrement** : moyennement.

Naïs Micoulin

vait une émotion pareille à celle du chasseur qui vient d'abattre une pièce de gibier. Un à un, cependant, tous les paniers rentraient dans la barque ; l'eau ruisselait, bientôt les trente-cinq y furent. Il y avait au moins quinze livres[1] de poisson, ce qui est une pêche superbe pour la baie de Marseille, que plusieurs causes, et surtout l'emploi de filets à mailles trop petites, dépeuplent depuis de longues années.

– Voilà qui est fini, dit Micoulin. Maintenant, nous pouvons retourner.

Il avait rangé ses paniers à l'arrière, soigneusement.

Mais, quand Frédéric le vit préparer la voile, il s'inquiéta de nouveau, il dit qu'il serait plus sage de revenir à la rame, par un vent pareil. Le vieux haussa les épaules. Il savait ce qu'il faisait. Et, avant de hisser la voile, il jeta un dernier regard du côté de la Blancarde. Naïs était encore là, avec sa robe claire.

Alors, la catastrophe fut soudaine, comme un coup de foudre. Plus tard, lorsque Frédéric voulut s'expliquer les choses, il se souvint que, brusquement, un souffle s'était abattu dans la voile, puis que tout avait culbuté. Et il ne se rappelait rien autre, un grand froid seulement, avec une profonde angoisse. Il devait la vie à un miracle : il était tombé sur la voile, dont l'ampleur l'avait soutenu. Des pêcheurs, ayant vu l'accident, accoururent et le recueillirent, ainsi que le père Micoulin, qui nageait déjà vers la côte.

Mme Rostand dormait encore. On lui cacha le danger que son fils venait de courir. Au bas de la terrasse, Frédéric et le père Micoulin, ruisselants d'eau, trouvèrent Naïs qui avait suivi le drame.

– Coquin de sort ! criait le vieux. Nous avions ramassé les paniers, nous allions rentrer... C'est pas de chance.

Naïs, très pâle, regardait fixement son père.

– Oui, oui, murmura-t-elle, c'est pas de chance... Mais quand on vire contre le vent[2], on est sûr de son affaire.

Micoulin s'emporta.

___
notes

1. Une livre équivaut à 500 g.
2. Ironiquement, Naïs fait entendre à son père que sa manœuvre, qui consiste à changer brusquement de direction, a mis le bateau en danger. En fait, Zola se trompe car il faut justement virer contre le vent pour éviter les risques de l'empannage (virement vent arrière).

Celle qui m'aime et autres nouvelles

— Fainéante, qu'est-ce que tu fiches ?... Tu vois bien que monsieur Frédéric grelotte... Allons, aide-le à rentrer.

Le jeune homme en fut quitte pour passer la journée dans son lit. Il parla d'une migraine à sa mère. Le lendemain, il trouva Naïs très sombre. Elle refusait les rendez-vous ; et, le rencontrant un soir dans le vestibule, elle le prit d'elle-même entre ses bras, elle le baisa avec passion. Jamais elle ne lui confia les soupçons qu'elle avait conçus. Seulement, à partir de ce jour, elle veilla sur lui. Puis, au bout d'une semaine, des doutes lui vinrent. Son père allait et venait comme d'habitude ; même il semblait plus doux, il la battait moins souvent.

Chaque saison, une des parties[1] des Rostand était d'aller manger une bouillabaisse[2] au bord de la mer, du côté de Niolon, dans un creux de rochers. Ensuite, comme il y avait des perdreaux[3] dans les collines, les messieurs tiraient quelques coups de fusil. Cette année-là, Mme Rostand voulut emmener Naïs, qui les servirait ; et elle n'écouta pas les observations du méger, dont une contrariété vive ridait la face de vieux sauvage.

On partit de bonne heure. La matinée était d'une douceur charmante. Unie comme une glace sous le blond soleil, la mer déroulait une nappe bleue ; aux endroits où passaient des courants, elle frisait, le bleu se fonçait d'une pointe de laque violette, tandis qu'aux endroits morts, le bleu pâlissait, prenait une transparence laiteuse ; et l'on eût dit, jusqu'à l'horizon limpide, une immense pièce de satin déployée, aux couleurs changeantes. Sur ce lac endormi, la barque glissait mollement.

L'étroite plage où l'on aborda se trouvait à l'entrée d'une gorge, et l'on s'installa au milieu des pierres, sur une bande de gazon brûlé, qui devait servir de table.

C'était toute une histoire que cette bouillabaisse en plein air. D'abord, Micoulin rentra dans la barque et alla seul retirer ses

---

notes

1. **parties** : sorties.
2. **bouillabaisse** : plat de poissons, spécialité de la région.
3. **perdreaux** : jeunes perdrix.

Naïs Micoulin

jambins, qu'il avait placés la veille. Quand il revint, Naïs avait arraché des thyms, des lavandes, un tas de buissons secs suffisant pour allumer un grand feu. Le vieux, ce jour-là, devait faire la bouillabaisse, la soupe au poisson classique, dont les pêcheurs du littoral se transmettent la recette de père en fils. C'était une bouillabaisse terrible, fortement poivrée, terriblement parfumée d'ail écrasé. Les Rostand s'amusaient beaucoup de la confection de cette soupe.

– Père Micoulin, dit Mme Rostand qui daignait plaisanter en cette circonstance, allez-vous la réussir aussi bien que l'année dernière ?

Micoulin semblait très gai. Il nettoya d'abord le poisson dans de l'eau de mer, pendant que Naïs sortait de la barque une grande poêle. Ce fut vite bâclé : le poisson au fond de la poêle, simplement couvert d'eau, avec de l'oignon, de l'huile, de l'ail, une poignée de poivre, une tomate, un demi-verre d'huile ; puis, la poêle sur le feu, un feu formidable, à rôtir un mouton. Les pêcheurs disent que le mérite de la bouillabaisse est dans la cuisson : il faut que la poêle disparaisse au milieu des flammes. Cependant, le méger, très grave, coupait des tranches de pain dans un saladier. Au bout d'une demi-heure, il versa le bouillon sur les tranches et servit le poisson à part.

– Allons ! dit-il. Elle n'est bonne que brûlante.

Et la bouillabaisse fut mangée, au milieu des plaisanteries habituelles.

– Dites donc, Micoulin, vous avez mis de la poudre dedans ?

– Elle est bonne, mais il faut un gosier en fer.

Lui, dévorait tranquillement, avalant une tranche à chaque bouchée. D'ailleurs, il témoignait, en se tenant un peu à l'écart, combien il était flatté de déjeuner avec les maîtres.

Après le déjeuner, on resta là, en attendant que la grosse chaleur fût passée. Les rochers, éclatants de lumière, éclaboussés de tons roux, étalaient des ombres noires. Des buissons de chênes verts les tachaient de marbrures sombres, tandis que, sur les pentes, des bois de pins montaient, réguliers, pareils à une armée de petits soldats en marche. Un lourd silence tombait avec l'air chaud.

Mme Rostand avait apporté l'éternel travail de broderie qu'on lui voyait toujours aux mains. Naïs, assise près d'elle, paraissait s'intéresser au va-et-vient de l'aiguille. Mais son regard guettait son père.

Il faisait la sieste, allongé à quelques pas. Un peu plus loin, Frédéric dormait lui aussi, sous son chapeau de paille rabattu, qui lui protégeait le visage.

Vers quatre heures, ils s'éveillèrent. Micoulin jurait qu'il connaissait une compagnie de perdreaux, au fond de la gorge. Trois jours auparavant, il les avait encore vus. Alors, Frédéric se laissa tenter, tous deux prirent leur fusil.

– Je t'en prie, criait Mme Rostand, sois prudent... Le pied peut glisser, et l'on se blesse soi-même.

– Ah ! ça arrive, dit tranquillement Micoulin.

Ils partirent, ils disparurent derrière les rochers. Naïs se leva brusquement et les suivit à distance, en murmurant :

– Je vais voir.

Au lieu de rester dans le sentier, au fond de la gorge, elle se jeta vers la gauche, parmi des buissons, pressant le pas, évitant de faire rouler les pierres. Enfin, au coude du chemin, elle aperçut Frédéric. Sans doute, il avait déjà fait lever les perdreaux, car il marchait rapidement, à demi courbé, prêt à épauler son fusil. Elle ne voyait toujours pas son père. Puis, tout d'un coup, elle le découvrit de l'autre côté du ravin, sur la pente où elle se trouvait elle-même : il était accroupi, il semblait attendre. À deux reprises, il leva son arme. Si les perdreaux s'étaient envolés entre lui et Frédéric, les chasseurs, en tirant, pouvaient les atteindre. Naïs, qui se glissait de buisson en buisson, était venue se placer, anxieuse, derrière le vieux.

Les minutes s'écoulaient. En face, Frédéric avait disparu dans un pli de terrain. Il reparut, il resta un moment immobile. Alors, de nouveau, Micoulin, toujours accroupi, ajusta longuement le jeune homme. Mais, d'un coup de pied, Naïs avait haussé le canon, et la charge partit en l'air, avec une détonation terrible, qui roula dans les échos de la gorge.

Le vieux s'était relevé. En apercevant Naïs, il saisit par le canon son fusil fumant, comme pour l'assommer d'un coup de crosse. La jeune fille se tenait debout, toute blanche, avec des yeux qui jetaient des flammes. Il n'osa pas frapper, il bégaya seulement en patois, tremblant de rage :

– Va, va, je le tuerai.

Naïs Micoulin

Au coup de feu du méger, les perdreaux s'étaient envolés, Frédéric en avait abattu deux. Vers six heures, les Rostand rentrèrent à la Blancarde. Le père Micoulin ramait, de son air de brute têtue et tranquille.

V

Septembre s'acheva. Après un violent orage, l'air avait pris une grande fraîcheur. Les jours devenaient plus courts, et Naïs refusait de rejoindre Frédéric la nuit, en lui donnant pour prétexte qu'elle était trop lasse, qu'ils attraperaient du mal, sous les abondantes rosées qui trempaient la terre. Mais, comme elle venait chaque matin, vers six heures, et que Mme Rostand ne se levait guère que trois heures plus tard, elle montait dans la chambre du jeune homme, elle restait quelques instants, l'oreille aux aguets, écoutant par la porte laissée ouverte.

Ce fut l'époque de leurs amours où Naïs témoigna le plus de tendresse à Frédéric. Elle le prenait par le cou, approchait son visage, le regardait de tout près, avec une passion qui lui emplissait les yeux de larmes. Il semblait toujours qu'elle ne devait pas le revoir. Puis, elle lui mettait vivement une pluie de baisers sur le visage, comme pour protester et jurer qu'elle saurait le défendre.

– Qu'a donc Naïs ? disait souvent Mme Rostand. Elle change tous les jours.

Elle maigrissait en effet, ses joues devenaient creuses. La flamme de ses regards s'était assombrie. Elle avait de longs silences, dont elle sortait en sursaut, de l'air inquiet d'une fille qui vient de dormir et de rêver.

– Mon enfant, si tu es malade, il faut te soigner, répétait sa maîtresse.

Mais Naïs, alors, souriait.

– Oh ! non, madame, je me porte bien, je suis heureuse… Jamais je n'ai été si heureuse.

Un matin, comme elle l'aidait à compter le linge, elle s'enhardit, elle osa la questionner.

– Vous resterez donc tard à la Blancarde, cette année ?
– Jusqu'à la fin d'octobre, répondit Mme Rostand.

Et Naïs demeura debout un instant, les yeux perdus ; puis, elle dit tout haut, sans en avoir conscience :

– Encore vingt jours.

Un continuel combat l'agitait. Elle aurait voulu garder Frédéric auprès d'elle, et en même temps, à chaque heure, elle était tentée de lui crier : « Va-t'en ! » Pour elle, il était perdu ; jamais cette saison d'amour ne recommencerait, elle se l'était dit dès le premier rendez-vous. Même, un soir de sombre tristesse, elle se demanda si elle ne devait pas laisser tuer Frédéric par son père, pour qu'il n'allât pas avec d'autres ; mais la pensée de le savoir mort, lui si délicat, si blanc, plus demoiselle qu'elle, lui était insupportable ; et sa mauvaise pensée lui fit horreur. Non, elle le sauverait, il n'en saurait jamais rien, il ne l'aimerait bientôt plus ; seulement, elle serait heureuse de penser qu'il vivait.

Souvent, elle lui disait, le matin :

– Ne sors pas, ne va pas en mer, l'air est mauvais.

D'autres fois, elle lui conseillait de partir.

– Tu dois t'ennuyer, tu ne m'aimes plus... Va donc passer quelques jours à la ville.

Lui, s'étonnait de ces changements d'humeur. Il trouvait la paysanne moins belle, depuis que son visage se séchait, et une satiété de ces amours violentes commençait à lui venir. Il regrettait l'eau de Cologne et la poudre de riz des filles d'Aix et de Marseille.

Toujours, bourdonnaient aux oreilles de Naïs les mots du père : « Je le tuerai... Je le tuerai... » La nuit, elle s'éveillait en rêvant qu'on tirait des coups de feu. Elle devenait peureuse, poussait un cri, pour une pierre qui roulait sous ses pieds. À toute heure, quand elle ne le voyait plus, elle s'inquiétait de « monsieur Frédéric ». Et, ce qui l'épouvantait, c'était qu'elle entendait, du matin au soir, le silence entêté de Micoulin répéter : « Je le tuerai. » Il n'avait plus fait une allusion, pas un mot, pas un geste ; mais, pour elle, les regards du vieux, chacun de ses mouvements, sa personne entière disaient qu'il tuerait le jeune

Naïs Micoulin

maître à la première occasion, quand il ne craindrait pas d'être inquiété par la justice. Après, il s'occuperait de Naïs. En attendant, il la traitait à coups de pied, comme un animal qui a fait une faute.

– Et ton père, il est toujours brutal ? lui demanda un matin Frédéric, qui fumait des cigarettes dans son lit, pendant qu'elle allait et venait, mettant un peu d'ordre.

– Oui, répondit-elle, il devient fou.

Et elle montra ses jambes noires de meurtrissures. Puis, elle murmura ces mots qu'elle disait souvent d'une voix sourde :

– Ça finira, ça finira.

Dans les premiers jours d'octobre, elle parut encore plus sombre. Elle avait des absences[1], remuait les lèvres, comme si elle se fût parlé tout bas. Frédéric l'aperçut plusieurs fois debout sur la falaise, ayant l'air d'examiner les arbres autour d'elle, mesurant d'un regard la profondeur du gouffre. À quelques jours de là, il la surprit avec Toine, le bossu, en train de cueillir des figues, dans un coin de la propriété. Toine venait aider Micoulin, quand il y avait trop de besogne. Il était sous le figuier, et Naïs, montée sur une grosse branche, plaisantait ; elle lui criait d'ouvrir la bouche, elle lui jetait des figues, qui s'écrasaient sur sa figure. Le pauvre être ouvrait la bouche, fermait les yeux avec extase ; et sa large face exprimait une béatitude sans bornes. Certes, Frédéric n'était pas jaloux, mais il ne put s'empêcher de la plaisanter.

– Toine se couperait la main pour nous, dit-elle de sa voix brève. Il ne faut pas le maltraiter, on peut avoir besoin de lui.

Le bossu continua de venir tous les jours à la Blancarde. Il travaillait sur la falaise, à creuser un étroit canal pour mener les eaux au bout du jardin, dans un potager qu'on tentait d'établir. Parfois, Naïs allait le voir, et ils causaient vivement tous les deux. Il fit tellement traîner cette besogne, que le père Micoulin finit par le traiter de fainéant et par lui allonger des coups de pied dans les jambes, comme à sa fille.

Il y eut deux jours de pluie. Frédéric, qui devait retourner à Aix la semaine suivante, avait décidé qu'avant son départ il irait donner en

---

note

1. absences : moments d'inconscience.

mer un coup de filet avec Micoulin. Devant la pâleur de Naïs, il s'était mis à rire, en disant que cette fois il ne choisirait pas un jour de mistral. Alors, la jeune fille, puisqu'il partait bientôt, voulut lui accorder encore un rendez-vous, la nuit. Vers une heure, ils se retrouvèrent sur la terrasse. La pluie avait lavé le sol, une odeur forte sortait des verdures rafraîchies. Lorsque cette campagne si desséchée se mouille profondément, elle prend une violence de couleurs et de parfums : les terres rouges saignent, les pins ont des reflets d'émeraude, les rochers laissent éclater des blancheurs de linges fraîchement lessivés. Mais, dans la nuit, les amants ne goûtaient que les senteurs décuplées des thyms et des lavandes.

L'habitude les mena sous les oliviers. Frédéric s'avançait vers celui qui avait abrité leurs amours, tout au bord du gouffre, lorsque Naïs, comme revenant à elle, le saisit par les bras, l'entraîna loin du bord, en disant d'une voix tremblante :

– Non, non, pas là !

– Qu'as-tu donc ? demanda-t-il.

Elle balbutiait, elle finit par dire qu'après une pluie comme celle de la veille, la falaise n'était pas sûre. Et elle ajouta :

– L'hiver dernier, un éboulement s'est produit ici près.

Ils s'assirent plus en arrière, sous un autre olivier. Ce fut leur dernière nuit de tendresse. Naïs avait des étreintes inquiètes. Elle pleura tout d'un coup, sans vouloir avouer pourquoi elle était ainsi secouée. Puis, elle tombait dans des silences pleins de froideur. Et, comme Frédéric la plaisantait sur l'ennui qu'elle éprouvait maintenant avec lui, elle le reprenait follement, elle murmurait :

– Non, ne dis pas ça. Je t'aime trop... Mais, vois-tu, je suis malade. Et puis, c'est fini, tu vas partir... Ah ! mon Dieu, c'est fini...

Il eut beau chercher à la consoler, en lui répétant qu'il reviendrait de temps à autre, et qu'au prochain automne, ils auraient encore deux mois devant eux : elle hochait la tête, elle sentait bien que c'était fini. Leur rendez-vous s'acheva dans un silence embarrassé ; ils regardaient la mer, Marseille qui étincelait, le phare de Planier qui brûlait solitaire et triste ; peu à peu, une mélancolie leur venait de ce vaste horizon. Vers trois heures, lorsqu'il la quitta et qu'il la baisa aux lèvres, il la sentit toute grelottante, glacée entre ses bras.

Naïs Micoulin

Frédéric ne put dormir. Il lut jusqu'au jour ; et, enfiévré d'insomnie, il se mit à la fenêtre, dès que l'aube parut. Justement, Micoulin allait partir pour retirer ses jambins. Comme il passait sur la terrasse, il leva la tête.

– Eh bien ! monsieur Frédéric, ce n'est pas ce matin que vous venez avec moi ? demanda-t-il.

– Ah ! non, père Micoulin, répondit le jeune homme, j'ai trop mal dormi... Demain, c'est convenu.

Le méger s'éloigna d'un pas traînard. Il lui fallait descendre et aller chercher sa barque au pied de la falaise, juste sous l'olivier où il avait surpris sa fille. Quand il eut disparu, Frédéric, en tournant les yeux, fut étonné de voir Toine déjà au travail ; le bossu se trouvait près de l'olivier, une pioche à la main, réparant l'étroit canal que les pluies avaient crevé. L'air était frais, il faisait bon à la fenêtre. Le jeune homme rentra dans sa chambre pour rouler une cigarette. Mais, comme il revenait lentement s'accouder, un bruit épouvantable, un grondement de tonnerre, se fit entendre ; et il se précipita.

C'était un éboulement. Il distingua seulement Toine qui se sauvait en agitant sa bêche, dans un nuage de terre rouge. Au bord du gouffre, le vieil olivier aux branches tordues s'enfonçait, tombait tragiquement à la mer. Un rejaillissement d'écume montait. Cependant, un cri terrible avait traversé l'espace. Et Frédéric aperçut alors Naïs, qui, sur ses bras raidis, emportée par un élan de tout son corps, se penchait au-dessus du parapet de la terrasse, pour voir ce qui se passait au bas de la falaise. Elle restait là, immobile, allongée, les poignets comme scellés[1] dans la pierre. Mais elle eut sans doute la sensation que quelqu'un la regardait, car elle se tourna, elle cria en voyant Frédéric :

– Mon père ! Mon père !

Une heure après, on trouva, sous les pierres, le corps de Micoulin mutilé horriblement. Toine, fiévreux, racontait qu'il avait failli être entraîné ; et tout le pays déclarait qu'on n'aurait pas dû faire passer un ruisseau là-haut, à cause des infiltrations. La mère Micoulin pleura

note

1. scellés : définitivement fixés.

beaucoup. Naïs accompagna son père au cimetière, les yeux secs et enflammés, sans trouver une larme.

Le lendemain de la catastrophe, Mme Rostand avait absolument voulu rentrer à Aix. Frédéric fut très satisfait de ce départ, en voyant ses amours dérangées par ce drame horrible ; d'ailleurs, décidément, les paysannes ne valaient pas les filles[1]. Il reprit son existence. Sa mère, touchée de son assiduité[2] près d'elle à la Blancarde, lui accorda une liberté plus grande. Aussi passa-t-il un hiver charmant : il faisait venir des dames de Marseille, qu'il hébergeait dans une chambre louée par lui, au faubourg ; il découchait[3], rentrait seulement aux heures où sa présence était indispensable, dans le grand hôtel froid de la rue du Collège ; et il espérait bien que son existence coulerait toujours ainsi.

À Pâques, M. Rostand dut aller à la Blancarde. Frédéric inventa un prétexte pour ne pas l'accompagner. Quand l'avoué revint, il dit, au déjeuner :

— Naïs se marie.

— Bah ! s'écria Frédéric stupéfait.

— Et vous ne devineriez jamais avec qui, continua M. Rostand. Elle m'a donné de si bonnes raisons...

Naïs épousait Toine, le bossu. Comme cela, rien ne serait changé à la Blancarde. On garderait pour méger Toine, qui prenait soin de la propriété depuis la mort du père Micoulin.

Le jeune homme écoutait avec un sourire gêné. Puis, il trouva lui-même l'arrangement commode pour tout le monde.

— Naïs est bien vieillie, bien enlaidie, reprit M. Rostand. Je ne la reconnaissais pas. C'est étonnant comme ces filles, au bord de la mer, passent vite... Elle était très belle, cette Naïs.

— Oh ! un déjeuner de soleil[4], dit Frédéric, qui achevait tranquillement sa côtelette.

Nouvelle publiée dans le recueil *Naïs Micoulin*, 1884.

---

notes

1. **filles** : prostituées.
2. **assiduité** : présence marquée.
3. **découchait** : couchait en dehors de la maison familiale.
4. **un déjeuner de soleil** : expression qui désigne une situation qui ne dure pas.

Nantas

I

La chambre que Nantas habitait depuis son arrivée de Marseille se trouvait au dernier étage d'une maison de la rue de Lille, à côté de l'hôtel[1] du baron Danvilliers, membre du Conseil d'État[2]. Cette maison appartenait au baron, qui l'avait fait construire sur d'anciens communs[3]. Nantas, en se penchant, pouvait apercevoir un coin du jardin de l'hôtel, où des arbres superbes jetaient leur ombre. Au-delà, par-dessus les cimes vertes, une échappée s'ouvrait sur Paris, on voyait la trouée de la Seine, les Tuileries, le Louvre, l'enfilade des quais, toute une mer de toitures, jusqu'aux lointains perdus du Père-Lachaise[4].

C'était une étroite chambre mansardée, avec une fenêtre taillée dans les ardoises. Nantas l'avait simplement meublée d'un lit, d'une table et d'une chaise. Il était descendu là, cherchant le bon marché,

notes

1. hôtel : maison particulière.
2. Conseil d'État : haute juridiction administrative.
3. communs : partie d'une propriété destinée aux domestiques.
4. Père-Lachaise : célèbre cimetière parisien.

décidé à camper tant qu'il n'aurait pas trouvé une situation[1] quelconque. Le papier sali, le plafond noir, la misère et la nudité de ce cabinet[2] où il n'y avait pas de cheminée, ne le blessaient point. Depuis qu'il s'endormait en face du Louvre et des Tuileries, il se comparait à un général qui couche dans quelque misérable auberge, au bord d'une route, devant la ville riche et immense, qu'il doit prendre d'assaut le lendemain.

L'histoire de Nantas était courte. Fils d'un maçon de Marseille, il avait commencé ses études au lycée de cette ville, poussé par l'ambitieuse tendresse de sa mère, qui rêvait de faire de lui un monsieur. Les parents s'étaient saignés pour le mener jusqu'au baccalauréat. Puis, la mère étant morte, Nantas dut accepter un petit emploi chez un négociant, où il traîna pendant douze années une vie dont la monotonie l'exaspérait. Il se serait enfui vingt fois, si son devoir de fils ne l'avait cloué à Marseille, près de son père tombé d'un échafaudage et devenu impotent[3]. Maintenant, il devait suffire à tous les besoins. Mais un soir, en rentrant, il trouva le maçon mort, sa pipe encore chaude à côté de lui. Trois jours plus tard, il vendait les quatre nippes[4] du ménage, et partait pour Paris, avec deux cents francs dans sa poche.

Il y avait, chez Nantas, une ambition entêtée de fortune, qu'il tenait de sa mère. C'était un garçon de décision prompte, de volonté froide. Tout jeune, il disait être une force. On avait souvent ri de lui, lorsqu'il s'oubliait à faire des confidences et à répéter sa phrase favorite : « Je suis une force », phrase qui devenait comique, quand on le voyait avec sa mince redingote noire, craquée aux épaules, et dont les manches lui remontaient au-dessus des poignets. Peu à peu, il s'était ainsi fait une religion de la force, ne voyant qu'elle dans le monde, convaincu que les forts sont quand même les victorieux. Selon lui, il suffisait de vouloir et de pouvoir. Le reste n'avait pas d'importance.

Le dimanche, lorsqu'il se promenait seul dans la banlieue brûlée de Marseille, il se sentait du génie ; au fond de son être, il y avait comme

notes

1. **situation** : métier.
2. **cabinet** : petite pièce.
3. **impotent** : incapable de se débrouiller.
4. **nippes** : vêtements pauvres.

une impulsion instinctive qui le jetait en avant ; et il rentrait manger quelque platée de pommes de terre avec son père infirme, en se disant qu'un jour il saurait bien se tailler sa part, dans cette société où il n'était rien encore à trente ans. Ce n'était point une envie basse, un appétit des jouissances vulgaires ; c'était le sentiment très net d'une intelligence et d'une volonté qui, n'étant pas à leur place, entendaient[1] monter tranquillement à cette place, par un besoin naturel de logique.

Dès qu'il toucha le pavé de Paris, Nantas crut qu'il lui suffirait d'allonger les mains, pour trouver une situation digne de lui. Le jour même, il se mit en campagne. On lui avait donné des lettres de recommandation, qu'il porta à leur adresse ; en outre, il frappa chez quelques compatriotes, espérant leur appui. Mais, au bout d'un mois, il n'avait obtenu aucun résultat : le moment était mauvais, disait-on ; ailleurs, on lui faisait des promesses qu'on ne tenait point. Cependant, sa petite bourse se vidait, il lui restait une vingtaine de francs, au plus. Et ce fut avec ces vingt francs qu'il dut vivre tout un mois encore, ne mangeant que du pain, battant[2] Paris du matin au soir, et revenant se coucher sans lumière, brisé de fatigue, toujours les mains vides. Il ne se décourageait pas ; seulement, une sourde colère montait en lui. La destinée lui semblait illogique et injuste.

Un soir, Nantas rentra sans avoir mangé. La veille, il avait fini son dernier morceau de pain. Plus d'argent et pas un ami pour lui prêter vingt sous. La pluie était tombée toute la journée, une de ces pluies grises de Paris qui sont si froides. Un fleuve de boue coulait dans les rues. Nantas, trempé jusqu'aux os, était allé à Bercy, puis à Montmartre, où on lui avait indiqué des emplois ; mais, à Bercy, la place était prise, et l'on n'avait pas trouvé son écriture assez belle, à Montmartre. C'étaient ses deux dernières espérances. Il aurait accepté n'importe quoi, avec la certitude qu'il taillerait sa fortune dans la première situation venue. Il ne demandait d'abord que du pain, de quoi vivre à Paris, un terrain quelconque pour bâtir ensuite pierre à pierre. De Montmartre à la rue de Lille, il marcha lentement, le cœur noyé d'amertume. La pluie avait cessé, une foule affairée le

notes

| **1. entendaient** : étaient décidées à. | **2. battant** : marchant sans cesse.

Celle qui m'aime et autres nouvelles

bousculait sur les trottoirs. Il s'arrêta plusieurs minutes devant la boutique d'un changeur[1] : cinq francs lui auraient peut-être suffi pour être un jour le maître de tout ce monde ; avec cinq francs on peut vivre huit jours, et en huit jours on fait bien des choses. Comme il rêvait ainsi, une voiture l'éclaboussa, il dut s'essuyer le front qu'un jet de boue avait souffleté. Alors, il marcha plus vite, serrant les dents, pris d'une envie féroce de tomber à coups de poing sur la foule qui barrait les rues : cela l'aurait vengé de la bêtise du destin. Un omnibus[2] faillit l'écraser, rue Richelieu. Au milieu de la place du Carrousel, il jeta aux Tuileries un regard jaloux. Sur le pont des Saints-Pères[3], une petite fille bien mise l'obligea à s'écarter de son droit chemin, qu'il suivait avec la raideur d'un sanglier traqué par une meute ; et ce détour lui parut une suprême humiliation : jusqu'aux enfants qui l'empêchaient de passer ! Enfin, quand il se fut réfugié dans sa chambre, ainsi qu'une bête blessée revient mourir au gîte, il s'assit lourdement sur sa chaise, assommé, examinant son pantalon que la crotte avait raidi, et ses souliers éculés[4] qui laissaient couler une mare sur le carreau.

Cette fois, c'était bien la fin. Nantas se demandait comment il se tuerait. Son orgueil restait debout, il jugeait que son suicide allait punir Paris. Être une force, sentir en soi une puissance, et ne pas trouver une personne qui vous devine, qui vous donne le premier écu dont vous avez besoin ! Cela lui semblait d'une sottise monstrueuse, son être entier se soulevait de colère. Puis, c'était en lui un immense regret, lorsque ses regards tombaient sur ses bras inutiles. Aucune besogne pourtant ne lui faisait peur ; du bout de son petit doigt, il aurait soulevé un monde ; et il demeurait là, rejeté dans son coin, réduit à l'impuissance, se dévorant comme un lion en cage. Mais, bientôt, il se calmait, il trouvait la mort plus grande. On lui avait conté, quand il était petit, l'histoire d'un inventeur qui, ayant construit une merveilleuse machine, la cassa un jour à coups de

notes

1. changeur : personne qui effectue des opérations de change ; il s'agit ici d'un prêteur sur gages.
2. omnibus : voiture à cheval qui parcourt Paris et où l'on peut voyager pour une somme modique. Cet ancêtre de nos autobus est apparu sous la Restauration.
3. Il s'agit du pont du Carrousel, dans le prolongement de la rue des Saints-Pères.
4. éculés : aux talons usés.

marteau, devant l'indifférence de la foule. Eh bien ! il était cet homme, il apportait en lui une force nouvelle, un mécanisme rare d'intelligence et de volonté, et il allait détruire cette machine, en se brisant le crâne sur le pavé de la rue.

Le soleil se couchait derrière les grands arbres de l'hôtel Danvilliers, un soleil d'automne dont les rayons d'or allumaient les feuilles jaunies. Nantas se leva comme attiré par cet adieu de l'astre. Il allait mourir, il avait besoin de lumière. Un instant, il se pencha. Souvent, entre les masses des feuillages, au détour d'une allée, il avait aperçu une jeune fille blonde, très grande, marchant avec un orgueil princier. Il n'était point romanesque, il avait passé l'âge où les jeunes hommes rêvent, dans les mansardes, que des demoiselles du monde[1] viennent leur apporter de grandes passions et de grandes fortunes. Pourtant, il arriva, à cette heure suprême du suicide, qu'il se rappela tout d'un coup cette belle fille blonde, si hautaine. Comment pouvait-elle se nommer ? Mais, au même instant, il serra les poings, car il ne sentait que de la haine pour les gens de cet hôtel dont les fenêtres entr'ouvertes lui laissaient apercevoir des coins de luxe sévère, et il murmura dans un élan de rage :

– Oh ! je me vendrais, je me vendrais, si l'on me donnait les premiers cent sous de ma fortune future !

Cette idée de se vendre l'occupa un moment. S'il y avait eu quelque part un Mont-de-Piété[2] où l'on prêtât sur la volonté et l'énergie, il serait allé s'y engager. Il imaginait des marchés, un homme politique venait l'acheter pour faire de lui un instrument, un banquier le prenait pour user à toute heure de son intelligence ; et il acceptait, ayant le dédain de l'honneur, se disant qu'il suffisait d'être fort et de triompher un jour. Puis, il eut un sourire. Est-ce qu'on trouve à se vendre ? Les coquins, qui guettent les occasions, crèvent de misère, sans mettre jamais la main sur un acheteur. Il craignit d'être lâche, il se dit qu'il inventait là des distractions. Et il s'assit de

1. monde : haute société.
2. Mont-de-Piété : organisme de prêt sur gage ; on y dépose un objet contre une somme d'argent ; l'objet est ensuite vendu si la somme n'est pas remboursée.

nouveau, en jurant qu'il se précipiterait de la fenêtre, lorsqu'il ferait nuit noire.

Cependant, sa fatigue était telle, qu'il s'endormit sur sa chaise. Brusquement, il fut réveillé par un bruit de voix. C'était sa concierge qui introduisait chez lui une dame.

– Monsieur, commença-t-elle, je me suis permis de faire monter…

Et, comme elle s'aperçut qu'il n'y avait pas de lumière dans la chambre, elle redescendit vivement chercher une bougie. Elle paraissait connaître la personne qu'elle amenait, à la fois complaisante et respectueuse.

– Voilà, reprit-elle en se retirant. Vous pouvez causer, personne ne vous dérangera.

Nantas, qui s'était éveillé en sursaut, regardait la dame avec surprise. Elle avait levé sa voilette[1]. C'était une personne de quarante-cinq ans, petite, très grasse, d'une figure poupine[2] et blanche de vieille dévote[3]. Il ne l'avait jamais vue. Lorsqu'il lui offrit l'unique chaise, en l'interrogeant du regard, elle se nomma :

– Mademoiselle Chuin… Je viens, monsieur, pour vous entretenir d'une affaire importante.

Lui, avait dû s'asseoir sur le bord du lit. Le nom de mademoiselle Chuin ne lui apprenait rien. Il prit le parti d'attendre qu'elle voulût bien s'expliquer. Mais elle ne se pressait pas ; elle avait fait d'un coup d'œil le tour de l'étroite pièce, et semblait hésiter sur la façon dont elle entamerait l'entretien. Enfin, elle parla, d'une voix très douce, en appuyant d'un sourire les phrases délicates.

– Monsieur, je viens en amie… On m'a donné sur votre compte les renseignements les plus touchants. Certes, ne croyez pas à un espionnage. Il n'y a, dans tout ceci, que le vif désir de vous être utile. Je sais combien la vie vous a été rude jusqu'à présent, avec quel courage vous avez lutté pour trouver une situation, et quel est aujourd'hui le résultat fâcheux de tant d'efforts… Pardonnez-moi une fois encore, monsieur, de m'introduire ainsi dans votre existence. Je vous jure que la sympathie seule…

notes

1. **voilette** : petit voile fixé au chapeau et qui dissimule le visage des femmes.
2. **poupine** : semblant celle d'un bébé.
3. **dévote** : personne très religieuse.

Nantas

Nantas ne l'interrompait pas, pris de curiosité, pensant que sa concierge avait dû fournir tous ces détails. Mademoiselle Chuin pouvait continuer, et pourtant elle cherchait de plus en plus des compliments, des façons caressantes de dire les choses.

180 — Vous êtes un garçon d'un grand avenir, monsieur. Je me suis permis de suivre vos tentatives et j'ai été vivement frappée par votre louable fermeté dans le malheur. Enfin, il me semble que vous iriez loin, si quelqu'un vous tendait la main.

Elle s'arrêta encore. Elle attendait un mot. Le jeune homme crut 185 que cette dame venait lui offrir une place. Il répondit qu'il accepterait tout. Mais elle, maintenant que la glace était rompue, lui demanda carrément :

— Éprouveriez-vous quelque répugnance à vous marier ?

— Me marier ! s'écria Nantas. Eh ! Bon Dieu ! qui voudrait de moi, 190 madame ?... Quelque pauvre fille que je ne pourrais seulement pas nourrir.

— Non, une jeune fille très belle, très riche, magnifiquement apparentée, qui vous mettra d'un coup dans la main les moyens d'arriver à la situation la plus haute.

195 Nantas ne riait plus.

— Alors, quel est le marché ? demanda-t-il, en baissant instinctivement la voix.

— Cette jeune fille est enceinte, et il faut reconnaître l'enfant, dit nettement mademoiselle Chuin, qui oubliait ses tournures onc-
200 tueuses[1] pour aller plus vite en affaire.

Le premier mouvement de Nantas fut de jeter l'entremetteuse[2] à la porte.

— C'est une infamie que vous me proposez là, murmura-t-il.

— Oh ! une infamie, s'écria mademoiselle Chuin, retrouvant sa voix 205 mielleuse, je n'accepte pas ce vilain mot... La vérité, monsieur, est que vous sauverez une famille du désespoir. Le père ignore tout, la grossesse n'est encore que peu avancée ; et c'est moi qui ai conçu l'idée de marier le plus tôt possible la pauvre fille, en présentant le

---

notes

1. onctueuses : douces, enrobées.

2. entremetteuse : femme chargée d'arranger des mariages et des rencontres amoureuses.

mari comme l'auteur de l'enfant. Je connais le père, il en mourrait. Ma combinaison amortira le coup, il croira à une réparation... Le malheur est que le véritable séducteur est marié. Ah ! monsieur, il y a des hommes qui manquent vraiment de sens moral...

Elle aurait pu aller longtemps ainsi. Nantas ne l'écoutait plus. Pourquoi donc refuserait-il ? Ne demandait-il pas à se vendre tout à l'heure ? Eh bien ! on venait l'acheter. Donnant, donnant. Il donnait son nom, on lui donnait une situation. C'était un contrat comme un autre. Il regarda son pantalon crotté par la boue de Paris, il sentit qu'il n'avait pas mangé depuis la veille, toute la colère de ses deux mois de recherches et d'humiliations lui revint au cœur. Enfin ! il allait donc mettre le pied sur ce monde qui le repoussait et le jetait au suicide !

– J'accepte, dit-il crûment[1].

Puis, il exigea de mademoiselle Chuin des explications claires. Que voulait-elle pour son entremise[2] ? Elle se récria, elle ne voulait rien. Pourtant, elle finit par demander vingt mille francs, sur l'apport que l'on constituerait au jeune homme. Et, comme il ne marchandait pas, elle se montra expansive[3].

– Écoutez, c'est moi qui ai songé à vous. La jeune personne n'a pas dit non, lorsque je vous ai nommé... Oh ! c'est une bonne affaire, vous me remercierez plus tard. J'aurais pu trouver un homme titré[4], j'en connais un qui m'aurait baisé les mains. Mais j'ai préféré choisir en dehors du monde de cette pauvre enfant. Cela paraîtra plus romanesque... Puis, vous me plaisez. Vous êtes gentil, vous avez la tête solide. Oh ! vous irez loin. Ne m'oubliez pas, je suis tout à vous.

Jusque-là, aucun nom n'avait été prononcé. Sur une interrogation de Nantas, la vieille fille se leva et dit en se présentant de nouveau :

– Mademoiselle Chuin... Je suis chez le baron Danvilliers depuis la mort de la baronne, en qualité de gouvernante. C'est moi qui ai élevé mademoiselle Flavie, la fille de monsieur le baron... Mademoiselle Flavie est la jeune personne en question.

Et elle se retira, après avoir discrètement déposé sur la table une enveloppe qui contenait un billet de cinq cents francs. C'était une

---

notes

1. **crûment** : sans détour.
2. **entremise** : rôle d'entremetteuse.
3. **expansive** : disposée à s'exprimer.
4. **titré** : présentant des titres de noblesse.

Nantas

avance faite par elle, pour subvenir aux premiers frais. Quand il fut seul, Nantas alla se mettre à la fenêtre. La nuit était très noire ; on ne distinguait plus que la masse des arbres, à l'épaississement de l'ombre ; une fenêtre luisait sur la façade sombre de l'hôtel. Ainsi, c'était cette grande fille blonde, qui marchait d'un pas de reine et qui ne daignait point l'apercevoir. Elle ou une autre, qu'importait, d'ailleurs ! La femme n'entrait pas dans le marché. Alors, Nantas leva les yeux plus haut, sur Paris grondant dans les ténèbres, sur les quais, les rues, les carrefours de la rive gauche, éclairés des flammes dansantes du gaz[1] ; et il tutoya Paris, il devint familier et supérieur.

– Maintenant, tu es à moi !

II

Le baron Danvilliers était dans le salon qui lui servait de cabinet[2], une haute pièce sévère, tendue de cuir, garnie de meubles antiques. Depuis l'avant-veille, il restait comme foudroyé par l'histoire que mademoiselle Chuin lui avait contée du déshonneur de Flavie. Elle avait eu beau amener les faits de loin, les adoucir, le vieillard était tombé sous le coup, et seule la pensée que le séducteur pouvait offrir une suprême réparation, le tenait debout encore. Ce matin-là, il attendait la visite de cet homme qu'il ne connaissait point et qui lui prenait ainsi sa fille. Il sonna.

– Joseph, il va venir un jeune homme que vous introduirez... Je n'y suis pour personne autre[3].

Et il songeait amèrement, seul au coin de son feu. Le fils d'un maçon, un meurt-de-faim qui n'avait aucune situation avouable ! Mademoiselle Chuin le donnait bien comme un garçon d'avenir, mais que de honte, dans une famille où il n'y avait pas eu une tache jusque-là ! Flavie s'était accusée avec une sorte d'emportement, pour épargner à sa gouvernante le moindre reproche. Depuis cette expli-

notes

1. Les rues sont éclairées par des lampes à gaz progressivement installées à Paris depuis 1829.
2. cabinet : bureau.
3. personne autre : personne d'autre.

cation pénible, elle gardait la chambre, le baron avait refusé de la revoir. Il voulait, avant de pardonner, régler lui-même cette abominable affaire. Toutes ses dispositions étaient prises. Mais ses cheveux avaient achevé de blanchir, un tremblement sénile[1] agitait sa tête.

– Monsieur Nantas, annonça Joseph.

Le baron ne se leva pas. Il tourna seulement la tête et regarda fixement Nantas qui s'avançait. Celui-ci avait eu l'intelligence de ne pas céder au désir de s'habiller de neuf ; il avait acheté une redingote et un pantalon noir encore propres, mais très râpés ; et cela lui donnait l'apparence d'un étudiant pauvre et soigneux, ne sentant en rien l'aventurier. Il s'arrêta au milieu de la pièce, et attendit, debout, sans humilité pourtant.

– C'est donc vous, monsieur, bégaya le vieillard.

Mais il ne put continuer, l'émotion l'étranglait ; il craignait de céder à quelque violence. Après un silence, il dit simplement :

– Monsieur, vous avez commis une mauvaise action.

Et, comme Nantas allait s'excuser, il répéta avec plus de force :

– Une mauvaise action... Je ne veux rien savoir, je vous prie de ne pas chercher à m'expliquer les choses. Ma fille se serait jetée à votre cou, que votre crime resterait le même... Il n'y a que les voleurs qui s'introduisent ainsi violemment dans les familles.

Nantas avait de nouveau baissé la tête.

– C'est une dot[2] gagnée aisément, c'est un guet-apens où vous étiez certain de prendre la fille et le père...

– Permettez, monsieur, interrompit le jeune homme qui se révoltait.

Mais le baron eut un geste terrible.

– Quoi ? que voulez-vous que je permette ?... Ce n'est pas à vous de parler ici. Je vous dis ce que je dois vous dire et ce que vous devez entendre, puisque vous venez à moi comme un coupable... Vous m'avez outragé[3]. Voyez cette maison, notre famille y a vécu pendant plus de trois siècles sans une souillure ; n'y sentez-vous pas un

notes

1. **sénile** : caractéristique de la vieillesse.
2. **dot** : somme versée à une jeune fille à l'occasion de son mariage.
3. **outragé** : blessé moralement, déshonoré.

Nantas est reçu par le baron Danvilliers, illustration de Maurice Toussaint (1911).

honneur séculaire[1], une tradition de dignité et de respect ? Eh bien ! monsieur, vous avez souffleté tout cela. J'ai failli en mourir, et aujourd'hui mes mains tremblent, comme si j'avais brusquement vieilli de dix ans... Taisez-vous et écoutez-moi.

Nantas était devenu très pâle. Il avait accepté là un rôle bien lourd. Pourtant, il voulut prétexter l'aveuglement de la passion.

— J'ai perdu la tête, murmura-t-il en tâchant d'inventer un roman. Je n'ai pu voir mademoiselle Flavie...

Au nom de sa fille, le baron se leva et cria d'une voix de tonnerre :

— Taisez-vous ! Je vous ai dit que je ne voulais rien savoir. Que ma fille soit allée vous chercher, ou que ce soit vous qui soyez venu à elle, cela ne me regarde pas. Je ne lui ai rien demandé, je ne vous demande rien. Gardez tous les deux vos confessions, c'est une ordure où je n'entrerai pas.

Il se rassit, tremblant, épuisé. Nantas s'inclinait, troublé profondément, malgré l'empire qu'il avait sur lui-même. Au bout d'un silence, le vieillard reprit de la voix sèche d'un homme qui traite une affaire :

— Je vous demande pardon, monsieur. Je m'étais promis de garder mon sang-froid. Ce n'est pas vous qui m'appartenez, c'est moi qui vous appartiens, puisque je suis à votre discrétion[2]. Vous êtes ici pour m'offrir une transaction devenue nécessaire. Transigeons, monsieur.

Et il affecta dès lors de parler comme un avoué qui arrange à l'amiable quelque procès honteux, où il ne met les mains qu'avec dégoût. Il disait posément :

— Mademoiselle Flavie Danvilliers a hérité, à la mort de sa mère, d'une somme de deux cent mille francs, qu'elle ne devait toucher que le jour de son mariage. Cette somme a déjà produit des intérêts. Voici, d'ailleurs, mes comptes de tutelle[3], que je veux vous communiquer.

Il avait ouvert un dossier, il lut des chiffres. Nantas tenta vainement de l'arrêter. Maintenant, une émotion le prenait, en face de ce

---

notes

1. séculaire : vieux de plus d'un siècle.
2. à votre discrétion : à votre merci.
3. tutelle : fait de gérer les biens d'une personne qui n'est pas responsable juridiquement.

vieillard, si droit et si simple, qui lui paraissait très grand, depuis qu'il était calme.

— Enfin, conclut celui-ci, je vous reconnais dans le contrat que mon notaire a dressé ce matin, un apport de deux cent mille francs. Je sais que vous n'avez rien. Vous toucherez les deux cent mille francs chez mon banquier, le lendemain du mariage.

— Mais, monsieur, dit Nantas, je ne vous demande pas votre argent, je ne veux que votre fille...

Le baron lui coupa la parole.

— Vous n'avez pas le droit de refuser, et ma fille ne saurait épouser un homme moins riche qu'elle... Je vous donne la dot que je lui destinais, voilà tout. Peut-être aviez-vous compté trouver davantage, mais on me croit plus riche que je ne le suis réellement, monsieur.

Et, comme le jeune homme restait muet sous cette dernière cruauté, le baron termina l'entrevue, en sonnant le domestique.

— Joseph, dites à Mademoiselle que je l'attends tout de suite dans mon cabinet.

Il s'était levé, il ne prononça plus un mot, marchant lentement. Nantas demeurait debout et immobile. Il trompait ce vieillard, il se sentait petit et sans force devant lui. Enfin, Flavie entra.

— Ma fille, dit le baron, voici cet homme. Le mariage aura lieu dans le délai légal.

Et il s'en alla, il les laissa seuls, comme si, pour lui, le mariage était conclu. Quand la porte se fut refermée, un silence régna. Nantas et Flavie se regardaient. Ils ne s'étaient point vus encore. Elle lui parut très belle, avec son visage pâle et hautain, dont les grands yeux gris ne se baissaient pas. Peut-être avait-elle pleuré depuis trois jours qu'elle n'avait pas quitté sa chambre ; mais la froideur de ses joues devait avoir glacé ses larmes. Ce fut elle qui parla la première.

— Alors, monsieur, cette affaire est terminée ?

— Oui, madame, répondit simplement Nantas.

Elle eut une moue involontaire, en l'enveloppant d'un long regard, qui semblait chercher en lui sa bassesse.

— Allons, tant mieux, reprit-elle. Je craignais de ne trouver personne pour un tel marché.

Celle qui m'aime et autres nouvelles

Nantas sentit, à sa voix, tout le mépris dont elle l'accablait. Mais il releva la tête. S'il avait tremblé devant le père, en sachant qu'il le trompait, il entendait être solide et carré en face de la fille, qui était sa complice.

— Pardon, madame, dit-il tranquillement, avec une grande politesse, je crois que vous vous méprenez[1] sur la situation que nous fait à tous deux ce que vous venez d'appeler très justement un marché. J'entends que, dès aujourd'hui, nous nous mettions sur un pied d'égalité...

— Ah ! vraiment, interrompit Flavie, avec un sourire dédaigneux.

— Oui, sur un pied d'égalité complète... Vous avez besoin d'un nom pour cacher une faute que je ne me permets pas de juger, et je vous donne le mien. De mon côté, j'ai besoin d'une mise de fonds, d'une certaine position sociale, pour mener à bien de grandes entreprises, et vous m'apportez ces fonds. Nous sommes dès aujourd'hui deux associés dont les apports se balancent, nous avons seulement à nous remercier pour le service que nous nous rendons mutuellement.

Elle ne souriait plus. Un pli d'orgueil irrité lui barrait le front. Pourtant elle ne répondit pas. Au bout d'un silence, elle reprit :

— Vous connaissez mes conditions ?

— Non, madame, dit Nantas, qui conservait un calme parfait. Veuillez me les dicter, et je m'y soumets d'avance.

Alors, elle s'exprima nettement, sans une hésitation ni une rougeur.

— Vous ne serez jamais que mon mari de nom. Nos vies resteront complètement distinctes et séparées. Vous abandonnerez tous vos droits sur moi, et je n'aurai aucun devoir envers vous.

À chaque phrase, Nantas acceptait d'un signe de tête. C'était bien là ce qu'il désirait. Il ajouta :

— Si je croyais devoir être galant, je vous dirais que des conditions si dures me désespèrent. Mais nous sommes au-dessus de compli-

---

note

1. **vous vous méprenez** : vous faites erreur.

ments aussi fades. Je suis très heureux de vous voir le courage de nos situations respectives. Nous entrons dans la vie par un sentier où l'on ne cueille pas de fleurs... Je ne vous demande qu'une chose, madame, c'est de ne point user de la liberté que je vous laisse, de façon à rendre mon intervention nécessaire.

— Monsieur ! dit violemment Flavie, dont l'orgueil se révolta.

Mais il s'inclina respectueusement, en la suppliant de ne point se blesser. Leur position était délicate, ils devaient tous deux tolérer certaines allusions, sans quoi la bonne entente devenait impossible. Il évita d'insister davantage. Mademoiselle Chuin, dans une seconde entrevue, lui avait conté la faute de Flavie. Son séducteur était un certain M. des Fondettes, le mari d'une de ses amies de couvent. Comme elle passait un mois chez eux, à la campagne, elle s'était trouvée un soir entre les bras de cet homme, sans savoir au juste comment cela avait pu se faire et jusqu'à quel point elle était consentante. Mademoiselle Chuin parlait presque d'un viol.

Brusquement, Nantas eut un mouvement amical. Ainsi que tous les gens qui ont conscience de leur force, il aimait à être bonhomme.

— Tenez ! madame, s'écria-t-il, nous ne nous connaissons pas ; mais nous aurions vraiment tort de nous détester ainsi, à première vue. Peut-être sommes-nous faits pour nous entendre... Je vois bien que vous me méprisez ; c'est que vous ignorez mon histoire.

Et il parla avec fièvre, se passionnant, disant sa vie dévorée d'ambition, à Marseille, expliquant la rage de ses deux mois de démarches inutiles dans Paris. Puis, il montra son dédain de ce qu'il nommait les conventions sociales, où patauge le commun des hommes. Qu'importait le jugement de la foule, quand on posait le pied sur elle ! Il s'agissait d'être supérieur. La toute-puissance excusait tout. Et, à grands traits, il peignit la vie souveraine qu'il saurait se faire. Il ne craignait plus aucun obstacle, rien ne prévalait contre la force. Il serait fort, il serait heureux.

— Ne me croyez pas platement intéressé, ajouta-t-il. Je ne me vends pas pour votre fortune. Je ne prends votre argent que comme un moyen de monter très haut... Oh ! si vous saviez tout ce qui gronde en moi, si vous saviez les nuits ardentes que j'ai passées à refaire toujours le même rêve, sans cesse emporté par la réalité du lendemain, vous me comprendriez, vous seriez peut-être fière de vous appuyer à mon bras, en vous disant que vous me fournissez enfin les moyens d'être quelqu'un !

Elle l'écoutait toute droite, pas un trait de son visage ne remuait. Et lui se posait une question qu'il retournait depuis trois jours, sans pouvoir trouver la réponse : l'avait-elle remarqué à sa fenêtre, pour avoir accepté si vite le projet de mademoiselle Chuin, lorsque celle-ci l'avait nommé ? Il lui vint la pensée singulière qu'elle se serait peut-être mise à l'aimer d'un amour romanesque, s'il avait refusé avec indignation le marché que la gouvernante était venue lui offrir.

Il se tut, et Flavie resta glacée. Puis, comme s'il ne lui avait pas fait sa confession, elle répéta sèchement :

– Ainsi, mon mari de nom seulement, nos vies complètement distinctes, une liberté absolue.

Nantas reprit aussitôt son air cérémonieux, sa voix brève d'homme qui discute un traité.

– C'est signé, madame.

Et il se retira, mécontent de lui. Comment avait-il pu céder à l'envie bête de convaincre cette femme ? Elle était très belle, il valait mieux qu'il n'y eût rien de commun entre eux, car elle pouvait le gêner dans la vie.

III

Dix années s'étaient écoulées. Un matin, Nantas se trouvait dans le cabinet où le baron Danvilliers l'avait autrefois si rudement accueilli, lors de leur première entrevue. Maintenant, ce cabinet était le sien ; le baron, après s'être réconcilié avec sa fille et son gendre, leur avait abandonné l'hôtel, en ne se réservant qu'un pavillon situé à l'autre bout du jardin, sur la rue de Beaune. En dix ans, Nantas venait de conquérir une des plus hautes situations financières et industrielles. Mêlé à toutes les grandes entreprises de chemins de fer, lancé dans toutes les spéculations sur les terrains qui signalèrent les premières

Nantas

années de l'Empire[1], il avait réalisé rapidement une fortune immense. Mais son ambition ne se bornait pas là, il voulait jouer un rôle politique, et il avait réussi à se faire nommer député[2], dans un département où il possédait plusieurs fermes. Dès son arrivée au Corps législatif[3], il s'était posé en futur ministre des Finances. Par ses connaissances spéciales et sa facilité de parole, il y prenait de jour en jour une place plus importante. Du reste, il montrait adroitement un dévouement absolu à l'Empire, tout en ayant en matière de finances des théories personnelles, qui faisaient grand bruit et qu'il savait préoccuper beaucoup l'empereur.

Ce matin-là, Nantas était accablé d'affaires. Dans les vastes bureaux qu'il avait installés au rez-de-chaussée de l'hôtel, régnait une activité prodigieuse. C'était un monde d'employés, les uns immobiles derrière des guichets, les autres allant et venant sans cesse, faisant battre les portes ; c'était un bruit d'or continu, des sacs ouverts et coulant sur les tables, la musique toujours sonnante d'une caisse dont le flot semblait devoir noyer les rues. Puis, dans l'antichambre, une cohue se pressait, des solliciteurs, des hommes d'affaires, des hommes politiques, tout Paris à genoux devant la puissance. Souvent, de grands personnages attendaient là patiemment pendant une heure. Et lui, assis à son bureau, en correspondance avec la province et l'étranger, pouvant de ses bras étendus étreindre le monde, réalisait enfin son ancien rêve de force, se sentait le moteur intelligent d'une colossale machine qui remuait les royaumes et les empires.

Nantas sonna l'huissier[4] qui gardait sa porte. Il paraissait soucieux.

– Germain, demanda-t-il, savez-vous si Madame est rentrée ?

Et, comme l'huissier répondait qu'il l'ignorait, il lui commanda de faire descendre la femme de chambre de Madame. Mais Germain ne se retirait pas.

notes

1. Il s'agit du Second Empire, proclamé le 2 décembre 1852 et dirigé par Louis Napoléon Bonaparte (Napoléon III), qui avait mis fin à la IIe République par son coup d'État du 2 décembre 1851.
2. Sous le Second Empire, les députés du Corps législatif sont élus au suffrage direct pour six ans ; les candidats sont souvent désignés par les préfets.
3. L'empereur s'entoure de ministres nommés et de trois assemblées : le Corps législatif (députés élus), le Sénat et le Conseil d'État (membres nommés).
4. **huissier** : personne chargée de faire entrer ou sortir les visiteurs.

Celle qui m'aime et autres nouvelles

— Pardon, Monsieur, murmura-t-il, il y a là monsieur le président du Corps législatif qui insiste pour entrer.

Alors, il eut un geste d'humeur, en disant :

— Eh bien ! introduisez-le, et faites ce que je vous ai ordonné.

La veille, sur une question capitale du budget, un discours de Nantas avait produit une impression telle, que l'article[1] en discussion avait été envoyé à la commission[2], pour être amendé[3] dans le sens indiqué par lui. Après la séance, le bruit s'était répandu que le ministre des Finances allait se retirer, et l'on désignait déjà dans les groupes le jeune député comme son successeur. Lui, haussait les épaules : rien n'était fait, il n'avait eu avec l'empereur qu'un entretien sur des points spéciaux. Pourtant, la visite du président du Corps législatif pouvait être grosse de signification. Il parut secouer la préoccupation qui l'assombrissait, il se leva et alla serrer les mains du président.

— Ah ! monsieur le duc, dit-il, je vous demande pardon. J'ignorais que vous fussiez là... Croyez que je suis bien touché de l'honneur que vous me faites.

Un instant, ils causèrent à bâtons rompus[4], sur un ton de cordialité. Puis, le président, sans rien lâcher de net, lui fit entendre qu'il était envoyé par l'empereur, pour le sonder. Accepterait-il le portefeuille[5] des Finances, et avec quel programme ? Alors, lui, superbe de sang-froid, posa ses conditions. Mais, sous l'impassibilité de son visage, un grondement de triomphe montait. Enfin, il gravissait le dernier échelon, il était au sommet. Encore un pas, il allait avoir toutes les têtes au-dessous de lui. Comme le président concluait, en disant qu'il se rendait à l'instant même chez l'empereur, pour lui communiquer le programme débattu, une petite porte donnant sur les appartements s'ouvrit, et la femme de chambre de Madame parut.

Nantas, tout d'un coup redevenu blême, n'acheva pas la phrase qu'il prononçait. Il courut à cette femme, en murmurant :

— Excusez-moi, monsieur le duc...

notes

1. article : paragraphe d'une loi.
2. commission : groupe de parlementaires chargé de suivre certains dossiers.
3. amendé : modifié quand il s'agit d'une loi.
4. à bâtons rompus : de façon spontanée.
5. portefeuille : charge de ministre.

Et, tout bas, il l'interrogea. Madame était donc sortie de bonne heure ? Avait-elle dit où elle allait ? Quand devait-elle rentrer ? La femme de chambre répondait par des paroles vagues, en fille intelligente qui ne veut pas se compromettre. Ayant compris la naïveté de cet interrogatoire, il finit par dire simplement :

— Dès que Madame rentrera, prévenez-la que je désire lui parler.

Le duc, surpris, s'était approché d'une fenêtre et regardait dans la cour. Nantas revint à lui, en s'excusant de nouveau. Mais il avait perdu son sang-froid, il balbutia, il l'étonna par des paroles peu adroites.

— Allons, j'ai gâté mon affaire, laissa-t-il échapper tout haut, lorsque le président ne fut plus là. Voilà un portefeuille qui va m'échapper.

Et il resta dans un état de malaise, coupé d'accès de colère. Plusieurs personnes furent introduites. Un ingénieur avait à lui présenter un rapport qui annonçait des bénéfices énormes dans une exploitation de mine. Un diplomate l'entretint d'un emprunt qu'une puissance voisine voulait ouvrir à Paris. Des créatures défilèrent, lui rendirent des comptes sur vingt affaires considérables. Enfin, il reçut un grand nombre de ses collègues de la Chambre[1] ; tous se répandaient en éloges outrés[2] sur son discours de la veille. Lui, renversé au fond de son fauteuil, acceptait cet encens[3], sans un sourire. Le bruit de l'or continuait dans les bureaux voisins, une trépidation d'usine faisait trembler les murs, comme si on eût fabriqué là tout cet or qui sonnait. Il n'avait qu'à prendre une plume pour expédier des dépêches dont l'arrivée aurait réjoui ou consterné les marchés de l'Europe ; il pouvait empêcher ou précipiter la guerre, en appuyant ou en combattant l'emprunt dont on lui avait parlé ; même il tenait le budget de la France dans sa main, il saurait bientôt s'il serait pour ou contre l'Empire. C'était le triomphe, sa personnalité développée outre mesure devenait le centre autour duquel tournait un monde. Et il ne goûtait point ce triomphe, ainsi qu'il se l'était promis. Il éprouvait une lassitude, l'esprit autre part, tressaillant au moindre

---

notes

1. Il s'agit de la Chambre des députés.
2. **outrés** : exagérés.

3. **encens** : marque d'honneur ; herbe que l'on brûle en signe de respect, notamment dans les cérémonies religieuses.

bruit. Lorsqu'une flamme, une fièvre d'ambition satisfaite **montait à ses joues**, il se sentait tout de suite pâlir, comme si **par-derrière**, brusquement, une main froide l'eût touché à la nuque.

Deux heures s'étaient passées, et Flavie n'avait pas encore **paru**. Nantas appela Germain pour le charger d'aller chercher M. Danvilliers, si le baron se trouvait chez lui. Resté seul, il marcha dans son cabinet, en refusant de recevoir davantage ce jour-là. Peu à peu, son agitation avait grandi. Évidemment, sa femme était à quelque rendez-vous. Elle devait avoir renoué avec M. des Fondettes, qui était veuf depuis six mois. Certes, Nantas se défendait d'être jaloux ; pendant dix années, il avait strictement observé le traité conclu ; seulement, il entendait, disait-il, ne pas être ridicule. Jamais il ne permettrait à sa femme de compromettre sa situation, en le rendant la moquerie de tous. Et sa force l'abandonnait, ce sentiment de mari qui veut simplement être respecté l'envahissait d'un tel trouble, qu'il n'en avait pas éprouvé de pareil, même lorsqu'il jouait **les coups de cartes les plus hasardés**[1], dans les commencements de sa fortune.

Flavie entra, encore en toilette de ville ; elle n'avait retiré que son chapeau et ses gants. Nantas, dont la voix tremblait, lui dit qu'il serait monté chez elle, si elle lui avait fait savoir qu'elle était rentrée. Mais elle, sans s'asseoir, de l'air pressé d'une cliente, eut un geste **pour l'inviter à se hâter**.

— Madame, commença-t-il, une explication est devenue nécessaire entre nous... Où êtes-vous allée ce matin ?

La voix frémissante de son mari, la brutalité de sa question, la surprirent extrêmement.

— Mais, répondit-elle d'un ton froid, où il m'a plu d'aller.

— Justement, c'est ce qui ne saurait me convenir désormais, **reprit-il** en devenant très pâle. Vous devez vous souvenir de ce que je vous ai dit, je ne tolérerai pas que vous usiez de la liberté que je vous laisse, de façon à déshonorer mon nom.

Flavie eut un sourire de souverain mépris.

---

note

1. **hasardés** : risqués.

— Déshonorer votre nom, monsieur, mais cela vous regarde, c'est une besogne qui n'est plus à faire.

Alors, Nantas, dans un emportement fou, s'avança comme s'il voulait la battre, bégayant :

— Malheureuse, vous sortez des bras de monsieur des Fondettes... Vous avez un amant, je le sais.

— Vous vous trompez, dit-elle sans reculer devant sa menace, je n'ai jamais revu monsieur des Fondettes... Mais j'aurais un amant que vous n'auriez pas à me le reprocher. Qu'est-ce que cela pourrait vous faire ? Vous oubliez donc nos conventions.

Il la regarda un instant de ses yeux hagards ; puis, secoué de sanglots, mettant dans son cri une passion longtemps contenue, il s'abattit à ses pieds.

— Oh ! Flavie, je vous aime !

Elle, toute droite, s'écarta, parce qu'il avait touché le coin de sa robe. Mais le malheureux la suivait en se traînant sur les genoux, les mains tendues.

— Je vous aime, Flavie, je vous aime comme un fou... Cela est venu je ne sais comment. Il y a des années déjà. Et peu à peu cela m'a pris tout entier. Oh ! j'ai lutté, je trouvais cette passion indigne de moi, je me rappelais notre premier entretien... Mais, aujourd'hui, je souffre trop, il faut que je vous parle...

Longtemps, il continua. C'était l'effondrement de toutes ses croyances. Cet homme qui avait mis sa foi dans la force, qui soutenait que la volonté est le seul levier capable de soulever le monde, tombait anéanti, faible comme un enfant, désarmé devant une femme. Et son rêve de fortune réalisé, sa haute situation conquise, il eût tout donné, pour que cette femme le relevât d'un baiser au front. Elle lui gâtait son triomphe. Il n'entendait plus l'or qui sonnait dans ses bureaux, il ne songeait plus au défilé des courtisans qui venaient de le saluer, il oubliait que l'empereur, en ce moment, l'appelait peut-être au pouvoir. Ces choses n'existaient pas. Il avait tout, et il ne voulait que Flavie. Si Flavie se refusait, il n'avait rien.

— Écoutez, continua-t-il, ce que j'ai fait, je l'ai fait pour vous... D'abord, c'est vrai, vous ne comptiez pas, je travaillais pour la satisfaction de mon orgueil. Puis, vous êtes devenue l'unique but de toutes mes pensées, de tous mes efforts. Je me disais que je devais monter le plus haut possible, afin de vous mériter. J'espérais vous fléchir, le jour où je mettrais à vos pieds ma puissance. Voyez où je suis aujourd'hui. N'ai-je pas gagné votre pardon ? Ne me méprisez plus, je vous en conjure !

Elle n'avait pas encore parlé. Elle dit tranquillement :

– Relevez-vous, monsieur, on pourrait entrer.

Il refusa, il la supplia encore. Peut-être aurait-il attendu, s'il n'avait pas été jaloux de M. des Fondettes. C'était un tourment qui l'affolait. Puis, il se fit très humble.

– Je vois bien que vous me méprisez toujours. Eh bien ! attendez, ne donnez votre amour à personne. Je vous promets de si grandes choses, que je saurai bien vous fléchir. Il faut me pardonner, si j'ai été brutal tout à l'heure. Je n'ai plus la tête à moi... Oh ! laissez-moi espérer que vous m'aimerez un jour !

– Jamais ! prononça-t-elle avec énergie.

Et, comme il restait par terre, écrasé, elle voulut sortir. Mais, lui, la tête perdue, pris d'un accès de rage, se leva et la saisit aux poignets. Une femme le braverait ainsi, lorsque le monde était à ses pieds ! Il pouvait tout, bouleverser les États, conduire la France à son gré, et il ne pourrait obtenir l'amour de sa femme ! Lui, si fort, si puissant, lui dont les moindres désirs étaient des ordres, il n'avait plus qu'un désir, et ce désir ne serait jamais contenté, parce qu'une créature, d'une faiblesse d'enfant, refusait ! Il lui serrait les bras, il répétait d'une voix rauque :

– Je veux... Je veux...

– Et moi je ne veux pas, disait Flavie toute blanche et raidie dans sa volonté.

La lutte continuait, lorsque le baron Danvilliers ouvrit la porte. À sa vue, Nantas lâcha Flavie et s'écria :

– Monsieur, voici votre fille qui revient de chez son amant... Dites-lui donc qu'une femme doit respecter le nom de son mari, même lorsqu'elle ne l'aime pas et que la pensée de son propre honneur ne l'arrête plus.

Le baron, très vieilli, restait debout sur le seuil, devant cette scène de violence. C'était pour lui une surprise douloureuse. Il croyait le ménage uni, il approuvait les rapports cérémonieux des deux époux, pensant qu'il n'y avait là qu'une tenue de convenance. Son gendre et lui étaient de deux générations différentes ; mais, s'il était blessé par l'activité peu scrupuleuse du financier, s'il condamnait certaines entreprises qu'il traitait de casse-cou, il avait dû reconnaître la force de sa volonté et sa vive intelligence. Et, brusquement, il tombait dans ce drame, qu'il ne soupçonnait pas.

Lorsque Nantas accusa Flavie d'avoir un amant, le baron, qui traitait encore sa fille mariée avec la sévérité qu'il avait pour elle à dix ans, s'avança de son pas de vieillard solennel.

– Je vous jure qu'elle sort de chez son amant, répétait Nantas, et vous la voyez ! elle est là qui me brave.

Flavie, dédaigneuse, avait tourné la tête. Elle arrangeait ses manchettes, que la brutalité de son mari avait froissées. Pas une rougeur n'était montée à son visage. Cependant, son père lui parlait.

– Ma fille, pourquoi ne vous défendez-vous pas ? Votre mari dirait-il la vérité ? Auriez-vous réservé cette dernière douleur à ma vieillesse ?... L'affront serait aussi pour moi ; car, dans une famille, la faute d'un seul membre suffit à salir tous les autres.

Alors, elle eut un mouvement d'impatience. Son père prenait bien son temps pour l'accuser ! Un instant encore, elle supporta son interrogatoire, voulant lui épargner la honte d'une explication. Mais, comme il s'emportait à son tour, en la voyant muette et provocante, elle finit par dire :

– Eh ! mon père, laissez cet homme jouer son rôle... Vous ne le connaissez pas. Ne me forcez point à parler par respect pour vous.

– Il est votre mari, reprit le vieillard. Il est le père de votre enfant.

Flavie s'était redressée, frémissante.

– Non, non, il n'est pas le père de mon enfant... À la fin, je vous dirai tout. Cet homme n'est pas même un séducteur, car ce serait une excuse au moins, s'il m'avait aimée. Cet homme s'est simplement vendu et a consenti à couvrir la faute d'un autre.

Le baron se tourna vers Nantas, qui, livide, reculait.

– Entendez-vous, mon père ! reprenait Flavie avec plus de force, il s'est vendu, vendu pour de l'argent... Je ne l'ai jamais aimé, il ne m'a jamais touchée du bout de ses doigts... J'ai voulu vous épargner une grande douleur, je l'ai acheté afin qu'il vous mentît... Regardez-le, voyez si je dis la vérité.

Nantas se cachait la face entre les mains.

— Et, aujourd'hui, continua la jeune femme, voilà qu'il veut que je l'aime... Il s'est mis à genoux et il a pleuré. Quelque comédie sans doute. Pardonnez-moi de vous avoir trompé, mon père ; mais, vraiment, est-ce que j'appartiens à cet homme ?... Maintenant que vous savez tout, emmenez-moi. Il m'a violentée tout à l'heure, je ne resterai pas ici une minute de plus.

Le baron redressa sa taille courbée. Et, silencieux, il alla donner le bras à sa fille. Tous deux traversèrent la pièce, sans que Nantas fît un geste pour les retenir. Puis, à la porte, le vieillard ne laissa tomber que cette parole :

— Adieu, monsieur.

La porte s'était refermée. Nantas restait seul, écrasé, regardant follement le vide autour de lui. Comme Germain venait d'entrer et de poser une lettre sur le bureau, il l'ouvrit machinalement et la parcourut des yeux. Cette lettre, entièrement écrite de la main de l'empereur, l'appelait au ministère des Finances, en termes très obligeants[1]. Il comprit à peine. La réalisation de toutes ses ambitions ne le touchait plus. Dans les caisses voisines, le bruit de l'or avait augmenté ; c'était l'heure où la maison Nantas ronflait, donnant le branle[2] à tout un monde. Et lui, au milieu de ce labeur colossal qui était son œuvre, dans l'apogée de sa puissance, les yeux stupidement fixés sur l'écriture de l'empereur, poussa cette plainte d'enfant, qui était la négation de sa vie entière :

— Je ne suis pas heureux... Je ne suis pas heureux...

Il pleurait, la tête tombée sur son bureau, et ses larmes chaudes effaçaient la lettre qui le nommait ministre.

---

notes

1. **obligeants** : aimables, flatteurs.
2. **branle** : mouvement.

IV

Depuis dix-huit mois que Nantas était ministre des Finances, il semblait s'étourdir par un travail surhumain. Au lendemain de la scène de violence qui s'était passée dans son cabinet, il avait eu avec le baron Danvilliers une entrevue ; et, sur les conseils de son père, Flavie avait consenti à rentrer au domicile conjugal. Mais les époux ne s'adressaient plus la parole, en dehors de la comédie qu'ils devaient jouer devant le monde. Nantas avait décidé qu'il ne quitterait pas son hôtel. Le soir, il amenait ses secrétaires et expédiait chez lui la besogne.

Ce fut l'époque de son existence où il fit les plus grandes choses. Une voix lui soufflait des inspirations hautes et fécondes. Sur son passage, un murmure de sympathie et d'admiration s'élevait. Mais lui restait insensible aux éloges. On eût dit qu'il travaillait sans espoir de récompense, avec la pensée d'entasser les œuvres dans le but unique de tenter l'impossible. Chaque fois qu'il montait plus haut, il consultait le visage de Flavie. Est-ce qu'elle était touchée enfin ? Est-ce qu'elle lui pardonnait son ancienne infamie, pour ne plus voir que le développement de son intelligence ? Et il ne surprenait toujours aucune émotion sur le visage muet de cette femme, et il se disait, en se remettant au travail : « Allons ! je ne suis point assez haut pour elle, il faut monter encore, monter sans cesse. » Il entendait forcer le bonheur, comme il avait forcé la fortune. Toute sa croyance en sa force lui revenait, il n'admettait pas d'autre levier en ce monde, car c'est la volonté de la vie qui a fait l'humanité. Quand le découragement le prenait parfois, il s'enfermait pour que personne ne pût se douter des faiblesses de sa chair. On ne devinait ses luttes qu'à ses yeux plus profonds, cerclés de noir, et où brûlait une flamme intense.

La jalousie le dévorait maintenant. Ne pas réussir à se faire aimer de Flavie, était un supplice ; mais une rage l'affolait, lorsqu'il songeait qu'elle pouvait se donner à un autre. Pour affirmer sa liberté, elle était capable de s'afficher avec M. des Fondettes. Il affectait donc de ne point s'occuper d'elle, tout en agonisant d'angoisse à ses moindres absences. S'il n'avait pas craint le ridicule, il l'aurait suivie lui-même dans les rues. Ce fut alors qu'il voulut avoir près d'elle une personne dont il achèterait le dévouement.

On avait conservé mademoiselle Chuin dans la maison. Le baron était habitué à elle. D'autre part, elle savait trop de choses pour qu'on pût s'en débarrasser. Un moment, la vieille fille avait eu le projet de se retirer avec les vingt mille francs que Nantas lui avait comptés, au lendemain de son mariage. Mais sans doute elle s'était dit que la maison devenait bonne pour y pêcher en eau trouble. Elle attendait donc une nouvelle occasion, ayant fait le calcul qu'il lui fallait encore une vingtaine de mille francs, si elle voulait acheter à Roinville, son pays, la maison du notaire, qui avait fait l'admiration de sa jeunesse.

Nantas n'avait pas à se gêner avec cette vieille fille, dont les mines confites en dévotion[1] ne pouvaient plus le tromper. Pourtant, le matin où il la fit venir dans son cabinet et où il lui proposa nettement de le tenir au courant des moindres actions de sa femme, elle feignit de se révolter, en lui demandant pour qui il la prenait.

— Voyons, mademoiselle, dit-il impatienté, je suis très pressé, on m'attend. Abrégeons, je vous prie.

Mais elle ne voulait rien entendre, s'il n'y mettait des formes. Ses principes étaient que les choses ne sont pas laides en elles-mêmes, qu'elles le deviennent ou cessent de l'être, selon la façon dont on les présente.

— Eh bien ! reprit-il, il s'agit, mademoiselle, d'une bonne action... Je crains que ma femme ne me cache certains chagrins. Je la vois triste depuis quelques semaines, et j'ai songé à vous, pour obtenir des renseignements.

— Vous pouvez compter sur moi, dit-elle alors avec une effusion[2] maternelle. Je suis dévouée à Madame, je ferai tout pour son honneur et le vôtre... Dès demain, nous veillerons sur elle.

Il lui promit de la récompenser de ses services. Elle se fâcha d'abord. Puis, elle eut l'habileté de le forcer à fixer une somme : il lui donnerait dix mille francs, si elle lui fournissait une preuve formelle[3]

notes

1. mines confites en dévotion : manières affichant une profonde dévotion.

2. effusion : manifestation forte des sentiments.
3. formelle : visible et donc indiscutable.

de la bonne ou de la mauvaise conduite de Madame. Peu à peu, ils en étaient venus à préciser les choses.

Dès lors, Nantas se tourmenta moins. Trois mois s'écoulèrent, il se trouvait engagé dans une grosse besogne, la préparation du budget. D'accord avec l'empereur, il avait apporté au système financier d'importantes modifications. Il savait qu'il serait vivement attaqué à la Chambre, et il lui fallait préparer une quantité considérable de documents. Souvent il veillait des nuits entières. Cela l'étourdissait et le rendait patient. Quand il voyait mademoiselle Chuin, il l'interrogeait d'une voix brève. Savait-elle quelque chose ? Madame avait-elle fait beaucoup de visites ? S'était-elle particulièrement arrêtée dans certaines maisons ? Mademoiselle Chuin tenait un journal détaillé. Mais elle n'avait encore recueilli que des faits sans importance. Nantas se rassurait, tandis que la vieille clignait les yeux parfois, en répétant que, bientôt peut-être, elle aurait du nouveau.

La vérité était que mademoiselle Chuin avait fortement réfléchi. Dix mille francs ne faisaient pas son compte, il lui en fallait vingt mille, pour acheter la maison du notaire. Elle eut d'abord l'idée de se vendre à la femme, après s'être vendue au mari. Mais elle connaissait Madame, elle craignit d'être chassée au premier mot. Depuis longtemps, avant même qu'on la chargeât de cette besogne, elle l'avait espionnée pour son compte, en se disant que les vices des maîtres sont la fortune des valets ; et elle s'était heurtée à une de ces honnêtetés d'autant plus solides, qu'elles s'appuient sur l'orgueil. Flavie gardait de sa faute une rancune à tous les hommes. Aussi mademoiselle Chuin se désespérait-elle, lorsqu'un jour elle rencontra M. des Fondettes. Il la questionna si vivement sur sa maîtresse, qu'elle comprit tout d'un coup qu'il la désirait follement, brûlé par le souvenir de la minute où il l'avait tenue dans ses bras. Et son plan fut arrêté : servir à la fois le mari et l'amant, là était la combinaison de génie.

Justement, tout venait à point. M. des Fondettes, repoussé, désormais sans espoir, aurait donné sa fortune pour posséder encore cette femme qui lui avait appartenu. Ce fut lui qui, le premier, tâta mademoiselle Chuin. Il la revit, joua le sentiment, en jurant qu'il se tuerait, si elle ne l'aidait pas. Au bout de huit jours, après une grande dépense de sensibilité et de scrupules[1], l'affaire était faite : il donnerait dix mille francs, et elle, un soir, le cacherait dans la chambre de Flavie.

Le matin, mademoiselle Chuin alla trouver Nantas.

– Qu'avez-vous appris ? demanda-t-il en pâlissant.

Mais elle ne précisa rien d'abord. Madame avait pour sûr une liaison. Même elle donnait des rendez-vous.

– Au fait, au fait, répétait-il, furieux d'impatience.

Enfin, elle nomma M. des Fondettes.

– Ce soir, il sera dans la chambre de Madame.

– C'est bien, merci, balbutia Nantas.

Il la congédia du geste, il avait peur de défaillir[2] devant elle. Ce brusque renvoi l'étonnait et l'enchantait, car elle s'était attendue à un long interrogatoire, et elle avait même préparé ses réponses, pour ne pas s'embrouiller. Elle fit une révérence, elle se retira, en prenant une figure dolente[3].

Nantas s'était levé. Dès qu'il fut seul, il parla tout haut.

– Ce soir... Dans sa chambre...

Et il portait les mains à son crâne, comme s'il l'avait entendu craquer. Ce rendez-vous, donné au domicile conjugal, lui semblait monstrueux d'impudence[4]. Il ne pouvait se laisser outrager ainsi. Ses poings de lutteur se serraient, une rage le faisait rêver d'assassinat. Pourtant, il avait à finir un travail. Trois fois, il se rassit devant son bureau, et trois fois un soulèvement de tout son corps le remit debout ; tandis que, derrière lui, quelque chose le poussait, un besoin de monter sur-le-champ chez sa femme, pour la traiter de catin[5]. Enfin, il se vainquit, il se remit à la besogne, en jurant qu'il les étranglerait, le soir. Ce fut la plus grande victoire qu'il remporta jamais sur lui-même.

L'après-midi, Nantas alla soumettre à l'empereur le projet définitif du budget. Celui-ci lui ayant fait quelques objections, il les discuta avec une lucidité parfaite. Mais il lui fallut promettre de modifier

notes

1. C'est ainsi que se comporte Mlle Chuin dans toutes ses entremises.
2. **défaillir** : s'évanouir.
3. **dolente** : douloureuse.
4. **impudence** : irrespect des bonnes mœurs, insolence.
5. **catin** : prostituée.

Nantas

toute une partie de son travail. Le projet devait être déposé le lendemain.

— Sire, je passerai la nuit, dit-il.

Et, en revenant, il pensait : « Je les tuerai à minuit, et j'aurai ensuite jusqu'au jour pour terminer ce travail. »

Le soir, au dîner, le baron Danvilliers causa précisément de ce projet de budget, qui faisait grand bruit. Lui, n'approuvait pas toutes les idées de son gendre en matière de finances. Mais il les trouvait très larges, très remarquables. Pendant qu'il répondait au baron, Nantas, à plusieurs reprises, crut surprendre les yeux de sa femme fixés sur les siens. Souvent, maintenant, elle le regardait ainsi. Son regard ne s'attendrissait pas, elle l'écoutait simplement et semblait chercher à lire au-delà de son visage. Nantas pensa qu'elle craignait d'avoir été trahie. Aussi fit-il un effort pour paraître d'esprit dégagé[1] : il causa beaucoup, s'éleva très haut, finit par convaincre son beau-père, qui céda devant sa grande intelligence. Flavie le regardait toujours ; et une mollesse à peine sensible avait un instant passé sur sa face.

Jusqu'à minuit, Nantas travailla dans son cabinet. Il s'était passionné peu à peu, plus rien n'existait que cette création, ce mécanisme financier qu'il avait lentement construit, rouage à rouage, au travers d'obstacles sans nombre. Quand la pendule sonna minuit, il leva instinctivement la tête. Un grand silence régnait dans l'hôtel. Tout d'un coup, il se souvint, l'adultère était là, au fond de cette ombre et de ce silence. Mais ce fut pour lui une peine que de quitter son fauteuil : il posa la plume à regret, fit quelques pas comme pour obéir à une volonté ancienne, qu'il ne retrouvait plus. Puis, une chaleur lui empourpra[2] la face, une flamme alluma ses yeux. Et il monta à l'appartement de sa femme.

Ce soir-là, Flavie avait congédié de bonne heure sa femme de chambre. Elle voulait être seule. Jusqu'à minuit, elle resta dans le petit salon qui précédait sa chambre à coucher. Allongée sur une causeuse[3], elle avait pris un livre ; mais, à chaque instant, le livre

notes

1. **dégagé** : sans souci.
2. **empourpra** : rougit.
3. **causeuse** : petit canapé à deux places.

tombait de ses mains, et elle songeait, les yeux perdus. Son visage s'était encore adouci, un sourire pâle y passait par moments.

Elle se leva en sursaut. On avait frappé.

– Qui est là ?

– Ouvrez, répondit Nantas.

Ce fut pour elle une si grande surprise, qu'elle ouvrit machinalement. Jamais son mari ne s'était ainsi présenté chez elle. Il entra, bouleversé ; la colère l'avait repris, en montant. Mademoiselle Chuin, qui le guettait sur le palier, venait de lui murmurer à l'oreille que M. des Fondettes était là depuis deux heures. Aussi ne montrat-il aucun ménagement.

– Madame, dit-il, un homme est caché dans votre chambre.

Flavie ne répondit pas tout de suite, tellement sa pensée était loin. Enfin, elle comprit.

– Vous êtes fou, monsieur, murmura-t-elle.

Mais, sans s'arrêter à discuter, il marchait déjà vers la chambre. Alors, d'un bond, elle se mit devant la porte, en criant :

– Vous n'entrerez pas... Je suis ici chez moi, et je vous défends d'entrer !

Frémissante, grandie, elle gardait la porte. Un instant, ils restèrent immobiles, sans une parole, les yeux dans les yeux. Lui, le cou tendu, les mains en avant, allait se jeter sur elle, pour passer.

– Ôtez-vous de là, murmura-t-il d'une voix rauque. Je suis plus fort que vous, j'entrerai quand même.

– Non, vous n'entrerez pas, je ne veux pas.

Follement, il répétait :

– Il y a un homme, il y a un homme...

Elle, ne daignant même pas lui donner un démenti, haussait les épaules. Puis, comme il faisait encore un pas :

– Eh bien ! mettons qu'il y ait un homme, qu'est-ce que cela peut vous faire ? Ne suis-je pas libre ?

Il recula devant ce mot qui le cinglait comme un soufflet. En effet, elle était libre. Un grand froid le prit aux épaules, il sentit nettement qu'elle avait le rôle supérieur, et que lui jouait là une scène d'enfant malade et illogique. Il n'observait pas le traité, sa stupide passion le rendait odieux. Pourquoi n'était-il pas resté à travailler dans son

cabinet ? Le sang se retirait de ses joues, une ombre d'indicible[1] souffrance blêmit son visage. Lorsque Flavie remarqua le bouleversement qui se faisait en lui, elle s'écarta de la porte, tandis qu'une douceur attendrissait ses yeux.

— Voyez, dit-elle simplement.

Et elle-même entra dans la chambre, une lampe à la main, tandis que Nantas demeurait sur le seuil. D'un geste, il lui avait dit que c'était inutile, qu'il ne voulait pas voir. Mais elle, maintenant, insistait. Comme elle arrivait devant le lit, elle souleva les rideaux, et M. des Fondettes apparut, caché derrière. Ce fut pour elle une telle stupeur, qu'elle eut un cri d'épouvante.

— C'est vrai, balbutia-t-elle éperdue, c'est vrai, cet homme était là... Je l'ignorais, oh ! sur ma vie, je vous le jure !

Puis, par un effort de volonté, elle se calma, elle parut même regretter ce premier mouvement qui venait de la pousser à se défendre.

— Vous aviez raison, monsieur, et je vous demande pardon, dit-elle à Nantas, en tâchant de retrouver sa voix froide.

Cependant, M. des Fondettes se sentait ridicule. Il faisait une mine sotte, il aurait donné beaucoup pour que le mari se fâchât. Mais Nantas se taisait. Il était simplement devenu très pâle. Quand il eut reporté ses regards de M. des Fondettes à Flavie, il s'inclina devant cette dernière, en prononçant cette seule phrase :

— Madame, excusez-moi, vous êtes libre.

Et il tourna le dos, il s'en alla. En lui, quelque chose venait de se casser ; seul, le mécanisme des muscles et des os fonctionnait encore. Lorsqu'il se retrouva dans son cabinet, il marcha droit à un tiroir où il cachait un revolver. Après avoir examiné cette arme, il dit tout haut, comme pour prendre un engagement formel vis-à-vis de lui-même :

— Allons, c'est assez, je me tuerai tout à l'heure.

Il remonta la lampe qui baissait, il s'assit devant son bureau et se remit tranquillement à la besogne. Sans une hésitation, au milieu du

---

[1]. **indicible** : qui ne peut être formulée, tant elle est intense.

grand silence, il continua la phrase commencée. Un à un, méthodiquement, les feuillets s'entassaient. Deux heures plus tard, lorsque Flavie, qui avait chassé M. des Fondettes, descendit pieds nus pour écouter à la porte du cabinet, elle n'entendit que le petit bruit de la plume craquant sur le papier. Alors, elle se pencha, elle mit un œil au trou de la serrure. Nantas écrivait toujours avec le même calme, son visage exprimait la paix et la satisfaction du travail, tandis qu'un rayon de la lampe allumait le canon du revolver, près de lui.

V

La maison attenante au jardin de l'hôtel était maintenant la propriété de Nantas, qui l'avait achetée à son beau-père. Par un caprice, il défendait d'y louer l'étroite mansarde, où, pendant deux mois, il s'était débattu contre la misère, lors de son arrivée à Paris. Depuis sa grande fortune, il avait éprouvé, à diverses reprises, le besoin de monter s'y enfermer pour quelques heures. C'était là qu'il avait souffert, c'était là qu'il voulait triompher. Lorsqu'un obstacle se présentait, il aimait aussi à y réfléchir, à y prendre les grandes déterminations de sa vie. Il y redevenait ce qu'il était autrefois. Aussi, devant la nécessité du suicide, était-ce dans cette mansarde qu'il avait résolu de mourir.

Le matin, Nantas n'eut fini son travail que vers huit heures. Craignant que la fatigue ne l'assoupît[1], il se lava à grande eau. Puis, il appela successivement plusieurs employés, pour leur donner des ordres. Lorsque son secrétaire fut arrivé, il eut avec lui un entretien : le secrétaire devait porter sur-le-champ le projet de budget aux Tuileries[2], et fournir certaines explications, si l'empereur soulevait des objections nouvelles. Dès lors, Nantas crut avoir assez fait. Il

notes

1. l'assoupît : l'endormît.
2. Tuileries : lieu de résidence de Napoléon III ; le palais sera détruit par un incendie en 1871 durant la Commune.

laissait tout en ordre, il ne partirait pas comme un banqueroutier[1] frappé de démence. Enfin, il s'appartenait, il pouvait disposer de lui, sans qu'on l'accusât d'égoïsme et de lâcheté.

Neuf heures sonnèrent. Il était temps. Mais, comme il allait quitter son cabinet, en emportant le revolver, il eut une dernière amertume à boire. Mademoiselle Chuin se présenta pour toucher les dix mille francs promis. Il la paya, et dut subir sa familiarité. Elle se montrait maternelle, elle le traitait un peu comme un élève qui a réussi. S'il avait encore hésité, cette complicité honteuse l'aurait décidé au suicide. Il monta vivement et, dans sa hâte, laissa la clé sur la porte.

Rien n'était changé. Le papier avait les mêmes déchirures, le lit, la table et la chaise se trouvaient toujours là, avec leur odeur de pauvreté ancienne. Il respira un moment cet air qui lui rappelait les luttes d'autrefois. Puis, il s'approcha de la fenêtre et il aperçut la même échappée[2] de Paris, les arbres de l'hôtel, la Seine, les quais, tout un coin de la rive droite, où le flot des maisons roulait, se haussait, se confondait, jusqu'aux lointains du Père-Lachaise.

Le revolver était sur la table boiteuse, à portée de sa main. Maintenant, il n'avait plus de hâte, il était certain que personne ne viendrait et qu'il se tuerait à sa guise. Il songeait et se disait qu'il se retrouvait au même point que jadis, ramené au même lieu, dans la même volonté du suicide. Un soir déjà, à cette place, il avait voulu se casser la tête ; il était trop pauvre alors pour acheter un pistolet, il n'avait que le pavé de la rue, mais la mort était quand même au bout. Ainsi, dans l'existence, il n'y avait donc que la mort qui ne trompât pas, qui se montrât toujours sûre et toujours prête. Il ne connaissait qu'elle de solide, il avait beau chercher, tout s'était continuellement effondré sous lui, la mort seule restait une certitude. Et il éprouva le regret d'avoir vécu dix ans de trop. L'expérience qu'il avait faite de la vie, en montant à la fortune et au pouvoir, lui paraissait puérile. À quoi bon cette dépense de volonté, à quoi bon tant de force produite, puisque, décidément, la volonté et la force n'étaient pas tout ? Il avait suffi d'une passion pour le détruire, il s'était pris sottement à aimer

notes

| **1. banqueroutier** : personne qui a fait faillite. | **2. échappée** : vue dégagée.

Nantas

Flavie, et le monument qu'il bâtissait, craquait, s'écroulait comme un château de cartes, emporté par l'haleine d'un enfant. C'était misérable, cela ressemblait à la punition d'un écolier maraudeur[1], sous lequel la branche casse, et qui périt par où il a péché. La vie était bête, les hommes supérieurs y finissaient aussi platement que les imbéciles.

Nantas avait pris le revolver sur la table et l'armait lentement. Un dernier regret le fit mollir une seconde, à ce moment suprême. Que de grandes choses il aurait réalisées, si Flavie l'avait compris ! Le jour où elle se serait jetée à son cou, en lui disant : « Je t'aime ! », ce jour-là, il aurait trouvé un levier pour soulever le monde. Et sa dernière pensée était un grand dédain de la force, puisque la force, qui devait tout lui donner, n'avait pu lui donner Flavie.

Il leva son arme. La matinée était superbe. Par la fenêtre grande ouverte, le soleil entrait, mettant un éveil de jeunesse dans la mansarde. Au loin, Paris commençait son labeur de ville géante. Nantas appuya le canon sur sa tempe.

Mais la porte s'était violemment ouverte, et Flavie entra. D'un geste, elle détourna le coup, la balle alla s'enfoncer dans le plafond. Tous deux se regardaient. Elle était si essoufflée, si étranglée, qu'elle ne pouvait parler. Enfin, tutoyant Nantas pour la première fois, elle trouva le mot qu'il attendait, le seul mot qui pût le décider à vivre :

— Je t'aime ! cria-t-elle à son cou, sanglotante, arrachant cet aveu à son orgueil, à tout son être dompté, je t'aime parce que tu es fort !

Nouvelle publiée dans le recueil *Naïs Micoulin*, 1884.

1. **maraudeur** : voleur.

La Mort d'Olivier Bécaille

I

C'est un samedi, à six heures du matin, que je suis mort, après trois jours de maladie. Ma pauvre femme fouillait depuis un instant dans la malle, où elle cherchait du linge. Lorsqu'elle s'est relevée et qu'elle m'a vu rigide, les yeux ouverts, sans un souffle, elle est accourue, croyant à un évanouissement, me touchant les mains, se penchant sur mon visage. Puis, la terreur l'a prise ; et, affolée, elle a bégayé, en éclatant en larmes :

– Mon Dieu ! mon Dieu ! il est mort !

J'entendais tout, mais les sons affaiblis semblaient venir de très loin. Seul, mon œil gauche percevait encore une lueur confuse, une lumière blanchâtre où les objets se fondaient ; l'œil droit se trouvait complètement paralysé. C'était une syncope de mon être entier, comme un coup de foudre qui m'avait anéanti. Ma volonté était morte, plus une fibre de ma chair ne m'obéissait. Et, dans ce néant, au-dessus de mes membres inertes, la pensée seule demeurait, lente et paresseuse, mais d'une netteté parfaite.

Ma pauvre Marguerite pleurait, tombée à genoux devant le lit, répétant d'une voix déchirée :

La Mort d'Olivier Bécaille

— Il est mort, mon Dieu ! il est mort !

Était-ce donc la mort, ce singulier état de torpeur, cette chair frappée d'immobilité, tandis que l'intelligence fonctionnait toujours ? Était-ce mon âme qui s'attardait ainsi dans mon crâne, avant de prendre son vol ? Depuis mon enfance, j'étais sujet à des crises nerveuses. Deux fois, tout jeune, des fièvres aiguës avaient failli m'emporter. Puis, autour de moi, on s'était habitué à me voir maladif ; et moi-même j'avais défendu à Marguerite d'aller chercher un médecin, lorsque je m'étais couché le matin de notre arrivée à Paris, dans cet hôtel meublé de la rue Dauphine. Un peu de repos suffirait, c'était la fatigue du voyage qui me courbaturait ainsi. Pourtant, je me sentais plein d'une angoisse affreuse. Nous avions quitté brusquement notre province, très pauvres, ayant à peine de quoi attendre les appointements[1] de mon premier mois, dans l'administration où je m'étais assuré une place. Et voilà qu'une crise subite m'emportait !

Était-ce bien la mort ? Je m'étais imaginé une nuit plus noire, un silence plus lourd. Tout petit, j'avais déjà peur de mourir. Comme j'étais débile[2] et que les gens me caressaient avec compassion[3], je pensais constamment que je ne vivrais pas, qu'on m'enterrerait de bonne heure. Et cette pensée de la terre me causait une épouvante, à laquelle je ne pouvais m'habituer, bien qu'elle me hantât nuit et jour. En grandissant, j'avais gardé cette idée fixe. Parfois, après des journées de réflexion, je croyais avoir vaincu ma peur. Eh bien ! on mourait, c'était fini ; tout le monde mourait un jour ; rien ne devait être plus commode ni meilleur. J'arrivais presque à être gai, je regardais la mort en face. Puis, un frisson brusque me glaçait, me rendait à mon vertige, comme si une main géante m'eût balancé au-dessus d'un gouffre noir. C'était la pensée de la terre qui revenait et emportait mes raisonnements. Que de fois, la nuit, je me suis réveillé en sursaut, ne sachant quel souffle avait passé sur mon sommeil, joignant les mains avec désespoir, balbutiant : « Mon Dieu ! mon Dieu ! il faut mourir ! » Une anxiété me serrait la poitrine, la

---

notes

1. les appointements : le salaire.
2. débile : de santé fragile.
3. compassion : pitié.

nécessité de la mort me paraissait plus abominable, dans l'étourdissement du réveil. Je ne me rendormais qu'avec peine, le sommeil m'inquiétait, tellement il ressemblait à la mort. Si j'allais dormir toujours ! Si je fermais les yeux pour ne les rouvrir jamais !

J'ignore si d'autres ont souffert ce tourment. Il a désolé ma vie. La mort s'est dressée entre moi et tout ce que j'ai aimé. Je me souviens des plus heureux instants que j'ai passés avec Marguerite. Dans les premiers mois de notre mariage, lorsqu'elle dormait la nuit à mon côté, lorsque je songeais à elle en faisant des rêves d'avenir, sans cesse l'attente d'une séparation fatale gâtait mes joies, détruisait mes espoirs. Il faudrait nous quitter, peut-être demain, peut-être dans une heure. Un immense découragement me prenait, je me demandais à quoi bon le bonheur d'être ensemble, puisqu'il devait aboutir à un déchirement si cruel. Alors, mon imagination se plaisait dans le deuil. Qui partirait le premier, elle ou moi ? Et l'une ou l'autre alternative m'attendrissait aux larmes, en déroulant le tableau de nos vies brisées. Aux meilleures époques de mon existence, j'ai eu ainsi des mélancolies soudaines que personne ne comprenait. Lorsqu'il m'arrivait une bonne chance, on s'étonnait de me voir sombre. C'était que, tout d'un coup, l'idée de mon néant avait traversé ma joie. Le terrible : « À quoi bon ? » sonnait comme un glas[1] à mes oreilles. Mais le pis de ce tourment, c'est qu'on l'endure dans une honte secrète. On n'ose dire son mal à personne. Souvent le mari et la femme, couchés côte à côte, doivent frissonner du même frisson, quand la lumière est éteinte ; et ni l'un ni l'autre ne parle, car on ne parle pas de la mort, pas plus qu'on ne prononce certains mots obscènes. On a peur d'elle jusqu'à ne point la nommer, on la cache comme on cache son sexe.

Je réfléchissais à ces choses, pendant que ma chère Marguerite continuait à sangloter. Cela me faisait grand'peine de ne savoir comment calmer son chagrin, en lui disant que je ne souffrais pas. Si la mort n'était que cet évanouissement de la chair, en vérité j'avais eu tort de la tant redouter. C'était un bien-être égoïste, un repos dans

---

note

1. glas : sonnerie de cloches annonçant un décès.

La Mort d'Olivier Bécaille

lequel j'oubliais mes soucis. Ma mémoire surtout avait pris une vivacité extraordinaire. Rapidement, mon existence entière passait devant moi, ainsi qu'un spectacle auquel je me sentais désormais étranger. Sensation étrange et curieuse qui m'amusait : on aurait dit une voix lointaine qui me racontait mon histoire.

Il y avait un coin de campagne, près de Guérande, sur la route de Piriac[1], dont le souvenir me poursuivait. La route tourne, un petit bois de pins descend à la débandade[2] une pente rocheuse. Lorsque j'avais sept ans, j'allais là avec mon père, dans une maison à demi écroulée, manger des crêpes chez les parents de Marguerite, des paludiers[3] qui vivaient déjà péniblement des salines voisines. Puis, je me rappelais le collège de Nantes où j'avais grandi, dans l'ennui des vieux murs, avec le continuel désir du large horizon de Guérande, les marais salants à perte de vue, au bas de la ville[4], et la mer immense, étalée sous le ciel. Là, un trou noir se creusait : mon père mourait, j'entrais à l'administration de l'hôpital comme employé, je commençais une vie monotone, ayant pour unique joie mes visites du dimanche à la vieille maison de la route de Piriac. Les choses y marchaient de mal en pis, car les salines ne rapportaient presque plus rien, et le pays tombait à une grande misère. Marguerite n'était encore qu'une enfant. Elle m'aimait, parce que je la promenais dans une brouette. Mais, plus tard, le matin où je la demandai en mariage, je compris, à son geste effrayé, qu'elle me trouvait affreux. Les parents me l'avaient donnée tout de suite ; ça les débarrassait. Elle, soumise, n'avait pas dit non. Quand elle se fut habituée à l'idée d'être ma femme, elle ne parut plus trop ennuyée. Le jour du mariage, à Guérande, je me souviens qu'il pleuvait à torrents ; et, quand nous rentrâmes, elle dut se mettre en jupon, car sa robe était trempée.

Voilà toute ma jeunesse. Nous avons vécu quelque temps là-bas. Puis, un jour, en rentrant, je surpris ma femme pleurant à chaudes larmes. Elle s'ennuyait, elle voulait partir. Au bout de six mois, j'avais des économies, faites sou à sou, à l'aide de travaux supplémentaires ;

notes

1. Piriac et Guérande sont deux bourgs de la Bretagne sud (actuelle Loire-Atlantique).
2. à la débandade : de façon désordonnée.
3. paludiers : personnes ramassant le sel déposé dans les marais salants ou salines.
4. Guérande est située en haut d'une colline.

et, comme un ancien ami de ma famille s'était occupé de lui trouver une place à Paris, j'emmenai la chère enfant, pour qu'elle ne pleurât plus. En chemin de fer, elle riait. La nuit, la banquette des troisièmes classes étant très dure, je la pris sur mes genoux, afin qu'elle pût dormir mollement.

C'était là le passé. Et, à cette heure, je venais de mourir sur cette couche étroite d'hôtel meublé, tandis que ma femme, tombée à genoux sur le carreau[1], se lamentait. La tache blanche que percevait mon œil gauche pâlissait peu à peu ; mais je me rappelais très nettement la chambre. À gauche, était la commode ; à droite, la cheminée, au milieu de laquelle une pendule détraquée, sans balancier, marquait dix heures six minutes. La fenêtre s'ouvrait sur la rue Dauphine, noire et profonde. Tout Paris passait là, et dans un tel vacarme, que j'entendais les vitres trembler.

Nous ne connaissions personne à Paris. Comme nous avions pressé notre départ, on ne m'attendait que le lundi suivant à mon administration. Depuis que j'avais dû prendre le lit, c'était une étrange sensation que cet emprisonnement dans cette chambre, où le voyage venait de nous jeter, encore effarés de quinze heures de chemin de fer étourdis du tumulte des rues. Ma femme m'avait soigné avec sa douceur souriante ; mais je sentais combien elle était troublée. De temps à autre, elle s'approchait de la fenêtre, donnait un coup d'œil à la rue, puis revenait toute pâle, effrayée par ce grand Paris dont elle ne connaissait pas une pierre et qui grondait si terriblement. Et qu'allait-elle faire, si je ne me réveillais plus ? qu'allait-elle devenir dans cette ville immense, seule, sans un soutien, ignorante de tout ?

Marguerite avait pris une de mes mains qui pendait, inerte au bord du lit ; et elle la baisait, et elle répétait follement :

– Olivier, réponds-moi... Mon Dieu ! il est mort ! il est mort !

La mort n'était donc pas le néant, puisque j'entendais et que je raisonnais. Seul, le néant m'avait terrifié, depuis mon enfance. Je ne m'imaginais pas la disparition de mon être, la suppression totale de ce que j'étais ; et cela pour toujours, pendant des siècles et des siècles encore, sans que jamais mon existence pût recommencer. Je frisson-

---
1. carreau : sol carrelé.

La Mort d'Olivier Bécaille

nais parfois, lorsque je trouvais dans un journal une date future du siècle prochain : je ne vivrais certainement plus à cette date, et cette année d'un avenir que je ne verrais pas, où je ne serais pas, m'emplissait d'angoisse. N'étais-je pas le monde, et tout ne croulerait-il pas, lorsque je m'en irais ?

Rêver de la vie dans la mort, tel avait toujours été mon espoir. Mais ce n'était pas la mort sans doute. J'allais certainement me réveiller tout à l'heure. Oui, tout à l'heure, je me pencherais et je saisirais Marguerite entre mes bras, pour sécher ses larmes. Quelle joie de nous retrouver ! et comme nous nous aimerions davantage ! Je prendrais encore deux jours de repos, puis j'irais à mon administration. Une vie nouvelle commencerait pour nous, plus heureuse, plus large. Seulement, je n'avais pas de hâte. Tout à l'heure, j'étais trop accablé. Marguerite avait tort de se désespérer ainsi, car je ne me sentais pas la force de tourner la tête sur l'oreiller pour lui sourire. Tout à l'heure, lorsqu'elle dirait de nouveau :

– Il est mort ! mon Dieu ! il est mort !

Je l'embrasserais, je murmurerais très bas, afin de ne pas l'effrayer :

– Mais non, chère enfant. Je dormais. Tu vois bien que je vis et que je t'aime.

II

Aux cris que Marguerite poussait, la porte a été brusquement ouverte, et une voix s'est écriée :

– Qu'y a-t-il donc, ma voisine ?... Encore une crise, n'est-ce pas ?

J'ai reconnu la voix. C'était celle d'une vieille femme, madame Gabin, qui demeurait sur le même palier que nous. Elle s'était montrée très obligeante[1], dès notre arrivée, émue par notre position. Tout de suite, elle nous avait raconté son histoire. Un propriétaire intraitable lui avait vendu ses meubles, l'hiver dernier ; et, depuis ce temps, elle logeait à l'hôtel, avec sa fille Adèle, une gamine de dix ans.

---

[1]. **obligeante** : serviable.

Toutes deux découpaient des abat-jour, c'était au plus si elles gagnaient quarante sous à cette besogne.

— Mon Dieu ! est-ce que c'est fini ? demanda-t-elle en baissant la voix.

Je compris qu'elle s'approchait. Elle me regarda, me toucha, puis elle reprit avec pitié :

— Ma pauvre petite ! ma pauvre petite !

Marguerite, épuisée, avait des sanglots d'enfant. Madame Gabin la souleva, l'assit dans le fauteuil boiteux qui se trouvait près de la cheminée ; et, là, elle tâcha de la consoler.

— Vrai, vous allez vous faire du mal. Ce n'est pas parce que votre mari est parti, que vous devez vous crever de désespoir. Bien sûr, quand j'ai perdu Gabin, j'étais pareille à vous, je suis restée trois jours sans pouvoir avaler gros comme ça de nourriture. Mais ça ne m'a avancée à rien ; au contraire, ça m'a enfoncée davantage... Voyons, pour l'amour de Dieu ! soyez raisonnable.

Peu à peu, Marguerite se tut. Elle était à bout de force ; et, de temps à autre, une crise de larmes la secouait encore. Pendant ce temps, la vieille femme prenait possession de la chambre, avec une autorité bourrue[1].

— Ne vous occupez de rien, répétait-elle. Justement, Dédé est allée reporter l'ouvrage ; puis, entre voisins, il faut bien s'entr'aider... Dites donc, vos malles ne sont pas encore complètement défaites ; mais il y a du linge dans la commode, n'est-ce pas ?

Je l'entendis ouvrir la commode. Elle dut prendre une serviette, qu'elle vint étendre sur la table de nuit. Ensuite, elle frotta une allumette, ce qui me fit penser qu'elle allumait près de moi une des bougies de la cheminée, en guise de cierge. Je suivais chacun de ses mouvements dans la chambre, je me rendais compte de ses moindres actions.

— Ce pauvre monsieur ! murmura-t-elle. Heureusement que je vous ai entendue crier, ma chère.

Et, tout d'un coup, la lueur vague que je voyais encore de mon œil gauche, disparut. Madame Gabin venait de me fermer les yeux. Je

note

1. **bourrue** : brusque.

La Mort d'Olivier Bécaille

n'avais pas eu la sensation de son doigt sur ma paupière. Quand j'eus compris, un léger froid commença à me glacer.

Mais la porte s'était rouverte. Dédé, la gamine de dix ans, entrait en criant de sa voix flûtée[1] :

– Maman ! maman ! ah ! je savais bien que tu étais ici !... Tiens, voilà ton compte, trois francs quatre sous... J'ai rapporté vingt douzaines d'abat-jour...

– Chut ! chut ! tais-toi donc ! répétait vainement la mère.

Comme la petite continuait, elle lui montra le lit. Dédé s'arrêta, et je la sentis inquiète, reculant vers la porte.

– Est-ce que le monsieur dort ? demanda-t-elle très bas.

– Oui, va-t'en jouer, répondit madame Gabin.

Mais l'enfant ne s'en allait pas. Elle devait me regarder de ses yeux agrandis, effarée et comprenant vaguement. Brusquement, elle parut prise d'une peur folle, elle se sauva en culbutant une chaise.

– Il est mort, oh ! maman, il est mort.

Un profond silence régna. Marguerite, accablée dans le fauteuil, ne pleurait plus. Madame Gabin rôdait toujours par la chambre. Elle se remit à parler entre ses dents.

– Les enfants savent tout, au jour d'aujourd'hui. Voyez celle-là. Dieu sait si je l'élève bien ! Lorsqu'elle va faire une commission ou que je l'envoie reporter l'ouvrage, je calcule les minutes, pour être sûre qu'elle ne galopine[2] pas... Ça ne fait rien, elle sait tout, elle a vu d'un coup d'œil ce qu'il en était. Pourtant, on ne lui a jamais montré qu'un mort, son oncle François, et, à cette époque, elle n'avait pas quatre ans... Enfin, il n'y a plus d'enfants, que voulez-vous !

Elle s'interrompit, elle passa sans transition à un autre sujet.

– Dites donc, ma petite, il faut songer aux formalités, la déclaration à la mairie, puis tous les détails du convoi. Vous n'êtes pas en état de vous occuper de ça. Moi, je ne veux pas vous laisser seule... Hein ? si vous le permettez, je vais voir si monsieur Simoneau est chez lui.

Marguerite ne répondit pas. J'assistais à toutes ces scènes comme de très loin. Il me semblait, par moments, que je volais, ainsi qu'une

---

notes

1. flûtée : ressemblant au son d'une flûte.

2. galopine : traîne comme un galopin, un jeune effronté.

flamme subtile[1], dans l'air de la chambre, tandis qu'un étranger, une masse informe reposait inerte sur le lit. Cependant, j'aurais voulu que Marguerite refusât les services de ce Simoneau. Je l'avais aperçu trois ou quatre fois durant ma courte maladie. Il habitait une chambre voisine et se montrait très serviable. Madame Gabin nous avait raconté qu'il se trouvait simplement de passage à Paris, où il venait recueillir d'anciennes créances[2] de son père, retiré en province et mort dernièrement. C'était un grand garçon, très beau, très fort. Je le détestais, peut-être parce qu'il se portait bien. La veille, il était encore entré, et j'avais souffert de le voir assis près de Marguerite. Elle était si jolie, si blanche à côté de lui !

Et il l'avait regardée si profondément, pendant qu'elle lui souriait, en disant qu'il était bien bon de venir ainsi prendre de mes nouvelles !

— Voici monsieur Simoneau, murmura madame Gabin, qui rentrait.

Il poussa doucement la porte, et, dès qu'elle l'aperçut, Marguerite de nouveau éclata en larmes. La présence de cet ami, du seul homme qu'elle connût, réveillait en elle sa douleur. Il n'essaya pas de la consoler. Je ne pouvais le voir ; mais, dans les ténèbres qui m'enveloppaient, j'évoquais sa figure, et je le distinguais nettement, troublé, chagrin[3] de trouver la pauvre femme dans un tel désespoir. Et qu'elle devait être belle pourtant, avec ses cheveux blonds dénoués, sa face pâle, ses chères petites mains d'enfant brûlantes de fièvre !

— Je me mets à votre disposition, madame, murmura Simoneau. Si vous voulez bien me charger de tout...

Elle ne lui répondit que par des paroles entrecoupées. Mais, comme le jeune homme se retirait, madame Gabin l'accompagna, et je l'entendis qui parlait d'argent, en passant près de moi. Cela coûtait toujours très cher ; elle craignait bien que la pauvre petite n'eût pas un sou. En tout cas, on pouvait la questionner. Simoneau fit taire la vieille femme. Il ne voulait pas qu'on tourmentât Marguerite. Il allait passer à la mairie et commander le convoi.

---

notes

1. **subtile** : légère, immatérielle.
2. **créances** : sommes prêtées.
3. **chagrin** : triste.

La Mort d'Olivier Bécaille

Quand le silence recommença, je me demandai si ce cauchemar durerait longtemps ainsi. Je vivais, puisque je percevais les moindres faits extérieurs. Et je commençais à me rendre un compte exact de mon état. Il devait s'agir d'un de ces cas de catalepsie[1] dont j'avais entendu parler. Déjà, quand j'étais enfant, à l'époque de ma grande maladie nerveuse, j'avais eu des syncopes de plusieurs heures. Évidemment, c'était une crise de cette nature qui me tenait rigide, comme mort, et qui trompait tout le monde autour de moi. Mais le cœur allait reprendre ses battements, le sang circulerait de nouveau dans la détente des muscles ; et je m'éveillerais, et je consolerais Marguerite. En raisonnant ainsi, je m'exhortai[2] à la patience.

Les heures passaient. Madame Gabin avait apporté son déjeuner. Marguerite refusait toute nourriture. Puis, l'après-midi s'écoula. Par la fenêtre laissée ouverte, montaient les bruits de la rue Dauphine. À un léger tintement du cuivre du chandelier sur le marbre de la table de nuit, il me sembla qu'on venait de changer la bougie. Enfin, Simoneau reparut.

– Eh bien ? lui demanda à demi-voix la vieille femme.

– Tout est réglé, répondit-il. Le convoi est pour demain onze heures… Ne vous inquiétez de rien et ne parlez pas de ces choses devant cette pauvre femme.

Madame Gabin reprit quand même :

– Le médecin des morts n'est pas venu encore.

Simoneau alla s'asseoir près de Marguerite, l'encouragea, et se tut. Le convoi était pour le lendemain onze heures : cette parole retentissait dans mon crâne comme un glas. Et ce médecin qui ne venait point, ce médecin des morts, comme le nommait madame Gabin ! Lui, verrait bien tout de suite que j'étais simplement en léthargie[3]. Il ferait le nécessaire, il saurait m'éveiller. Je l'attendais dans une impatience affreuse.

Cependant, la journée s'écoula. Madame Gabin, pour ne pas perdre son temps, avait fini par apporter ses abat-jour. Même, après

---

notes

1. catalepsie : arrêt des mouvements volontaires, état de profonde immobilité.

2. m'exhortai : m'encourageai.
3. léthargie : profond sommeil.

Celle qui m'aime et autres nouvelles

en avoir demandé la permission à Marguerite, elle fit venir Dédé, parce que, disait-elle, elle n'aimait guère laisser les enfants longtemps seuls.

— Allons, entre, murmura-t-elle en amenant la petite, et ne fais pas la bête, ne regarde pas de ce côté, ou tu auras affaire à moi.

Elle lui défendait de me regarder, elle trouvait cela plus convenable. Dédé, sûrement, glissait des coups d'œil de temps à autre, car j'entendais sa mère lui allonger des claques sur les bras. Elle lui répétait furieusement :

— Travaille, ou je te fais sortir. Et, cette nuit, le monsieur ira te tirer les pieds.

Toutes deux, la mère et la fille, s'étaient installées devant notre table. Le bruit de leurs ciseaux découpant les abat-jour me parvenait distinctement ; ceux-là, très délicats, demandaient sans doute un découpage compliqué, car elles n'allaient pas vite : je les comptais un à un, pour combattre mon angoisse croissante.

Et, dans la chambre, il n'y avait que le petit bruit des ciseaux. Marguerite, vaincue par la fatigue, devait s'être assoupie. À deux reprises, Simoneau se leva. L'idée abominable qu'il profitait du sommeil de Marguerite, pour effleurer des lèvres ses cheveux, me torturait. Je ne connaissais pas cet homme, et je sentais qu'il aimait ma femme. Un rire de la petite Dédé acheva de m'irriter.

— Pourquoi ris-tu, imbécile ? lui demanda sa mère. Je vais te mettre sur le carré[1]... Voyons, réponds, qu'est-ce qui te fait rire ?

L'enfant balbutiait. Elle n'avait pas ri, elle avait toussé. Moi, je m'imaginais qu'elle devait avoir vu Simoneau se pencher vers Marguerite, et que cela lui paraissait drôle.

La lampe était allumée, lorsqu'on frappa.

— Ah ! voici le médecin, dit la vieille femme.

C'était le médecin, en effet. Il ne s'excusa même pas de venir si tard. Sans doute, il avait eu bien des étages à monter, dans la journée. Comme la lampe éclairait très faiblement la chambre, il demanda :

— Le corps est ici ?

— Oui, monsieur, répondit Simoneau.

___
note

1. **carré** : palier.

La Mort d'Olivier Bécaille

Marguerite s'était levée, frissonnante. Madame Gabin avait mis Dédé sur le palier, parce qu'un enfant n'a pas besoin d'assister à ça ; et elle s'efforçait d'entraîner ma femme vers la fenêtre, afin de lui épargner un tel spectacle.

Pourtant, le médecin venait de s'approcher d'un pas rapide. Je le devinais fatigué, pressé, impatienté. M'avait-il touché la main ? Avait-il posé la sienne sur mon cœur ? Je ne saurais le dire. Mais il me sembla qu'il s'était simplement penché d'un air indifférent.

— Voulez-vous que je prenne la lampe pour vous éclairer ? offrit Simoneau avec obligeance.

— Non, inutile, dit le médecin tranquillement.

Comment ! inutile ! Cet homme avait ma vie entre les mains, et il jugeait inutile de procéder à un examen attentif. Mais je n'étais pas mort ! j'aurais voulu crier que je n'étais pas mort !

— À quelle heure est-il mort ? reprit-il.
— À six heures du matin, répondit Simoneau.

Une furieuse révolte montait en moi, dans les liens terribles qui me liaient. Oh ! ne pouvoir parler, ne pouvoir remuer un membre !

Le médecin ajouta :

— Ce temps lourd est mauvais... Rien n'est fatigant comme ces premières journées de printemps.

Et il s'éloigna. C'était ma vie qui s'en allait. Des cris, des larmes, des injures m'étouffaient, déchiraient ma gorge convulsée[1], où ne passait plus un souffle. Ah ! le misérable, dont l'habitude professionnelle avait fait une machine, et qui venait au lit des morts avec l'idée d'une simple formalité à remplir ! Il ne savait donc rien, cet homme ! Toute sa science était donc menteuse, puisqu'il ne pouvait d'un coup d'œil distinguer la vie de la mort ! Et il s'en allait, et il s'en allait !

— Bonsoir, monsieur, dit Simoneau.

Il y eut un silence. Le médecin devait s'incliner devant Marguerite, qui était revenue, pendant que madame Gabin fermait la fenêtre. Puis, il sortit de la chambre, j'entendis ses pas qui descendaient l'escalier.

---

note

1. convulsée : fortement contractée.

Celle qui m'aime et autres nouvelles

Allons, c'était fini, j'étais condamné. Mon dernier espoir disparaissait avec cet homme. Si je ne m'éveillais pas avant le lendemain onze heures, on m'enterrerait vivant. Et cette pensée était si effroyable, que je perdis conscience de ce qui m'entourait. Ce fut comme un évanouissement dans la mort elle-même. Le dernier bruit qui me frappa fut le petit bruit des ciseaux de madame Gabin et de Dédé. La veillée funèbre[1] commençait. Personne ne parlait plus. Marguerite avait refusé de dormir dans la chambre de la voisine. Elle était là, couchée à demi au fond du fauteuil, avec son beau visage pâle, ses yeux clos dont les cils restaient trempés de larmes ; tandis que, silencieux dans l'ombre, assis devant elle, Simoneau la regardait.

III

Je ne puis dire quelle fut mon agonie, pendant la matinée du lendemain. Cela m'est demeuré comme un rêve horrible, où mes sensations étaient si singulières, si troublées, qu'il me serait difficile de les noter exactement. Ce qui rendit ma torture affreuse, c'était que j'espérais toujours un brusque réveil. Et, à mesure que l'heure du convoi approchait, l'épouvante m'étranglait davantage.

Ce fut vers le matin seulement que j'eus de nouveau conscience des personnes et des choses qui m'entouraient. Un grincement de l'espagnolette[2] me tira de ma somnolence. Madame Gabin avait ouvert la fenêtre. Il devait être environ sept heures, car j'entendais des cris de marchands, dans la rue, la voix grêle d'une gamine qui vendait du mouron[3], une autre voix enrouée criant des carottes. Ce réveil bruyant de Paris me calma d'abord : il me semblait impossible qu'on m'enfouît dans la terre, au milieu de toute cette vie. Un souvenir achevait de me rassurer. Je me rappelais avoir vu un cas pareil au mien, lorsque j'étais employé à l'hôpital de Guérande. Un homme y avait ainsi dormi pendant vingt-huit heures, son sommeil

notes

1. Il est d'usage de ne pas laisser un mort seul mais de le veiller, y compris la nuit.
2. espagnolette : poignée de la fenêtre.
3. mouron : petite plante à fleurs rouges ou bleues, préconisée contre la morsure des animaux enragés.

La Mort d'Olivier Bécaille

était même si profond, que les médecins hésitaient à se prononcer ; puis, cet homme s'était assis sur son séant, et il avait pu se lever tout de suite. Moi, il y avait déjà vingt-cinq heures que je dormais. Si je m'éveillais vers dix heures, il serait temps encore.

Je tâchai de me rendre compte des personnes qui se trouvaient dans la chambre, et de ce qu'on y faisait. La petite Dédé devait jouer sur le carré, car la porte s'étant ouverte, un rire d'enfant vint du dehors. Sans doute, Simoneau n'était plus là : aucun bruit ne me révélait sa présence. Les savates[1] de madame Gabin traînaient seules sur le carreau. On parla enfin.

— Ma chère, dit la vieille, vous avez tort de ne pas en prendre pendant qu'il est chaud, ça vous soutiendrait.

Elle s'adressait à Marguerite, et le léger égouttement du filtre, sur la cheminée, m'apprit qu'elle était en train de faire du café.

— Ce n'est pas pour dire, continua-t-elle, mais j'avais besoin de ça... À mon âge, ça ne vaut rien de veiller. Et c'est si triste, la nuit, quand il y a un malheur dans une maison... Prenez donc du café, ma chère, une larme seulement.

Et elle força Marguerite à en boire une tasse.

— Hein ? c'est chaud, ça vous remet. Il vous faut des forces pour aller jusqu'au bout de la journée... Maintenant, si vous étiez bien sage, vous passeriez dans ma chambre, et vous attendriez là.

— Non, je veux rester, répondit Marguerite résolument[2].

Sa voix, que je n'avais plus entendue depuis la veille, me toucha beaucoup. Elle était changée, brisée de douleur. Ah ! chère femme ! je la sentais près de moi, comme une consolation dernière. Je savais qu'elle ne me quittait pas des yeux, qu'elle me pleurait de toutes les larmes de son cœur.

Mais les minutes passaient. Il y eut, à la porte, un bruit que je ne m'expliquai pas d'abord. On aurait dit l'emménagement d'un meuble qui se heurtait contre les murs de l'escalier trop étroit. Puis, je compris, en entendant de nouveau les larmes de Marguerite. C'était la bière[3].

notes

1. **savates** : vieilles chaussures.
2. **résolument** : fermement.
3. **bière** : cercueil.

Celle qui m'aime et autres nouvelles

— Vous venez trop tôt, dit madame Gabin d'un air de mauvaise humeur. Posez ça derrière le lit.

Quelle heure était-il donc ? Neuf heures peut-être. Ainsi, cette bière était déjà là. Et je la voyais dans la nuit épaisse, toute neuve, avec ses planches à peine rabotées. Mon Dieu ! est-ce que tout allait finir ? est-ce qu'on m'emporterait dans cette boîte, que je sentais à mes pieds ?

J'eus pourtant une suprême joie. Marguerite, malgré sa faiblesse, voulut me donner les derniers soins. Ce fut elle qui, aidée de la vieille femme, m'habilla, avec une tendresse de sœur et d'épouse. Je sentais que j'étais une fois encore entre ses bras, à chaque vêtement qu'elle me passait. Elle s'arrêtait, succombant sous l'émotion ; elle m'étreignait, elle me baignait de ses pleurs. J'aurais voulu pouvoir lui rendre son étreinte, en lui criant : « Je vis ! » et je restais impuissant, je devais m'abandonner comme une masse inerte.

— Vous avez tort, tout ça est perdu, répétait madame Gabin.

Marguerite répondait de sa voix entrecoupée :

— Laissez-moi, je veux lui mettre ce que nous avons de plus beau.

Je compris qu'elle m'habillait comme pour le jour de nos noces. J'avais encore ces vêtements, dont je comptais ne me servir à Paris que les grands jours. Puis, elle retomba dans le fauteuil, épuisée par l'effort qu'elle venait de faire.

Alors, tout d'un coup, Simoneau parla. Sans doute, il venait d'entrer.

— Ils sont en bas, murmura-t-il.

— Bon, ce n'est pas trop tôt, répondit madame Gabin, en baissant également la voix. Dites-leur de monter, il faut en finir.

— C'est que j'ai peur du désespoir de cette pauvre femme.

La vieille parut réfléchir. Elle reprit :

— Écoutez, monsieur Simoneau, vous allez l'emmener de force dans ma chambre... Je ne veux pas qu'elle reste ici. C'est un service à lui rendre... Pendant ce temps, en un tour de main, ce sera bâclé.

Ces paroles me frappèrent au cœur. Et que devins-je, lorsque j'entendis la lutte affreuse qui s'engagea ! Simoneau s'était approché de Marguerite, en la suppliant de ne pas demeurer dans la pièce.

La Mort d'Olivier Bécaille

— Par pitié, implorait-il, venez avec moi, épargnez-vous une douleur inutile.

— Non, non, répétait ma femme, je resterai, je veux rester jusqu'au dernier moment. Songez donc que je n'ai que lui au monde, et que, lorsqu'il ne sera plus là, je serai seule.

Cependant, près du lit, madame Gabin soufflait à l'oreille du jeune homme :

— Marchez donc, empoignez-la, emportez-la dans vos bras.

Est-ce que ce Simoneau allait prendre Marguerite et l'emporter ainsi ? Tout de suite, elle cria. D'un élan furieux, je voulus me mettre debout. Mais les ressorts de ma chair étaient brisés. Et je restais si rigide, que je ne pouvais même soulever les paupières pour voir ce qui se passait là, devant moi. La lutte se prolongeait, ma femme s'accrochait aux meubles, en répétant :

— Oh ! de grâce, de grâce, monsieur... Lâchez-moi, je ne veux pas.

Il avait dû la saisir dans ses bras vigoureux, car elle ne poussait plus que des plaintes d'enfant. Il l'emporta, les sanglots se perdirent, et je m'imaginais les voir, lui grand et solide, l'emmenant sur sa poitrine, à son cou, et elle, éplorée[1], brisée, s'abandonnant, le suivant désormais partout où il voudrait la conduire.

— Fichtre ! ça n'a pas été sans peine ! murmura madame Gabin. Allons, houp ! maintenant que le plancher est débarrassé !

Dans la colère jalouse qui m'affolait, je regardais cet enlèvement comme un rapt abominable. Je ne voyais plus Marguerite depuis la veille, mais je l'entendais encore. Maintenant, c'était fini ; on venait de me la prendre ; un homme l'avait ravie, avant même que je fusse dans la terre. Et il était avec elle, derrière la cloison, seul à la consoler, à l'embrasser peut-être !

La porte s'était ouverte de nouveau, des pas lourds marchaient dans la pièce.

— Dépêchons, dépêchons, répétait madame Gabin. Cette petite dame n'aurait qu'à revenir.

Elle parlait à des gens inconnus et qui ne lui répondaient que par des grognements.

---

note

1. éplorée : en pleurs.

— Moi, vous comprenez, je ne suis pas une parente, je ne suis qu'une voisine. Je n'ai rien à gagner dans tout ça. C'est par pure bonté de cœur que je m'occupe de leurs affaires. Et ce n'est déjà pas si gai... Oui, oui, j'ai passé la nuit. Même qu'il ne faisait guère chaud, vers quatre heures. Enfin, j'ai toujours été bête, je suis trop bonne.

À ce moment, on tira la bière au milieu de la chambre, et je compris. Allons, j'étais condamné, puisque le réveil ne venait pas. Mes idées perdaient de leur netteté, tout roulait en moi dans une fumée noire ; et j'éprouvais une telle lassitude, que ce fut comme un soulagement, de ne plus compter sur rien.

— On n'a pas épargné le bois, dit la voix enrouée d'un croque-mort[1]. La boîte est trop longue.

— Eh bien ! il y sera à l'aise, ajouta un autre en s'égayant.

Je n'étais pas lourd, et ils s'en félicitaient, car ils avaient trois étages à descendre. Comme ils m'empoignaient par les épaules et par les pieds, madame Gabin tout d'un coup se fâcha.

— Sacrée gamine ! cria-t-elle, il faut qu'elle mette son nez partout... Attends, je vas te faire regarder par les fentes.

C'était Dédé qui entrebâillait la porte et passait sa tête ébouriffée. Elle voulait voir mettre le monsieur dans la boîte. Deux claques vigoureuses retentirent, suivies d'une explosion de sanglots. Et quand la mère fut rentrée, elle causa de sa fille avec les hommes qui m'arrangeaient dans la bière.

— Elle a dix ans. C'est un bon sujet ; mais elle est curieuse... Je ne la bats pas tous les jours. Seulement, il faut qu'elle obéisse.

— Oh ! vous savez, dit un des hommes, toutes les gamines sont comme ça... Lorsqu'il y a un mort quelque part, elles sont toujours à tourner autour.

J'étais allongé commodément, et j'aurais pu croire que je me trouvais encore sur le lit, sans une gêne de mon bras gauche, qui était un peu serré contre une planche. Ainsi qu'ils le disaient, je tenais très bien là-dedans, grâce à ma petite taille.

---

note

1. croque-mort : employé des pompes funèbres.

La Mort d'Olivier Bécaille

540 — Attendez, s'écria madame Gabin, j'ai promis à sa femme de lui mettre un oreiller sous la tête.

Mais les hommes étaient pressés, ils fourrèrent l'oreiller en me brutalisant. Un d'eux cherchait partout le marteau, avec des jurons. On l'avait oublié en bas, et il fallut descendre. Le couvercle fut posé, je ressentis un ébranlement de tout mon corps, lorsque deux coups de marteau enfoncèrent le premier clou. C'en était fait, j'avais vécu. Puis, les clous entrèrent un à un, rapidement, tandis que le marteau sonnait en cadence. On aurait dit des emballeurs clouant une boîte de fruits secs, avec leur adresse insouciante. Dès lors, les bruits ne m'arrivèrent plus qu'assourdis et prolongés, résonnant d'une étrange manière, comme si le cercueil de sapin s'était transformé en une grande caisse d'harmonie[1]. La dernière parole qui frappa mes oreilles, dans cette chambre de la rue Dauphine, ce fut cette phrase de madame Gabin :

— Descendez doucement, et méfiez-vous de la rampe au second, elle ne tient plus.

On m'emportait, j'avais la sensation d'être roulé dans une mer houleuse. D'ailleurs, à partir de ce moment, mes souvenirs sont très vagues. Je me rappelle pourtant que l'unique préoccupation qui me tenait encore, préoccupation imbécile et comme machinale, était de me rendre compte de la route que nous prenions pour aller au cimetière. Je ne connaissais pas une rue de Paris, j'ignorais la position exacte des grands cimetières, dont on avait parfois prononcé les noms devant moi, et cela ne m'empêchait pas de concentrer les derniers efforts de mon intelligence, afin de deviner si nous tournions à droite ou à gauche. Le corbillard me cahotait sur les pavés. Autour de moi, le roulement des voitures, le piétinement des passants faisaient une clameur confuse que développait la sonorité du cercueil. D'abord, je suivis l'itinéraire avec assez de netteté. Puis, il y eut une station, on me promena, et je compris que nous étions à l'église. Mais, quand le corbillard s'ébranla de nouveau, je perdis toute conscience des lieux que nous traversions. Une volée de cloches m'avertit que nous

---

note

1. Allusion à la caisse de résonance des instruments de musique.

passions près d'une église ; un roulement plus doux et continu me fit croire que nous longions une promenade. J'étais comme un condamné mené au lieu du supplice, hébété[1], attendant le coup suprême qui ne venait pas.

On s'arrêta, on me tira du corbillard. Et ce fut bâclé tout de suite. Les bruits avaient cessé, je sentais que j'étais dans un lieu désert, sous des arbres, avec le large ciel sur ma tête. Sans doute, quelques personnes suivaient le convoi, les locataires de l'hôtel, Simoneau et d'autres, car des chuchotements arrivaient jusqu'à moi. Il y eut une psalmodie[2], un prêtre balbutiait du latin. On piétina deux minutes. Puis, brusquement, je sentis que je m'enfonçais ; tandis que des cordes frottaient comme des archets, contre les angles du cercueil, qui rendait un son de contrebasse fêlée. C'était la fin. Un choc terrible, pareil au retentissement d'un coup de canon, éclata un peu à gauche de ma tête ; un second choc se produisit à mes pieds ; un autre, plus violent encore, me tomba sur le ventre, si sonore, que je crus la bière fendue en deux. Et je m'évanouis.

IV

Combien de temps restai-je ainsi ? je ne saurais le dire. Une éternité et une seconde ont la même durée dans le néant. Je n'étais plus. Peu à peu, confusément, la conscience d'être me revint. Je dormais toujours, mais je me mis à rêver. Un cauchemar se détacha du fond noir qui barrait mon horizon. Et ce rêve que je faisais était une imagination étrange, qui m'avait souvent tourmenté autrefois, les yeux ouverts, lorsque, avec ma nature prédisposée aux inventions horribles, je goûtais l'atroce plaisir de me créer des catastrophes.

Je m'imaginais donc que ma femme m'attendait quelque part, à Guérande, je crois, et que j'avais pris le chemin de fer pour aller la rejoindre. Comme le train passait sous un tunnel, tout à coup, un effroyable bruit roulait avec un fracas de tonnerre. C'était un double

notes

| **1. hébété** : ahuri. | **2. psalmodie** : lecture chantée.

La Mort d'Olivier Bécaille

écroulement qui venait de se produire. Notre train n'avait pas reçu une pierre, les wagons restaient intacts ; seulement, aux deux bouts du tunnel, devant et derrière nous, la voûte s'était effondrée, et nous nous trouvions ainsi au centre d'une montagne, murés par des blocs de rocher. Alors commençait une longue et affreuse agonie. Aucun espoir de secours ; il fallait un mois pour déblayer le tunnel ; encore ce travail demandait-il des précautions infinies, des machines puissantes. Nous étions prisonniers dans une sorte de cave sans issue. Notre mort à tous n'était plus qu'une question d'heures.

Souvent, je le répète, mon imagination avait travaillé sur cette donnée terrible. Je variais le drame à l'infini. J'avais pour acteurs des hommes, des femmes, des enfants, plus de cent personnes, toute une foule qui me fournissait sans cesse de nouveaux épisodes. Il se trouvait bien quelques provisions dans le train ; mais la nourriture manquait vite, et sans aller jusqu'à se manger entre eux, les misérables affamés se disputaient férocement le dernier morceau de pain. C'était un vieillard qu'on repoussait à coups de poing et qui agonisait ; c'était une mère qui se battait comme une louve, pour défendre les trois ou quatre bouchées réservées à son enfant. Dans mon wagon, deux jeunes mariés râlaient[1] aux bras l'un de l'autre, et ils n'espéraient plus, ils ne bougeaient plus. D'ailleurs, la voie était libre, les gens descendaient, rôdaient le long du train, comme des bêtes lâchées, en quête d'une proie. Toutes les classes se mêlaient, un homme très riche, un haut fonctionnaire, disait-on, pleurait au cou d'un ouvrier, en le tutoyant. Dès les premières heures, les lampes s'étaient épuisées, les feux de la locomotive avaient fini par s'éteindre. Quand on passait d'un wagon à un autre, on tâtait les roues de la main pour ne pas se cogner, et l'on arrivait ainsi à la locomotive, que l'on reconnaissait à sa bielle[2] froide, à ses énormes flancs endormis, force inutile, muette et immobile dans l'ombre. Rien n'était plus effrayant que ce train, ainsi muré tout entier sous terre, comme enterré vivant, avec ses voyageurs, qui mouraient un à un.

---

notes

1. râlaient : respiraient de façon rauque, comme enroués, à l'agonie.

2. bielle : axe qui communique le mouvement aux roues.

Je me complaisais, je descendais dans l'horreur des moindres détails. Des hurlements traversaient les ténèbres. Tout d'un coup, un voisin qu'on ne savait pas là, qu'on ne voyait pas, s'abattait contre votre épaule. Mais, cette fois, ce dont je souffrais surtout, c'était du froid et du manque d'air. Jamais je n'avais eu si froid ; un manteau de neige me tombait sur les épaules, une humidité lourde pleuvait sur mon crâne. Et j'étouffais avec cela, il me semblait que la voûte de rocher croulait sur ma poitrine, que toute la montagne pesait et m'écrasait. Cependant, un cri de délivrance avait retenti. Depuis longtemps, nous nous imaginions entendre au loin un bruit sourd, et nous nous bercions de l'espoir qu'on travaillait près de nous. Le salut n'arrivait point de là pourtant. Un de nous venait de découvrir un puits dans le tunnel ; et nous courions tous, nous allions voir ce puits d'air, en haut duquel on apercevait une tache bleue, grande comme un pain à cacheter. Oh ! quelle joie, cette tache bleue ! C'était le ciel, nous nous grandissions vers elle pour respirer, nous distinguions nettement des points noirs qui s'agitaient, sans doute des ouvriers en train d'établir un treuil, afin d'opérer notre sauvetage. Une clameur furieuse : « Sauvés ! sauvés ! » sortait de toutes les bouches, tandis que des bras tremblants se levaient vers la petite tache d'un bleu pâle.

Ce fut la violence de cette clameur qui m'éveilla. Où étais-je ? Encore dans le tunnel sans doute. Je me trouvais couché tout de mon long, et je sentais, à droite et à gauche, de dures parois qui me serraient les flancs. Je voulus me lever ; mais je me cognai violemment le crâne. Le roc m'enveloppait donc de toutes parts ? Et la tache bleue avait disparu, le ciel n'était plus là, même lointain. J'étouffais toujours, je claquais des dents, pris d'un frisson.

Brusquement, je me souvins. Une horreur souleva mes cheveux, je sentis l'affreuse vérité couler en moi, des pieds à la tête, comme une glace. Étais-je sorti enfin de cette syncope, qui m'avait frappé pendant de longues heures d'une rigidité de cadavre ? Oui, je remuais, je promenais les mains le long des planches du cercueil. Une dernière épreuve me restait à faire : j'ouvris la bouche, je parlai, appelant Marguerite, instinctivement. Mais j'avais hurlé, et ma voix, dans cette boîte de sapin, avait pris un son rauque si effrayant, que je m'épouvantai moi-même. Mon Dieu ! c'était donc vrai ? je pouvais

La Mort d'Olivier Bécaille

marcher, crier que je vivais, et ma voix ne serait pas entendue, et j'étais enfermé, écrasé sous la terre !

Je fis un effort suprême pour me calmer et réfléchir. N'y avait-il aucun moyen de sortir de là ? Mon rêve recommençait, je n'avais pas encore le cerveau bien solide, je mêlais l'imagination du puits d'air et de sa tache de ciel, avec la réalité de la fosse où je suffoquais. Les yeux démesurément ouverts, je regardais les ténèbres. Peut-être apercevrais-je un trou, une fente, une goutte de lumière ! Mais des étincelles de feu passaient seules dans la nuit, des clartés rouges s'élargissaient et s'évanouissaient. Rien, un gouffre noir, insondable. Puis, la lucidité me revenait, j'écartais ce cauchemar imbécile. Il me fallait toute ma tête, si je voulais tenter le salut.

D'abord, le grand danger me parut être dans l'étouffement qui augmentait. Sans doute, j'avais pu rester si longtemps privé d'air, grâce à la syncope qui suspendait en moi les fonctions de l'existence ; mais, maintenant que mon cœur battait, que mes poumons soufflaient, j'allais mourir d'asphyxie, si je ne me dégageais au plus tôt. Je souffrais également du froid, et je craignais de me laisser envahir par cet engourdissement mortel des hommes qui tombent dans la neige, pour ne plus se relever.

Tout en me répétant qu'il me fallait du calme, je sentais des bouffées de folie monter à mon crâne. Alors, je m'exhortais, essayant de me rappeler ce que je savais sur la façon dont on enterre. Sans doute, j'étais dans une concession de cinq ans[1] ; cela m'ôtait un espoir car j'avais remarqué autrefois, à Nantes, que les tranchées de la fosse commune laissaient passer dans leur remblaiement continu, les pieds des dernières bières enfouies. Il m'aurait suffi alors de briser une planche pour m'échapper ; tandis que, si je me trouvais dans un trou comblé entièrement, j'avais sur moi toute une couche épaisse de terre, qui allait être un terrible obstacle. N'avais-je pas entendu dire qu'à Paris on enterrait à six pieds[2] de profondeur ? Comment percer cette masse énorme ? Si même je parvenais à fendre le couvercle, la terre n'allait-elle pas entrer, glisser comme un sable fin, m'emplir les

---

notes

1. L'emplacement a été cédé pour cinq ans à la famille.

2. Un pied mesure environ 30 cm.

yeux et la bouche ? Et ce serait encore la mort, une mort abominable, une noyade dans de la boue.

Cependant, je tâtai soigneusement autour de moi. La bière était grande, je remuais les bras avec facilité. Dans le couvercle, je ne sentis aucune fente. À droite et à gauche, les planches étaient mal rabotées, mais résistantes et solides. Je repliai mon bras le long de ma poitrine, pour remonter vers la tête. Là, je découvris, dans la planche du bout, un nœud qui cédait légèrement sous la pression ; je travaillai avec la plus grande peine, je finis par chasser le nœud, et de l'autre côté, en enfonçant le doigt, je reconnus la terre, une terre grasse, argileuse et mouillée. Mais cela ne m'avançait à rien. Je regrettai même d'avoir ôté ce nœud, comme si la terre avait pu entrer. Une autre expérience m'occupa un instant : je tapai autour du cercueil, afin de savoir si, par hasard il n'y aurait pas quelque vide, à droite ou à gauche. Partout, le son fut le même. Comme je donnais aussi de légers coups de pied, il me sembla pourtant que le son était plus clair au bout. Peut-être n'était-ce qu'un effet de la sonorité du bois.

Alors, je commençai par des poussées légères, les bras en avant, avec les poings. Le bois résista. J'employai ensuite les genoux, m'arc-boutant sur les pieds et sur les reins. Il n'y eut pas un craquement. Je finis par donner toute ma force, je poussai du corps entier, si violemment, que mes os meurtris criaient. Et ce fut à ce moment que je devins fou.

Jusque-là, j'avais résisté au vertige, aux souffles de rage qui montaient par instants en moi, comme une fumée d'ivresse. Surtout, je réprimais les cris, car je comprenais que, si je criais, j'étais perdu. Tout d'un coup, je me mis à crier, à hurler. Cela était plus fort que moi, les hurlements sortaient de ma gorge qui se dégonflait. J'appelai au secours d'une voix que je ne me connaissais pas, m'affolant davantage à chaque nouvel appel, criant que je ne voulais pas mourir. Et j'égratignais le bois avec mes ongles, je me tordais dans les convulsions d'un loup enfermé. Combien de temps dura cette crise ? je l'ignore, mais je sens encore l'implacable dureté du cercueil où je me débattais, j'entends encore la tempête de cris et de sanglots dont j'emplissais ces quatre planches. Dans une dernière lueur de raison, j'aurais voulu me retenir et je ne pouvais pas.

La Mort d'Olivier Bécaille

Un grand accablement suivit. J'attendais la mort, au milieu d'une somnolence douloureuse. Ce cercueil était de pierre ; jamais je ne parviendrais à le fendre ; et cette certitude de ma défaite me laissait inerte, sans courage pour tenter un nouvel effort. Une autre souffrance, la faim, s'était jointe au froid et à l'asphyxie. Je défaillais. Bientôt, ce supplice fut intolérable. Avec mon doigt, je tâchai d'attirer des pincées de terre, par le nœud que j'avais enfoncé, et je mangeai cette terre, ce qui redoubla mon tourment. Je mordais mes bras, n'osant aller jusqu'au sang, tenté par ma chair, suçant ma peau avec l'envie d'y enfoncer les dents.

Ah ! comme je désirais la mort, à cette heure ! Toute ma vie, j'avais tremblé devant le néant ; et je le voulais, je le réclamais, jamais il ne serait assez noir. Quel enfantillage que de redouter ce sommeil sans rêve, cette éternité de silence et de ténèbres ! La mort n'était bonne que parce qu'elle supprimait l'être d'un coup, pour toujours. Oh ! dormir comme les pierres, rentrer dans l'argile, n'être plus !

Mes mains tâtonnantes continuaient machinalement à se promener contre le bois. Soudain, je me piquai au pouce gauche, et la légère douleur me tira de mon engourdissement. Qu'était-ce donc ? Je cherchai de nouveau, je reconnus un clou, un clou que les croque-morts avaient enfoncé de travers, et qui n'avait pas mordu dans le bord du cercueil. Il était très long, très pointu. La tête tenait dans le couvercle, mais je sentis qu'il remuait. À partir de cet instant, je n'eus plus qu'une idée : avoir ce clou. Je passai ma main droite sur mon ventre, je commençai à l'ébranler. Il ne cédait guère, c'était un gros travail. Je changeais souvent de main, car la main gauche, mal placée, se fatiguait vite. Tandis que je m'acharnais ainsi, tout un plan s'était développé dans ma tête. Ce clou devenait le salut. Il me le fallait quand même. Mais serait-il temps encore ? La faim me torturait, je dus m'arrêter, en proie à un vertige qui me laissait les mains molles, l'esprit vacillant. J'avais sucé les gouttes qui coulèrent de la piqûre de mon pouce. Alors, je me mordis le bras, je bus mon sang, éperonné[1] par la douleur, ranimé par ce vin tiède et âcre qui mouillait ma bouche. Et je me remis au clou des deux mains, je réussis à l'arracher.

note

1. **éperonné** : aiguillonné, stimulé.

Celle qui m'aime et autres nouvelles

Dès ce moment, je crus au succès. Mon plan était simple. J'enfonçai la pointe du clou dans le couvercle et je traçai une ligne droite, la plus longue possible, où je promenai le clou, de façon à pratiquer une entaille. Mes mains se roidissaient, je m'entêtais furieusement. Quand je pensai avoir assez entamé le bois, j'eus l'idée de me retourner, de me mettre sur le ventre, puis, en me soulevant sur les genoux et sur les coudes, de pousser des reins. Mais, si le couvercle craqua, il ne se fendit pas encore. L'entaille n'était pas assez profonde. Je dus me replacer sur le dos et reprendre la besogne, ce qui me coûta beaucoup de peine. Enfin, je tentai un nouvel effort, et cette fois le couvercle se brisa, d'un bout à l'autre.

Certes, je n'étais pas sauvé, mais l'espérance m'inondait le cœur. J'avais cessé de pousser, je ne bougeais plus, de peur de déterminer quelque éboulement qui m'aurait enseveli. Mon projet était de me servir du couvercle comme d'un abri, tandis que je tâcherais de pratiquer une sorte de puits dans l'argile. Malheureusement, ce travail présentait de grandes difficultés : les mottes épaisses qui se détachaient embarrassaient les planches que je ne pouvais manœuvrer ; jamais je n'arriverais au sol, déjà des éboulements partiels me pliaient l'échine[1] et m'enfonçaient la face dans la terre. La peur me reprenait, lorsqu'en m'allongeant pour trouver un point d'appui, je crus sentir que la planche qui fermait la bière, aux pieds, cédait sous la pression. Je tapai alors vigoureusement du talon, songeant qu'il pouvait y avoir, à cet endroit, une fosse qu'on était en train de creuser.

Tout d'un coup, mes pieds enfoncèrent dans le vide. La prévision était juste : une fosse nouvellement ouverte se trouvait là. Je n'eus qu'une mince cloison de terre à trouer pour rouler dans cette fosse. Grand Dieu ! j'étais sauvé ! Un instant, je restai sur le dos, les yeux en l'air au fond du trou. Il faisait nuit. Au ciel, les étoiles luisaient dans un bleuissement de velours. Par moments, un vent qui se levait m'apportait une tiédeur de printemps, une odeur d'arbres. Grand Dieu ! j'étais sauvé, je respirais, j'avais chaud, et je pleurais, et je

---

note

1. l'échine : la colonne vertébrale.

La Mort d'Olivier Bécaille

balbutiais, les mains dévotement[1] tendues vers l'espace. Oh ! que c'était bon de vivre !

V

Ma première pensée fut de me rendre chez le gardien du cimetière, pour qu'il me fît reconduire chez moi. Mais des idées, vagues encore, m'arrêtèrent. J'allais effrayer tout le monde. Pourquoi me presser, lorsque j'étais le maître de la situation ? Je me tâtai les membres, je n'avais que la légère morsure de mes dents au bras gauche ; et la petite fièvre qui en résultait, m'excitait, me donnait une force inespérée. Certes, je pourrais marcher sans aide.

Alors, je pris mon temps. Toutes sortes de rêveries confuses me traversaient le cerveau. J'avais senti près de moi, dans la fosse, les outils des fossoyeurs, et j'éprouvai le besoin de réparer le dégât que je venais de faire, de reboucher le trou, pour qu'on ne pût s'apercevoir de ma résurrection. À ce moment, je n'avais aucune idée nette ; je trouvais seulement inutile de publier l'aventure, éprouvant une honte à vivre, lorsque le monde entier me croyait mort. En une demi-heure de travail, je parvins à effacer toute trace. Et je sautai hors de la fosse.

Quelle belle nuit ! Un silence profond régnait dans le cimetière. Les arbres noirs faisaient des ombres immobiles, au milieu de la blancheur des tombes. Comme je cherchais à m'orienter, je remarquai que toute une moitié du ciel flambait d'un reflet d'incendie. Paris était là. Je me dirigeai de ce côté, filant le long d'une avenue, dans l'obscurité des branches. Mais, au bout de cinquante pas, je dus m'arrêter, essoufflé déjà. Et je m'assis sur un banc de pierre. Alors seulement je m'examinai : j'étais complètement habillé, chaussé même, et seul un chapeau me manquait. Combien je remerciai ma chère Marguerite du pieux[2] sentiment qui l'avait fait me vêtir ! Le brusque souvenir de Marguerite me remit debout. Je voulais la voir.

notes

1. dévotement : religieusement. **2. pieux** : religieux.

Au bout de l'avenue, une muraille m'arrêta. Je montai sur une tombe, et quand je fus pendu au chaperon[1], de l'autre côté du mur, je me laissai aller. La chute fut rude. Puis, je marchai quelques minutes dans une grande rue déserte, qui tournait autour du cimetière. J'ignorais complètement où j'étais ; mais je me répétais avec l'entêtement de l'idée fixe, que j'allais rentrer dans Paris et que je saurais bien trouver la rue Dauphine. Des gens passèrent, je ne les questionnai même pas, saisi de méfiance, ne voulant me confier à personne. Aujourd'hui, j'ai conscience qu'une grosse fièvre me secouait déjà et que ma tête se perdait. Enfin, comme je débouchais sur une grande voie, un éblouissement me prit, et je tombai lourdement sur le trottoir.

Ici, il y a un trou dans ma vie. Pendant trois semaines, je demeurai sans connaissance. Quand je m'éveillai enfin, je me trouvais dans une chambre inconnue. Un homme était là, à me soigner. Il me raconta simplement que, m'ayant ramassé un matin, sur le boulevard Montparnasse, il m'avait gardé chez lui. C'était un vieux docteur qui n'exerçait plus. Lorsque je le remerciais, il me répondait avec brusquerie que mon cas lui avait paru curieux et qu'il avait voulu l'étudier. D'ailleurs, dans les premiers jours de ma convalescence, il ne me permit de lui adresser aucune question. Plus tard, il ne m'en fit aucune. Durant huit jours encore, je gardai le lit, la tête faible, ne cherchant pas même à me souvenir, car le souvenir était une fatigue et un chagrin. Je me sentais plein de pudeur et de crainte. Lorsque je pourrais sortir, j'irais voir. Peut-être, dans le délire de la fièvre, avais-je laissé échapper un nom ; mais jamais le médecin ne fit allusion à ce que j'avais pu dire. Sa charité resta discrète.

Cependant, l'été était venu. Un matin de juin, j'obtins enfin la permission de faire une courte promenade. C'était une matinée superbe, un de ces gais soleils qui donnent une jeunesse aux rues du vieux Paris. J'allais doucement, questionnant les promeneurs à chaque carrefour, demandant la rue Dauphine. J'y arrivai, et j'eus de la peine à reconnaître l'hôtel meublé où nous étions descendus. Une

---

note

1. **chaperon** : haut d'un mur en forme de petit toit pour le protéger de la pluie.

La Mort d'Olivier Bécaille

peur d'enfant m'agitait. Si je me présentais brusquement à Marguerite, je craignais de la tuer. Le mieux peut-être serait de prévenir d'abord cette vieille femme, madame Gabin, qui logeait là. Mais il me déplaisait de mettre quelqu'un entre nous. Je ne m'arrêtais à rien. Tout au fond de moi, il y avait comme un grand vide, comme un sacrifice accompli depuis longtemps.

La maison était toute jaune de soleil. Je l'avais reconnue à un restaurant borgne[1], qui se trouvait au rez-de-chaussée, et d'où l'on nous montait la nourriture. Je levai les yeux, je regardai la dernière fenêtre du troisième étage, à gauche. Elle était grande ouverte. Tout à coup, une jeune femme, ébouriffée, la camisole[2] de travers, vint s'accouder ; et, derrière elle, un jeune homme qui la poursuivait, avança la tête et la baisa au cou. Ce n'était pas Marguerite. Je n'éprouvai aucune surprise. Il me sembla que j'avais rêvé cela et d'autres choses encore que j'allais apprendre.

Un instant, je demeurai dans la rue, indécis, songeant à monter et à questionner ces amoureux qui riaient toujours, au grand soleil. Puis, je pris le parti d'entrer dans le petit restaurant, en bas. Je devais être méconnaissable : ma barbe avait poussé pendant ma fièvre cérébrale, mon visage s'était creusé. Comme je m'asseyais à une table, je vis justement madame Gabin qui apportait une tasse, pour acheter deux sous de café ; et elle se planta devant le comptoir, elle entama avec la dame de l'établissement les commérages[3] de tous les jours. Je tendis l'oreille.

– Eh bien ! demandait la dame, cette pauvre petite du troisième a donc fini par se décider ?

– Que voulez-vous ? répondit madame Gabin, c'était ce qu'elle avait de mieux à faire. Monsieur Simoneau lui témoignait tant d'amitié !... il avait heureusement terminé ses affaires, un gros héritage, et il lui offrait de l'emmener là-bas, dans son pays, vivre chez une tante à lui, qui a besoin d'une personne de confiance.

---

notes

1. borgne : ici, « mal famé ».
2. camisole : chemise.
3. commérages : bavardages qui consistent le plus souvent à dire du mal des gens du voisinage.

Celle qui m'aime et autres nouvelles

La dame du comptoir eut un léger rire. J'avais enfoncé ma face dans un journal, très pâle, les mains tremblantes.

— Sans doute, ça finira par un mariage, reprit madame Gabin. Mais je vous jure sur mon honneur que je n'ai rien vu de louche. La petite pleurait son mari, et le jeune homme se conduisait parfaitement bien... Enfin, ils sont partis hier. Quand elle ne sera plus en deuil, n'est-ce pas ? ils feront ce qu'ils voudront.

À ce moment, la porte qui menait du restaurant dans l'allée s'ouvrit toute grande, et Dédé entra.

— Maman, tu ne montes pas ?... J'attends, moi. Viens vite.

— Tout à l'heure, tu m'embêtes ! dit la mère.

L'enfant resta, écoutant les deux femmes, de son air précoce de gamine poussée sur le pavé de Paris.

— Dame ! après tout, expliquait madame Gabin, le défunt ne valait pas monsieur Simoneau... Il ne me revenait guère, ce gringalet[1]. Toujours à geindre ! Et pas le sou ! Ah ! non, vrai ! un mari comme ça, c'est désagréable pour une femme qui a du sang[2]... Tandis que monsieur Simoneau, un homme riche, fort comme un Turc...

— Oh ! interrompit Dédé, moi, je l'ai vu, un jour qu'il se débarbouillait. Il en a, du poil sur les bras !

— Veux-tu t'en aller ! cria la vieille en la bousculant. Tu fourres toujours ton nez où il ne doit pas être.

Puis, pour conclure :

— Tenez ! l'autre a bien fait de mourir. C'est une fière chance.

Quand je me retrouvai dans la rue, je marchai lentement, les jambes cassées. Pourtant je ne souffrais pas trop. J'eus même un sourire, en apercevant mon ombre au soleil. En effet, j'étais bien chétif[3], j'avais eu une singulière idée d'épouser Marguerite. Et je me rappelais ses ennuis à Guérande, ses impatiences, sa vie morne et fatiguée. La chère femme se montrait bonne. Mais je n'avais jamais été son amant, c'était un frère qu'elle venait de pleurer. Pourquoi aurais-je de nouveau dérangé sa vie ? Un mort n'est pas jaloux. Lorsque je levai la tête, je vis que le jardin du Luxembourg était

notes

1. **gringalet** : homme maigre, de santé fragile.
2. **sang** : caractère, vitalité.
3. **chétif** : faible.

La Mort d'Olivier Bécaille

devant moi. J'y entrai et je m'assis au soleil, rêvant avec une grande douceur. La pensée de Marguerite m'attendrissait maintenant. Je me l'imaginais en province, dame dans une petite ville, très heureuse, très aimée, très fêtée ; elle embellissait, elle avait trois garçons et deux filles. Allons ! j'étais un brave homme, d'être mort, et je ne ferais certainement pas la bêtise cruelle de ressusciter.

Depuis ce temps, j'ai beaucoup voyagé, j'ai vécu un peu partout. Je suis un homme médiocre, qui a travaillé et mangé comme tout le monde. La mort ne m'effraie plus ; mais elle ne semble pas vouloir de moi, à présent que je n'ai aucune raison de vivre, et je crains qu'elle ne m'oublie.

Nouvelle publiée dans le recueil *Naïs Micoulin*, 1884.

ID
« Mon Dieu ! il faut mourir ! »
Lecture analytique de l'extrait, p. 140, l. 1, à p. 143, l. 89.

Qu'un écrivain réaliste* – ou naturaliste* – s'aventure, au XIXe siècle, sur le terrain de la littérature fantastique n'a rien de surprenant : Balzac s'y risque avec succès (*Le Chef-d'œuvre inconnu*, *La Peau de Chagrin*) et Maupassant, contemporain de Zola, y excelle tout au long de sa carrière. L'écriture réaliste semble même un terreau propice à la naissance du fantastique, puisque c'est l'hésitation entre une interprétation réaliste d'un événement et une explication surnaturelle qui génère le trouble propre au registre fantastique.

Dans sa nouvelle *La Mort d'Olivier Bécaille*, Zola s'essaie au genre en vogue et met tout en œuvre, dès les premières lignes, pour séduire et déranger son lecteur : « *C'est un samedi, à six heures du matin, que je suis mort* »… L'accroche est prometteuse et l'*incipit** maintient cette tension troublante entre rationnel et surnaturel jusqu'à ce que le lecteur acquière la certitude que le narrateur est bel et bien vivant malgré les apparences et les opinions des personnages qui se succèdent. Quand le doute est levé, le fantastique se dissipe et le récit s'infléchit alors pour mieux déployer un thème en germe dans l'*incipit* : l'angoisse de la mort.

Avec toute sa maîtrise de l'art du resserrement propre à la nouvelle, Zola joue ici avec les codes du registre fantastique. En effet, alors même qu'il focalise notre attention sur la seule question de savoir si le narrateur est vraiment mort, l'*incipit* met en place comme une seconde voix, qui s'avérera être le véritable motif de la nouvelle : nous allons vivre au ralenti l'effrayante perspective de la mort. Le doute fantastique entre rationnel et surnaturel fait place à une tension entre la mort et la vie.

* *Cf.* Lexique.

Extrait, p. 140, l. 1, à p. 143, l. 89

Un incipit* destiné à séduire et à informer

① Comment la première phrase du récit surprend-elle le lecteur ?
② Quel est le temps dominant dans le premier paragraphe ? Quelle est sa valeur ?
③ Délimitez les passages qui constituent un retour en arrière. Quels rôles jouent-ils dans l'*incipit* ?
④ Quel est l'événement central de l'*incipit* ? Comment est-il présenté ?
⑤ Quelles questions le lecteur se pose-t-il à la fin du passage ?

Une autobiographie fantastique ?

⑥ Relevez les verbes au présent et donnez leur valeur. Quelles caractéristiques propres au récit de forme autobiographique expriment-ils ?
⑦ Quels effets produit sur le lecteur le choix de la forme autobiographique ?
⑧ Quels sont les procédés de l'écriture réaliste* dans les deux premiers paragraphes ?
⑨ Quels éléments peuvent laisser supposer au lecteur que le personnage est bel et bien mort et que l'histoire est surnaturelle ?
⑩ Quels éléments, au contraire, permettent de penser que le personnage est vivant et que le récit est réaliste ?
⑪ Comment Zola maintient-il l'hésitation entre ces deux possibilités ? Quel est l'effet produit ?

L'angoisse de la mort

⑫ Quels sentiments le narrateur éprouve-t-il durant la scène racontée dans l'*incipit* ?
⑬ D'où vient, selon le narrateur, son angoisse de la mort ?

* Cf. Lexique.

Lecture analytique

⓮ Quels termes et procédés montrent la force obsessionnelle de cette angoisse de la mort dans le passage « *Et cette pensée de la terre* [...] *rouvrir jamais* » (l. 39 à 55, pp. 141-142) ?

⓯ Quelle place la pensée de la mort occupe-t-elle dans la vie d'homme marié du narrateur ?

⓰ Relevez les procédés de la généralisation dans le passage « *Mais le pis de ce tourment* [...] *comme on cache son sexe* » (l. 72 à 79, p. 142). Quel est l'effet sur le lecteur ?

Rembrandt, *Le Christ guérissant les malades* ou *La Pièce de cent florins*, vers 1649.

Sont-ils bien morts ?
Lectures croisées et travaux d'écriture

Que la mort soit un thème littéraire récurrent n'est pas étonnant car, déjà dans *Gilgamesh,* l'ancienne épopée mésopotamienne, une divinité explique au héros éponyme* en quête d'immortalité que la mort fait pleinement partie de notre existence humaine. Depuis ce texte fondateur, nous n'avons cessé d'interroger la mort, mais elle reste, par définition, étrangère et nous ne l'appréhendons qu'en étant marqué par le décès de nos proches. Pourtant, comme le manifeste Gilgamesh, la mort qui nous affecte le plus n'est-ce pas celle qui nous attend inéluctablement et dont nous ignorons tout ?

Dans *La Mort d'Olivier Bécaille*, Émile Zola franchit les limites de la vraisemblance pour apprivoiser la mort en imaginant qu'un personnage raconte son propre décès. Sous sa plume, le mort est bel et bien vivant puisqu'il est capable de raconter son histoire. Alexandre Dumas, dans *Histoire d'un mort racontée par lui-même* (texte B), avait déjà pris ce parti pour inquiéter et divertir son lecteur. La fiction fantastique brise les interdits et approche au plus près la mort, en l'évoquant comme une forme de vie (texte C). Elle nous propose une variation laïque sur le thème religieux qui a inspiré de nombreux peintres : celui de Lazare revenu à la vie grâce à un miracle de Jésus (texte D et document, page 179). Notre attachement à la vie et notre angoisse de l'au-delà imprègnent profondément ces récits et de nombreux tableaux.

Texte A : Extrait de *La Mort d'Olivier Bécaille* d'Émile Zola (p. 140, l. 1, à p. 143, l. 89)

* *Cf.* Lexique.

Lectures croisées

Texte B : Alexandre Dumas, *Histoire d'un mort racontée par lui-même*

Un médecin raconte à ses amis une curieuse expérience : alors qu'il vient de tomber éperdument amoureux d'une jeune femme qui l'a appelé d'urgence à son chevet, il meurt en quelques jours, pris d'une violente fièvre. Satan vient le trouver au cimetière où il repose pour lui proposer de revoir la jeune femme qu'il aime à l'occasion d'un bal. Le narrateur, accompagné de Satan, se rend chez lui pour se préparer.

« Je croyais rêver ; je ne respirais plus. Vous figurez-vous rentrant dans votre chambre où vous êtes mort depuis deux jours, retrouvant toutes choses telles qu'elles étaient pendant votre maladie, empreintes seulement de cet air sombre que donne la mort ; revoyant tous les objets rangés comme ne devant plus être touchés par vous. La seule chose animée que j'eusse vue depuis ma sortie du cimetière fut ma grande pendule à côté de laquelle un être humain était mort, et qui continuait de compter les heures de mon éternité comme elle avait compté les heures de ma vie.

J'allai à la cheminée, j'allumai une bougie pour m'assurer de la vérité, car tout ce qui m'entourait m'apparaissait à travers une clarté pâle et fantastique qui me donnait pour ainsi dire une vue intérieure. Tout était réel ; c'était bien ma chambre ; je vis le portrait de ma mère, me souriant toujours ; j'ouvris les livres que je lisais quelques jours avant ma mort ; seulement le lit n'avait plus de draps, et il y avait des scellés partout.

Quant à Satan, il s'était assis au fond, et lisait attentivement la *Vie des saints*[1].

En ce moment, je passai devant une grande glace, et je me vis dans mon étrange costume, couvert d'un linceul[2], pâle, les yeux ternes. Je doutai de cette vie qui me rendait une puissance inconnue, et je me mis la main sur le cœur.

Mon cœur ne battait plus.

Je portai la main à mon front, le front était froid comme la poitrine, le pouls muet comme le cœur : et cependant je reconnaissais tout ce que j'avais quitté ; il n'y avait donc que la pensée et les yeux qui vécussent en moi.

Ce qu'il y avait d'horrible encore, c'est que je ne pouvais détacher mon regard de cette glace qui me renvoyait mon image sombre, glacée, morte. Chaque mouvement de mes lèvres se reflétait comme le hideux sourire d'un cadavre. Je ne pouvais pas quitter ma place ; je ne pouvais pas crier.

Lectures croisées

L'horloge fit entendre ce ronflement sourd et lugubre[3] qui précède la sonnerie des vieilles pendules, et sonna deux heures ; puis tout redevint calme.

Quelques instants après, une église voisine sonna à son tour, puis une autre, puis une autre encore.

Je voyais dans un coin de la glace Satan qui s'était endormi sur la *Vie des saints*.

Je parvins à me retourner. Il y avait une glace en face de celle que je regardais, si bien que je me voyais répété des milliers de fois avec cette clarté pâle d'une seule bougie dans une vaste salle. [...] »

Alexandre Dumas, *Histoire d'un mort racontée par lui-même*, 1844.

1. ***Vie des saints*** : livre religieux présentant des modèles d'existences. 2. **linceul** : drap qui enveloppe un mort. 3. **lugubre** : sinistre, qui annonce la mort.

Texte C : Villiers de L'Isle-Adam, « *Véra* »

Le comte d'Athol a perdu Véra, la femme qu'il aime passionnément, et, refusant cet événement fatal, il s'enferme dans sa maison et se comporte comme si la jeune femme était vivante. Le jour anniversaire de sa mort, le comte se tient dans la chambre de Véra.

Il se leva, et, dans la glace bleuâtre, il se vit plus pâle qu'à l'ordinaire. Il prit un bracelet de perles dans une coupe et regarda les perles attentivement. Véra ne les avait-elle pas ôtées de son bras, tout à l'heure, avant de se dévêtir ? Les perles étaient encore tièdes et leur orient[1] plus adouci, comme par la chaleur de sa chair. Et l'opale[2] de ce collier sibérien, qui aimait aussi le beau sein de Véra jusqu'à pâlir, maladivement, dans son treillis d'or, lorsque la jeune femme l'oubliait pendant quelque temps ! Autrefois, la comtesse aimait pour cela cette pierrerie fidèle !... Ce soir l'opale brillait comme si elle venait d'être quittée et comme si le magnétisme exquis de la belle morte la pénétrait encore. En reposant le collier et la pierre précieuse, le comte toucha par hasard le mouchoir de batiste[3] dont les gouttes de sang étaient humides et rouges comme des œillets sur de la neige !... Là, sur le piano, qui donc avait tourné la page finale de la mélodie d'autrefois ? Quoi ! la veilleuse sacrée s'était rallumée, dans le reliquaire[4] ! Oui, sa flamme dorée éclairait mystiquement le visage, aux yeux fermés, de la Madone ! Et ces fleurs orientales, nouvellement cueillies, qui s'épanouissaient là, dans les vieux vases de Saxe, quelle main venait de les y placer ? La chambre semblait joyeuse et douée de vie, d'une façon plus significative et plus intense que d'habitude. Mais rien ne pouvait surprendre le comte ! Cela lui semblait tellement normal, qu'il ne fit même pas attention que l'heure sonnait à cette pendule arrêtée depuis une année.

Ce soir-là, cependant, on eût dit que, du fond des ténèbres, la comtesse Véra s'efforçait adorablement de revenir dans cette chambre tout embaumée d'elle ! Elle y avait laissé tant de sa personne ! Tout ce qui avait constitué son existence l'y attirait. Son charme y flottait ; les longues violences faites par la volonté passionnée de son époux y devaient avoir dèsserré les vagues liens de l'Invisible autour d'elle !...

Elle y était nécessitée. Tout ce qu'elle aimait, c'était là.

Elle devait avoir envie de venir se sourire encore en cette glace mystérieuse où elle avait tant de fois admiré son lilial[5] visage ! La douce morte, là-bas, avait tressailli, certes, dans ses violettes, sous les lampes éteintes ; la divine morte avait frémi, dans le caveau[6], toute seule, en regardant la clef d'argent jetée sur les dalles. Elle voulait s'en venir vers lui, aussi !

[...] Un frais éclat de rire musical éclaira de sa joie le lit nuptial[7] ; le comte se retourna.

Et là, devant ses yeux, faite de volonté et de souvenir, accoudée, fluide, sur l'oreiller de dentelles, sa main soutenant ses lourds cheveux noirs, sa bouche délicieusement entr'ouverte en un sourire tout emparadisé de voluptés, belle à en mourir, enfin ! la comtesse Véra le regardait un peu endormie encore.

– Roger !... dit-elle d'une voix lointaine.

Il vint auprès d'elle. Leurs lèvres s'unirent dans une joie divine, – oublieuse, – immortelle !

Et ils s'aperçurent, alors, qu'ils n'étaient, réellement, qu'un seul être.

Les heures effleurèrent d'un vol étranger cette extase où se mêlaient, pour la première fois, la terre et le ciel.

Tout à coup, le comte d'Athol tressaillit, comme frappé d'une réminiscence[8] fatale.

– Ah ! maintenant, je me rappelle !... dit-il. Qu'ai-je donc ? – Mais tu es morte !

À l'instant même, à cette parole, la mystique veilleuse de l'iconostase[9] s'éteignit. Le pâle petit jour du matin, – d'un matin banal, grisâtre et pluvieux, – filtra dans la chambre par les interstices des rideaux. Les bougies blêmirent et s'éteignirent, laissant fumer âcrement leurs mèches rouges ; le feu disparut sous une couche de cendres tièdes ; les fleurs se fanèrent et se desséchèrent en quelques moments ; le balancier de la

Lectures croisées

pendule reprit graduellement son immobilité. La certitude de tous les objets s'envola subitement. L'opale, morte, ne brillait plus ; les taches de sang s'étaient fanées aussi, sur la batiste, auprès d'elle ; et s'effaçant entre les bras désespérés qui voulaient en vain l'étreindre encore, l'ardente et blanche vision rentra dans l'air et s'y perdit. Un faible soupir d'adieu, distinct, lointain, parvint jusqu'à l'âme de Roger. Le comte se dressa ; il venait de s'apercevoir qu'il était seul.

Villiers de L'Isle-Adam, « Véra », in Contes cruels, 1883.

1. orient : reflet nacré des perles. **2. opale** : pierre aux reflets irisés. **3. batiste** : toile de lin finement tissée. **4. reliquaire** : objet religieux qui contient les reliques (quelques restes du corps ou d'un vêtement) d'un saint. **5. lilial** : qui ressemble au lis (fleur blanche). **6. caveau** : tombeau où sont réunis les cercueils des membres d'une même famille. **7. lit nuptial** : lit des noces. **8. réminiscence** : souvenir. **9. iconostase** : ensemble d'icônes, dans le rite chrétien orthodoxe.

Texte D : André Malraux, *Lazare*

En 1972, André Malraux, atteint de la maladie du sommeil, est hospitalisé. Lazare, *qui viendra clore* Le Miroir des limbes, *est le fruit de cette expérience. Malraux évoque sa vie souvent passée à éviter la mort sans y croire vraiment et mentionne les personnages de ses romans qui tentent de lui donner un sens. Dans le passage qui suit, l'écrivain relate un malaise qui lui a donné l'impression de frôler la mort.*

Ce qui me fascine dans mon aventure, c'est la marche sur le mur entre la vie et les grandes profondeurs annonciatrices de la mort. C'est aussi le souvenir de ces profondeurs. « Les réanimés ne se souviennent de rien » (de rien, mais de conversations entre les médecins !). Avoir frôlé la part de l'homme qui marche, geint ou hurle quand la conscience n'est pas là.
J'ai été conscient de ne plus savoir où j'étais – d'avoir perdu la terre. Pas d'autre douleur que celle des autres, qui bat confusément cette chambre blanche où veille la petite lampe de la nuit comme, dans ma chambre de Bombay, la rumeur de l'Océan battait la grève. Je suis lucide, d'une lucidité limitée au ressassement d'une terre de nulle part, à la stupéfaction devant un état ignoré. [...]
Mon vertige m'obsède. Je ne connais pas le vrai vertige. L'expression : perdre pied de la vie, ne me quitte pas, liée à une glissade sur l'aile – celle de l'avion que l'air ne soutient plus. Je pesais fortement sur un sol magnétique ; je me suis souvenu des cosmonautes qui flottent dans leur cabine et revêtent pour marcher sur la Lune un scaphandre aux pieds de plomb. Le scaphandre de la conscience de vivre m'enveloppait, prêt à

Lectures croisées

m'abandonner dans l'inexplicable légèreté du néant ; le trépas est sans doute ce qui la suit...
Il m'est advenu de découvrir soudain la vie, après avoir échappé à la mort ; je n'oublierai pas les épingles à linge posées sur leur fil de fer comme des hirondelles, le premier matin après la fosse à chars. J'ai éprouvé ce sentiment, retourné comme un sac : j'ai découvert soudain autre chose qu'une autre vie. Je ne l'ai pas prise pour la mort ; mais *elle en parle*.

Malraux, *Lazare*, Gallimard, 1974.

Texte E : Georges-Olivier Châteaureynaud, « Le Styx »
Prix Renaudot en 1982 pour son roman La Faculté des songes, *Georges-Olivier Châteaureynaud est aussi célèbre pour ses recueils de nouvelles où quotidien, onirisme, merveilleux et fantastique se côtoient habilement. Il a été l'un des artisans du renouveau de la nouvelle en France.*
Dans le passage qui suit, extrait de la nouvelle Le Styx, *le narrateur se rend chez son médecin.*

Quand je songe aujourd'hui à mes vertiges d'hier, je me dis qu'il s'agissait de signes avant-coureurs, et que si j'avais consulté à temps je n'en serais peut-être pas où j'en suis. Bah ! S'il fallait soupçonner la moindre sensation, le plus léger picotement, le plus anodin tressaillement de l'un ou l'autre de nos organes ou de nos muscles, on ne vivrait plus !... En fait, c'était bien ça : je ne vivais déjà plus, je ne sais même pas depuis combien de temps. Mon médecin n'a pas été capable de me renseigner sur ce point. Le jour où je suis enfin allé le voir, pour tout autre chose, d'ailleurs, après m'avoir examiné il m'a seulement dit, avec une certaine gravité dans la voix :
– Mon vieux, j'ai une mauvaise nouvelle à vous annoncer... Vous êtes un homme mort !

Je ne me suis pas vraiment frappé, sur le moment. Mon interlocuteur a même dû penser que j'avais mal entendu ses paroles, car il les a répétées :
– Un homme mort, on ne peut plus mort, mon pauvre ami !
Cette fois, en parlant, il m'a regardé du coin de l'œil, comme s'il craignait de ma part une réaction déraisonnable, une « réaction de désespoir », comme on dit.
– Vous... Vous m'avez compris ?
J'ai hoché la tête.

Lectures croisées

– Je crois que oui. Je suis mort, c'est bien ça ?
Il a hoché la tête à son tour, et il m'a tapoté l'épaule.
– C'est bien de le prendre comme ça. Vous devriez rentrer chez vous, maintenant. Il va falloir avertir vos proches. En ce qui me concerne, je ne peux plus rien pour vous. Croyez que je le regrette.
Il avait l'air sincèrement désolé. Je me suis senti obligé de lui adresser quelques mots de réconfort.
– Ne vous en faites pas, docteur, ça va aller... Merci pour tout !

Je me suis acquitté du prix de la consultation, et je suis sorti. Dans la rue, j'ai essayé de regarder les choses et les gens d'un œil neuf. Comme je n'y parvenais pas, ou pas assez, je m'exhortais *in petto*[1] à plus d'émotion. Après tout ça n'était pas rien, ce qui m'arrivait : j'étais *mort*.

Georges-Olivier Châteaureynaud, extrait du « Styx », *in Le Goût de l'ombre*, Actes Sud, 1997.

1. *in petto* : intérieurement.

Document : Maître de Coëtivy, *Résurrection de Lazare*
L'auteur des enluminures du livre d'heures d'Olivier de Coëtivy est appelé « le Maître de Coëtivy » (seconde moitié du XVᵉ siècle). Les enluminures illustrent les épisodes essentiels des Évangiles, comme ici le miracle de la résurrection de Lazare, un ami de Jésus.

Travaux d'écriture

> **Corpus**
>
> Texte A : Extrait de La Mort d'Olivier Bécaille d'Émile Zola (p. 140, l. 1, à p. 143, l. 89).
>
> Texte B : Extrait d'Histoire d'un mort racontée par lui-même d'Alexandre Dumas (pp. 174-175).
>
> Texte C : Extrait de « Véra » de Villiers de L'Isle-Adam (pp. 175-177).
>
> Texte D : Extrait de Lazare d'André Malraux (pp. 177-178).
>
> Texte E : Extrait du « Styx » de G.-O. Châteaureynaud (pp. 178-179).
>
> Document : Résurrection de Lazare par le Maître de Coëtivy (p. 179)

Examen des textes et de l'image

a Quels rôles joue la bougie dans l'extrait du texte de Dumas (texte B) ?

b Pourquoi, selon vous, Satan s'est-il endormi (texte B) ? Quel est l'effet produit sur le lecteur ?

c Dégagez la composition du texte de Villiers de L'Isle-Adam (texte C) en montrant comment s'expriment successivement la vie et la mort.

d Quelle place occupent les comparaisons et les métaphores dans le texte de Malraux (texte D) ? Pourquoi? *

e Comment Châteaureynaud associe-t-il l'ordinaire et l'extraordinaire (texte E) ?

f Comment le peintre met-il en avant le rôle de Jésus et souligne-t-il la dimension miraculeuse de l'événement représenté ?

Travaux d'écriture

Question préliminaire
Comment le thème de la mort est-il traité par les différents auteurs du corpus ?

Commentaire
Vous ferez le commentaire de l'extrait de « Véra » de Villiers de L'Isle-Adam (texte C).

* Cf. Lexique.

Travaux d'écriture

Dissertation
Dans quelle mesure la fiction littéraire peut-elle nous aider à appréhender une réalité qui nous effraie ? Vous répondrez à cette question dans un développement argumenté en vous appuyant sur les textes du corpus, sur ceux étudiés en cours, ainsi que sur vos lectures personnelles.

Écriture d'invention
Composez un bref récit fantastique mettant en scène un personnage dont on ne parvient pas à savoir s'il est vivant ou mort.

Celle qui m'aime et autres nouvelles
bilan de première lecture

Celle qui m'aime
❶ Quels personnages invitent le narrateur à découvrir « *Celle qui m'aime* » ?
❷ Quelle tenue porte « *Celle qui m'aime* » le jour où le narrateur la voit pour la première fois ?

Une cage de bêtes féroces
❸ Quel personnage a l'idée de quitter le zoo pour visiter Paris ?
❹ De quel bâtiment les animaux s'écartent-ils, craignant d'assister au plus épouvantable des spectacles ?

Mon Voisin Jacques
❺ Quelle est la composition de la famille de Jacques ?
❻ Quel livre le narrateur est-il en train d'écrire ?

Le Forgeron
❼ Quelle est la profession du narrateur ?
❽ Qui aide le forgeron dans son travail ?

Naïs Micoulin
❾ Quelle est la profession de M. Rostand ? Où l'exerce-t-il ?
❿ Qui Naïs épouse-t-elle à la fin du récit ?

Nantas
⓫ Quelle est la profession de Nantas à la fin de la nouvelle ?
⓬ Dans quelle pièce de la maison Nantas entreprend-il de mettre fin à ses jours ?

La Mort d'Olivier Bécaille
⓭ Qu'est-ce qui explique la mort apparente d'Olivier Bécaille ?
⓮ Qu'advient-il de Marguerite à la fin du récit ?

Dossier Bibliolycée

Zola : journaliste et écrivain…

La jeunesse

Fils unique d'Émilie Aubert et de Francesco Zolla (francisé en François Zola), un ingénieur des travaux publics d'origine italienne, Émile Zola naît à Paris le 2 avril 1840. En 1843, quand son père est chargé de construire un système destiné à améliorer l'alimentation en eau de la ville d'Aix-en-Provence, toute la famille quitte Paris pour le Sud. Mais les difficultés financières que connaît Émilie, après le décès de son mari en 1847, l'amènent à regagner Paris en 1858. Émile Zola sera alors élevé par sa mère et sa grand-mère, deux femmes qui influenceront positivement les figures maternelles de son œuvre romanesque. De ses années aixoises, Zola gardera son goût pour les paysages du Sud *(Naïs Micoulin)* et surtout son amitié pour Paul Cézanne dont il fera le portrait, sous le nom de Claude Lantier, dans son roman *L'Œuvre* (1886). Mais l'échec de Lantier, finissant par se suicider devant la toile qu'il ne parvient pas à achever, déplaira au peintre d'Aix et les deux amis ne se reverront plus après cette date.

Introduit par Cézanne dans le milieu des peintres impressionnistes – Manet, Monet, Renoir –, Émile Zola apprend à apprécier les compositions soignées et les descriptions suggestives. Après son échec au baccalauréat, il cherche un emploi et participe à la vie bouillonnante de la capitale ; comme les artistes qu'il fréquente, il rêve de se faire une place dans un monde en pleine transformation. Sans doute le récit des dîners chez Sandoz dans *L'Œuvre* donne-t-il une image fidèle de la vie de bohème que Zola a connue à ses débuts ?

Biographie

Les débuts littéraires : Zola conteur et journaliste

En 1862, année de sa naturalisation française, Zola est engagé aux éditions Hachette comme commis ; deux ans plus tard, il devient chef de la publicité, ce qui lui permet de rencontrer des auteurs comme Sainte-Beuve, Taine ou Littré à qui il voue une grande admiration. Pendant ce temps, il collabore à différents journaux. C'est ainsi qu'en novembre 1864 *Celle qui m'aime* paraît en feuilleton dans *L'Entracte*, un quotidien consacré au théâtre. *Mon Voisin Jacques* est publié en novembre 1865 dans le *Journal des villes et des campagnes.* Un certain nombre de récits parus dans la presse sont rassemblés dans le recueil des *Contes à Ninon*, édité en 1864 par Jules Hetzel.

Inspiré d'un premier amour (Berthe en 1860-1861), son premier roman, *La Confession de Claude*, paraît en 1865, année de sa rencontre avec Alexandrine Meley, avec qui il s'installe malgré la désapprobation de sa mère et qu'il épousera en 1870, une fois sa situation financière améliorée.

À partir de 1866, Zola tente de vivre de sa plume et publie différents articles dans des revues : il est critique d'art mais aussi journaliste politique. Âgé de 26 ans seulement, il tient deux chroniques dans *L'Événement* et sa signature apparaît dans des journaux variés. Ses positions politiques s'affirment et il n'hésite pas à afficher dans la presse son opposition à l'Empire.

Le succès littéraire et la naissance du naturalisme*

Les amis de Zola

Publié en 1867, le roman *Thérèse Raquin* le rend célèbre. C'est en 1868, dans la préface qu'il rédige pour la deuxième édition de ce roman, que Zola dit appartenir à un groupe d'écrivains

* *Cf.* Lexique.

naturalistes*. Cette appartenance est née de sa fréquentation des frères Goncourt, les auteurs du roman réaliste* *Germinie Lacerteux*, et de Duranty, l'un des théoriciens du réalisme*.
En 1871, il fait la connaissance de Gustave Flaubert et d'Alphonse Daudet. Des écrivains plus jeunes comme Guy de Maupassant ou Joris-Karl Huysmans font aussi partie de ses proches. En 1878, il acquiert une petite maison à Médan, en région parisienne, où il reçoit ses amis. Le recueil des *Soirées de Médan*, qui paraît en 1880, fait connaître Maupassant grâce à sa nouvelle *Boule de suif*.

Les Rougon-Macquart

C'est en 1869 que Zola expose à son éditeur Albert Lacroix son projet de composer une grande fresque romanesque : *Les Rougon-Macquart – Histoire naturelle et sociale d'une famille sous le Second Empire*. « *Je veux expliquer comment une famille, un petit groupe d'êtres, se comporte dans une société, en s'épanouissant pour donner naissance à dix, à vingt individus qui paraissent, au premier coup d'œil, profondément dissemblables, mais que l'analyse montre intimement liés les uns aux autres. L'hérédité a ses lois, comme la pesanteur* », écrit-il. S'inspirant de Balzac qui, dans *La Comédie humaine*, souhaitait « *faire concurrence à l'état civil* » et se passionnant pour les recherches en médecine de Claude Bernard, Zola ajoute au réalisme de la première moitié du XIXe siècle un projet scientifique et devient ainsi le théoricien et le chef de file du mouvement naturaliste. Les deux premiers volumes, *La Fortune des Rougon* et *La Curée*, paraissent finalement en 1871 et 1872 chez l'éditeur Georges Charpentier.
Pour chacun de ses romans, Zola réunit une documentation abondante. On le voit sur le terrain, dans les mines pour *Germinal* (1885) ou dans le grand magasin parisien *Au Bon Marché* pour *Au Bonheur des dames* (1883). Il bâtit avec minutie le plan de chaque histoire, répertorie ses personnages sur des fiches. Ce travail préparatoire important n'empêche cependant pas une publication à un rythme soutenu : *Le Ventre de Paris*

Biographie

(1873), *La Conquête de Plassans* (1874), *La Faute de l'abbé Mouret* (1875), *Son Excellence Eugène Rougon* (1876), *L'Assommoir* (1877), *Nana* (1880), *La Bête humaine* (1890)... 20 romans au total, dont le dernier, *Le Docteur Pascal*, paraît en 1893.

Contes et nouvelles

En marge de sa production romanesque, Zola continue d'écrire des contes et des nouvelles qui seront réunis en 1874 dans le recueil des *Nouveaux Contes à Ninon*. Un dernier recueil, *Naïs Micoulin*, paraît en 1884. Parallèlement, il écrit des articles dans lesquels il défend ses amis peintres impressionnistes et sa conception d'un roman scientifique dont la vocation est d'analyser les mécanismes qui régissent les individus au sein d'un milieu social.

Des années difficiles

De nouveaux projets littéraires

Dans les années 1890, le naturalisme* est remis en question et l'on reproche à Zola son goût pour la représentation de la misère (dans *Le Manifeste des Cinq*, de jeunes écrivains proches des frères Goncourt renient le naturalisme de Zola). C'est en réponse à ces accusations que Maupassant écrit *Pierre et Jean*, un roman qui s'attache davantage à l'étude des relations familiales qu'à celle d'un milieu social et dont la préface redéfinit le naturalisme.

Par ailleurs, d'autres courants littéraires voient le jour, comme le symbolisme, dont les poètes Verlaine, Rimbaud et Mallarmé sont les principales figures. Père de deux enfants (Denise et Jacques) qu'il a eus avec Jeanne Rozerot, une jeune lingère, tout en restant marié, Zola se lance dans une nouvelle série fortement inspirée du socialisme utopiste de Charles Fourier, *Les Trois Villes* : *Lourdes* (1894), *Rome* (1896) et *Paris* (1898). Un autre projet se forme, *Les Quatre Évangiles* : *Fécondité* (1899), *Travail* (1901), *Vérité* (publication posthume) et *Justice*, qui restera inachevé.

* *Cf.* Lexique.

Biographie

L'engagement dans l'affaire Dreyfus

Les dernières années du siècle sont principalement marquées par l'engagement d'Émile Zola en faveur du capitaine Dreyfus (d'origine juive) injustement accusé de trahison et condamné à la déportation en 1894. Un article, « Pour les juifs », est publié en 1896, et le 13 janvier 1898, dans le journal *L'Aurore*, Zola fait paraître sa célèbre lettre ouverte « J'accuse... ! » au président de la République Félix Faure, mettant en cause le haut commandement de l'armée. Cet article lui vaut une lourde amende et un an de prison. Zola choisit de s'exiler une année en Angleterre. Jusqu'à sa mort il luttera pour la révision du procès de Dreyfus. Le 29 septembre 1902, dans des circonstances non élucidées – accidentelles ou criminelles ? –, Zola est retrouvé asphyxié dans sa maison.

Ses cendres seront transférées au Panthéon le 4 juin 1908. Deux ans plus tôt, le capitaine Dreyfus avait été réhabilité et réintégré dans l'armée...

Du Second Empire à la IIIe République

Après plusieurs siècles d'Ancien Régime, la France connaît au XIXe siècle une grande instabilité politique amenée par les bouleversements de la Révolution : Ire République, Empire, Restauration, monarchie de Juillet... Les régimes se succèdent et les émeutes se multiplient dans la première moitié du siècle.

En février 1848, les journées révolutionnaires aboutissent au départ de Louis-Philippe et à la naissance de la IIe République. Mais Napoléon, « prince-président » élu en 1848, y met fin par un coup d'État le 2 décembre 1851, puis se déclare empereur (Second Empire) le 2 décembre 1852. Il régnera vingt ans, jusqu'à la défaite en 1870 contre la Prusse et la proclamation de la IIIe République.

Émile Zola, né en 1840, écrit sous ces deux régimes, et c'est dans ce contexte tendu que sont composés, de 1864 *(Contes à Ninon)* à 1884 *(Naïs Micoulin)*, les contes et nouvelles rassemblés dans ce recueil.

Deux régimes politiques différents

Le Second Empire

On ne retient souvent de Napoléon III que les caricatures de Daumier ou bien les satires de Victor Hugo. En effet, ce dernier, farouchement opposé à l'empereur, restera en exil jusqu'à la défaite de Sedan en 1870, malgré l'amnistie accordée aux proscrits républicains dès 1851. Par son recueil des *Châtiments* puis par son refus de rentrer en France tant que « *Napoléon le Petit* » serait au pouvoir, Hugo manifeste son opposition forte au régime et contribue à le discréditer. Farouche républicain, Zola, journaliste, s'en prend également au régime.

Contexte

Ces oppositions qui ont orienté notre regard sur le Second Empire ne doivent cependant pas nous faire oublier une période de prospérité économique, qu'il s'agisse de l'agriculture, du commerce, des transports ou de l'industrie. La France, après l'Angleterre, est entrée dans l'ère industrielle et les paysages se transforment : voies ferrées, mines, faubourgs ouvriers…

Autoritaire dans les premières années du règne, le régime n'en est pas moins parlementaire : le Corps législatif siège trois mois par an. À la fin de la première décennie, le pouvoir s'infléchit en raison de la pression populaire, de la montée de l'opposition au sein du Corps législatif et des grèves, reconnues légales par la loi Ollier de 1864. La nouvelle Constitution promulguée en 1862 accorde un plus grand rôle aux députés.

Mais les tensions avec la Prusse dans le contexte de l'expansion coloniale, et plus particulièrement avec le Premier ministre Bismarck, fragilisent le pouvoir et mènent la France à une guerre à laquelle elle ne s'est pas suffisamment préparée. Sans avoir perçu le déséquilibre entre les deux armées, Napoléon III, répondant à des provocations, déclare la guerre à la Prusse le 19 juillet 1870.

La naissance de la IIIe République

Le 2 août, l'Alsace et la Lorraine sont envahies et, le 2 septembre, la France capitule à Sedan. Deux jours plus tard, la IIIe République est proclamée. Paris, assiégé, résiste ; un *gouvernement de la Défense nationale* est même constitué, mais l'armistice est signé le 28 janvier 1871. La nouvelle Assemblée, à majorité royaliste, s'installe à Versailles pour renouer avec l'Ancien Régime et cède l'Alsace et la Lorraine à la Prusse.

En mai, le peuple de Paris, épuisé par une situation économique et sociale terrible, se révolte : c'est l'épisode de la Commune (« semaine sanglante » du 22 au 28 mai 1871) qui se termine par une terrible répression (près de 30 000 communards sont exécutés). Les débuts de la IIIe République sont entachés par cette violence et l'opposition est muselée pour plusieurs années, ce qui rend possible, après le premier gouvernement d'Adolphe

Contexte

Thiers, une progression des monarchistes. Mais, en 1875, les lois constitutionnelles fixent la République et assurent une stabilité à un régime qui durera jusqu'à la défaite de 1940.

Réformes et affaires sous la IIIe République

De grandes lois marquent des avancées notables : création des lycées et des collèges pour jeunes filles (1880), liberté de la presse (1881), laïcité et gratuité de l'enseignement primaire public (1882), libertés syndicales (1884)...
Mais la vie politique est complexe, voire tumultueuse. Elle connaît ses scandales et ses affaires : la faillite de la banque de l'Union générale en 1876, le scandale de Panamá qui va ruiner de nombreux épargnants, l'affaire Dreyfus dans laquelle Zola va prendre position avec son célèbre « J'accuse... ! » en 1898. Cette dernière affaire, qui embrase la France et déchire les familles autour de la question de l'antisémitisme, révèle bien le climat passionné du pays.

Une société complexe

La Révolution a fait disparaître les castes figées de l'Ancien Régime pour rendre possible l'ascension sociale grâce au mérite personnel. C'est ce que l'on voit avec le personnage de Nantas qui compte faire fortune et asseoir sa notoriété. Octave Mouret, dans *Au Bonheur des dames* de Zola, ou Georges Duroy, le *Bel-Ami* de Maupassant, sont aussi, après Félix Grandet (*Eugénie Grandet*) et Rastignac (*Le Père Goriot*) chez Balzac, les incarnations littéraires de cette « *ambition entêtée de fortune* » (*Nantas*).

Le triomphe de la bourgeoisie et le règne de l'argent

La fin de l'Ancien Régime a permis l'avènement de la bourgeoisie et l'extension des villes. Tandis que l'exode rural contribue au développement d'une population urbaine misérable (celle que Zola présentera dans les premières pages de *Nantas* et plus encore dans *L'Assommoir*), la bourgeoisie profite

de la révolution industrielle : les mines, les chemins de fer, les filatures... L'ingénieur devient un modèle et l'on voit dans la science un instrument privilégié du progrès, comme peuvent en témoigner les romans de Jules Verne ou la tour Eiffel, inaugurée en 1889 à l'occasion de l'Exposition Universelle.
L'argent est la clé de voûte de l'édifice ; dans *Une cage de bêtes féroces*, la Bourse est un lieu indescriptible, plus horrible encore que la place de Grève ou la morgue. *Naïs Micoulin*, qui se déroule pourtant loin de Paris, n'échappe pas à cette emprise de l'argent.

Une société compartimentée

Naïs Micoulin nous montre également que, malgré la suppression des castes et des privilèges de l'Ancien Régime, la société reste compartimentée et figée. Naïs, une fille du peuple, ne pourra pas échapper à son destin et épousera Toine le bossu, tandis que Frédéric, le bourgeois oisif, continuera de manger « *tranquillement sa côtelette* » : « *C'est étonnant comme ces filles, au bord de la mer, passent vite* »...
Ce que l'on voit à l'Estaque est plus net encore dans les grandes villes, où la misère la plus grande côtoie le luxe. « *Une petite fille bien mise l'obligea à s'écarter de son droit chemin* », lit-on au début de *Nantas* quand le personnage éponyme* erre dans Paris le ventre vide.
Tout en la défendant, Zola analyse les oppositions que la modernité génère ; dans ses nouvelles comme dans son œuvre romanesque, il prend fait et cause pour les défavorisés.

Les femmes

Les nouvelles de Zola nous donnent une image complexe de la femme au XIXe siècle. Si elle peut être dépendante comme l'épouse d'Olivier Bécaille, elle est surtout montrée comme déterminée, quel que soit son milieu d'origine : Flavie dans *Nantas* ou Naïs Micoulin.
Sous Napoléon Ier, le Code civil a réaffirmé la soumission de la femme à son époux. La jeune fille, elle, est soumise à son père.

Contexte

Pas question d'un quelconque rôle dans la vie politique ; le suffrage universel de 1848 exclut les femmes malgré leur participation à l'insurrection et leurs tentatives pour s'imposer. Sous la IIIe République, des organisations féministes structurées voient le jour, comme, en 1878, la *Société pour l'amélioration du sort des femmes*. Mais les femmes devront attendre 1945 pour obtenir le droit de voter !

Journalisme et littérature

La presse

C'est en 1605 que paraît à Strasbourg le premier périodique : *Relation*. Mais c'est en 1631, avec le premier numéro de la *Gazette*, soutenue par Richelieu, que s'ouvre véritablement l'ère de la presse. Ne cessant de se développer au fil des siècles, malgré une censure qui perdure jusqu'à la loi de juillet 1881, elle sera au XIXe siècle un des rouages importants de la vie publique comme en attestent les rebondissements de l'affaire Dreyfus.

L'invention du télégraphe, facilitant la circulation des informations, est déterminante. La première ligne est installée en 1836 entre Londres et Birmingham ; en 1841, un câble est posé entre la France et l'Angleterre ; en 1844, une trentaine de villes sont reliées à Paris. La rotative et l'essor de la publicité permettent, par ailleurs, de faire baisser le prix des parutions pour toucher un public de plus en plus large en raison des progrès de l'alphabétisation. De nombreux journaux voient le jour : *Le Figaro* en 1826, la *Revue des Deux Mondes* en 1829, *La Presse* en 1836, *Le Petit Journal* en 1863, *Le Matin* en 1884, *L'Aurore* en 1897...

Nombreux sont les journaux qui, en plus des informations et des chroniques qu'ils proposent, publient des textes littéraires en feuilleton. De grands romans comme *Les Trois Mousquetaires* d'Alexandre Dumas et *Madame Bovary* de Gustave Flaubert paraissent en premier lieu dans la presse. Quant aux récits de Zola réunis dans *Contes à Ninon*, *Nouveaux Contes à Ninon* et

Naïs Micoulin, ils sont, pour la plupart d'entre eux, d'abord publiés dans les journaux.

Le développement du roman

Le XIXe siècle est le grand siècle du roman. Ce genre libre et souple, populaire dès son origine, est idéal pour représenter une société en mouvement et toucher un public qui s'est élargi. Son essor repose également sur les circonstances sociales et économiques qui ont rendu possible sa large diffusion, notamment un accès plus large à l'école (loi Guizot en 1833, loi Falloux en 1851).

Les contes et les nouvelles

Les romanciers du XIXe siècle, adeptes des œuvres de grande ampleur, ne boudent pas pour autant les récits courts. À côté d'*Une vie* (1883) ou de *Bel-Ami* (1885), Guy de Maupassant fait paraître des centaines de récits réalistes* *(Boule de suif)* ou fantastiques *(La Peur, Le Horla...)*. De même, le succès que Zola obtient avec sa série des *Rougon-Macquart* ne lui fait pas renoncer au récit bref particulièrement adapté à une parution dans la presse.

Les mouvements littéraires

En réaction au mouvement romantique qui présentait les aspirations idéalistes des écrivains des premières années du siècle, le courant réaliste affirme sa volonté de représenter la réalité dans tous ses aspects. C'est ainsi que Balzac (1799-1850) compose *La Comédie humaine*, une grande fresque qui peint tous les visages de la société : « Scènes de la vie de province », « Scènes de la vie parisienne »...

Flaubert (1821-1880), bien que davantage préoccupé par un projet esthétique, emprunte le chemin ouvert par Balzac et publie en 1857 *Madame Bovary*.

À la fin du siècle, alors que la science a le vent en poupe, Émile Zola ajoute une dimension scientifique au réalisme* et devient le chef de file du naturalisme*. Le romancier se donne pour mission d'étudier des individus déterminés par leur hérédité (le thème de l'alcoolisme dans la saga des *Rougon-Macquart*) et par

* Cf. Lexique.

Contexte

leur milieu social. Pour Guy de Maupassant (1850-1893), le réalisme* est davantage une vision personnelle de la réalité qu'une représentation photographique fidèle du réel.

Cependant, ce souci – réaliste*, puis naturaliste* – de témoigner de la réalité suscite son propre contre-courant emprunté d'ailleurs par les mêmes écrivains. Maupassant, par exemple, dans ses nouvelles fantastiques, met à profit la minutie de l'écriture réaliste pour faire ressortir l'étrangeté de certains événements et susciter l'angoisse chez le lecteur. Zola, lui, situe rarement ses intrigues dans une frange entre réel et surnaturel ; mais, tout en conservant la précision du réalisme, il peut faire de son personnage (le Forgeron, notamment) une allégorie* et de son récit un apologue*.

* *Cf.* Lexique.

Zola en son temps

	Vie et œuvre de Zola	Événements historiques et culturels
1840	Naissance à Paris.	Hugo, *Les Rayons et les Ombres*.
1843	Installation de la famille à Aix-en-Provence.	Balzac, *Illusions perdues*.
1847	Décès du père.	Balzac, *Le Cousin Pons*.
1850		Mort de Balzac. Naissance de Maupassant.
1852	Au collège, se lie avec Cézanne.	Napoléon III se proclame empereur.
1857		Baudelaire, *Les Fleurs du Mal*. Flaubert, *Madame Bovary*.
1858	Retour de la famille à Paris. Échec au baccalauréat.	
1862	Est engagé chez Hachette comme commis.	Hugo, *Les Misérables*.
1864	*Contes à Ninon*.	
1865	Publication d'un premier roman : *La Confession de Claude*. Fait la connaissance d'Alexandrine Meley.	
1867	*Thérèse Raquin*, premier succès.	Renoir peint *Lise à l'ombrelle*.
1868		Manet, *Portrait d'Émile Zola*.
1869	Projet des *Rougon-Macquart*.	Baudelaire, *Petits Poèmes en prose*. Flaubert, *L'Éducation sentimentale*.
1870	Épouse Alexandrine Meley.	Guerre franco-prussienne. Proclamation de la IIIe République.
1871	Fait la connaissance de Flaubert. *La Fortune des Rougon*.	La Commune de Paris ; armistice. Rimbaud, *Le Bateau ivre*, *Lettre du voyant*.
1872	*La Curée*.	Début de l'impressionnisme (Monet, *Impression, soleil levant*).
1873	*Le Ventre de Paris*.	Mac-Mahon, président de la République.
1874	*Nouveaux Contes à Ninon*.	Hugo, *Quatrevingt-treize*. Barbey d'Aurevilly, *Les Diaboliques*.
1875		Constitution de la IIIe République.
1877	*L'Assommoir* est un succès.	Flaubert, *Trois Contes*. Hugo, *L'Art d'être grand-père*.

Chronologie

	Vie et œuvre de Zola	Événements historiques et culturels
1880	*Les Soirées de Médan*, recueil de nouvelles naturalistes dont *Boule de suif* de Maupassant. *Nana* et *Le Roman expérimental*.	Mort de Gustave Flaubert.
1883	*Au Bonheur des dames*.	Maupassant, *Une vie*. Villiers de L'Isle-Adam, *Contes cruels*. Cézanne peint *L'Estaque, vue du golfe de Marseille* (1882-1885).
1884	*Naïs Micoulin*.	Huysmans, *À rebours*.
1885	*Germinal*.	Maupassant, *Bel-Ami*, *Le Horla* (2ᵉ version). Décès de Victor Hugo.
1886	*L'Œuvre*. Rupture avec Cézanne.	Vallès, *L'Insurgé*.
1889		**Exposition Universelle : inauguration de la tour Eiffel.**
1890	*La Bête humaine*.	Suicide du peintre Vincent Van Gogh.
1893	Publication du *Docteur Pascal*, dernier des 20 volumes des *Rougon-Macquart*.	Heredia, *Les Trophées*. Décès de Maupassant.
1894	*Lourdes* (roman).	
1896	*Rome* (roman). Publication de l'article « Pour les juifs ».	
1898	*Paris* (roman). Publication de l'article « J'accuse… ! ».	Monet peint *Nymphéas. Effet du soir*.
1902	**Décès dont la cause est controversée.**	
1906		**Réhabilitation de Dreyfus.**
1908	**Transfert de ses cendres au Panthéon.**	

Structure des récits

Se conformant à l'art de la nouvelle ou du conte, les récits rassemblés ici ont pour point commun une forme resserrée et une progression simple. L'effet de cette brièveté n'est pas toujours la même : force argumentative, tension dramatique, émotion esthétique...

« Celle qui m'aime »

Celle qui m'aime, court récit à la 1re personne, suit simplement une progression chronologique, et l'intrigue est resserrée sur une journée, de la rencontre un soir dans une baraque de foire aux retrouvailles le lendemain. Le premier épisode joue le rôle d'une introduction sous la forme d'un monologue, et l'histoire proprement dite débute avec l'adverbe « *Hier* » au début de l'étape II.

Le récit se construit en réponse à la question liminaire (« *Celle qui m'aime est-elle* [...] *?* ») sans qu'on puisse vraiment parler de « schéma narratif ».

QUESTION LIMINAIRE :	
Qui est « *Celle qui m'aime* » ?	
Interrogation du narrateur : Quelle jeune fille le miroir magique de la baraque de foire va-t-il lui présenter ?	**Réponse :** La jeune fille « *en longue robe blanche* ».
Interrogation du narrateur : Où est la jeune fille désignée par le miroir ?	**Réponse :** Le narrateur rencontre la jeune fille dans une allée.
Interrogation du lecteur guidé par les rencontres du narrateur : Qui est cette jeune fille ?	**Réponse :** Une jeune fille pauvre qui gagne sa vie en posant dans une baraque de foire.
RÉPONSE A LA QUESTION LIMINAIRE :	
La réalité a triomphé du rêve. « *Celle qui m'aime* » n'existe pas.	

Structure des récits

Si le récit suit la logique du schéma ci-dessus, l'intérêt du texte repose davantage sur sa dimension poétique. *Celle qui m'aime* rappelle certains poèmes en prose de Baudelaire parus dans des revues au moment où Zola compose son conte. La logique du texte est en effet plus poétique que narrative. La trame, plus qu'une ligne chronologique, est un jeu de miroirs à l'image de la baraque de foire. La multiplication des possibles féminins déployés en éventail dans l'introduction est reprise lorsque le narrateur décrit les jeunes filles qui se succèdent devant l'œil. Les personnages masculins (le sergent et son conscrit, les jeunes garçons) en quête de leur idéal féminin sont eux aussi repris dans la suite du récit. Quant à l'Ami du peuple, ses quatre étranges apparitions ponctuent le récit comme un troublant refrain. L'expression éponyme* « *Celle qui m'aime* » revient également comme un leitmotiv chargé de significations différentes : une interrogation et un désir sans visage au début du texte, un visage sans nom dans le miroir de la baraque avant que le pronom « *m'* » prenne une dimension collective pour anéantir le rêve initial. La femme idéale qui avait pris peu à peu corps s'évanouit (p. 22 : « *ne pensant plus à cette femme que j'emportais dans mes bras* ») et le narrateur se tait.

« Le Forgeron »

Le Forgeron est plus une évocation qu'un récit ; la trame narrative y est plus un prétexte au portrait du personnage que le support d'une intrigue. L'éclairage que peut constituer la notion de « schéma narratif » n'est d'aucune utilité ici pour mettre en avant la double progression du texte.

• **Progression de la narration sur le mode du retour en arrière :**
– Le narrateur dresse le bilan de son année chez le Forgeron.
– Le narrateur erre sans but et rencontre le Forgeron.
– Il s'installe dans une chambre au-dessus de la forge.
– Témoin de l'énergie du Forgeron dont il partage l'existence, il retrouve sa force.

* *Cf.* Lexique.

structure des récits

- **Dévoilement progressif du sens :**
– L'absence de précision invite le lecteur à une lecture interprétative : le Forgeron n'a pas de nom ; on ne sait presque rien du narrateur et de sa maladie.
– Les précisions guident l'interprétation du lecteur : le narrateur est écrivain, le Forgeron celui « *qui façonne dans le feu et par le fer la société de demain* » (p. 59).

Les nouvelles au schéma narratif traditionnel

La notion de « schéma narratif », élaborée à partir de l'étude des contes traditionnels, présente une grille efficace pour mettre en relief la structure linéaire des autres récits du recueil.

- La structure d'*Une cage de bêtes féroces* est linéaire. Pour mieux servir l'argumentation, l'accumulation des péripéties accentue leur dénominateur commun : la violence des hommes.
- *Mon Voisin Jacques* est un court récit construit à partir de sa chute : « *Le croque-mort est croqué.* » La plaisanterie qui clôt le texte mélange les registres et tourne en dérision la mort sans parvenir à lui ôter toute sa gravité, car le lecteur s'est attaché au personnage émouvant de Jacques. Préparant cette chute, le récit est à la fois tendre, pathétique et léger. Très resserrée, selon l'esthétique de la nouvelle, la narration suit également une progression linéaire.
- Inversant la situation des personnages mis en scène par La Fontaine dans « Le Loup et le Chien », Zola imagine, dans *Le Paradis des chats*, la rencontre d'un gros chat domestique et d'un matou sauvage. Construit de façon simple et linéaire, le récit du chat est serti dans le cadre d'une narration à la 1re personne : « *Voici ce que mon chat m'a conté* » (p. 49), ce qui lui donne sa signification argumentative, l'animal étant présenté comme « *la bête la plus stupide* [qu'il] *connaisse* » (p. 49).

Structure des récits

- *Naïs Micoulin* tire sa force émotionnelle d'un tissu d'oppositions. Dès le début, tout oppose la famille aisée des Rostand à celle de son méger Micoulin. Mais, à l'intérieur de chaque famille, des oppositions rendent impossible toute compréhension entre les êtres. Ainsi, Frédéric est tout le contraire de sa mère, tandis que, chez les Micoulin, deux fortes personnalités – celle du père et celle de sa fille Naïs – s'affrontent en silence. La passion qui rapproche Frédéric et Naïs ne doit pas nous faire oublier ce que l'épilogue nous rappelle cruellement : Frédéric est un garçon égoïste et sans caractère, alors que Naïs va jusqu'au bout de ses passions. On pourrait croire que Frédéric, jeune homme riche habitué à satisfaire ses désirs, mène le jeu, mais il n'en est rien. Dès la première page, chargée d'un panier de fruits symbole des plaisirs qu'elle propose, c'est Naïs qui fait irruption dans la maison des Rostand et c'est elle qui aura l'initiative de la relation amoureuse en attendant Frédéric dans le jardin. Resserrées sur une saison et soulignées par l'intensité du paysage méditerranéen souvent évoqué, les tensions et les passions, davantage suggérées que racontées, donnent toute leur force à un récit dont la ligne directrice reste très épurée.
- Par ses rebondissements et le soin apporté à l'analyse psychologique du personnage éponyme*, *Nantas* acquiert une épaisseur romanesque et renoue avec le roman sentimental (le coup de théâtre qui provoque un dénouement heureux) sans pour autant renoncer à l'expression des passions dévorantes. L'organisation linéaire du récit et les effets d'échos contribuent à centrer l'intrigue sur le personnage principal. On remarquera tout particulièrement les échos qui structurent le récit : Nantas reçoit le président du Corps législatif dans le bureau même où le baron Danvilliers l'a reçu dix ans auparavant pour arranger le mariage de sa fille ; de même, c'est dans la mansarde où, jeune homme, il avait décidé de se suicider que Nantas, devenu ministre, décide de mettre fin à ses jours ; la première fois il est interrompu par Mlle Chuin qui lui parle de Flavie, la seconde fois par Flavie elle-même.

Cf. Lexique.

structure des récits

• Enfin, dans *La Mort d'Olivier Bécaille*, la phrase d'ouverture annonce un récit rétrospectif à la 1re personne et le dernier paragraphe introduit par « *Depuis ce temps* » (p. 169) renoue avec le moment de l'écriture pour esquisser un épilogue. Entre ces deux pôles, la narration suit la chronologie de l'histoire en y insérant de temps à autre quelques informations concernant le passé des personnages à Guérande ou à Nantes.

	SITUATION INITIALE	ÉLÉMENT PERTURBATEUR
Une cage de bêtes féroces	Le Lion et la Hyène vivent paisiblement dans la ménagerie du Jardin des plantes.	Les deux animaux, décidant de visiter la cage des hommes, quittent leur zoo.
Mon Voisin Jacques	Le jeune narrateur habite un taudis à Paris.	**Apparition** de Jacques, le voisin du narrateur.
Le Paradis des chats	Le chat vit heureux avec sa maîtresse.	Le chat, ayant aperçu quatre chats sur le toit d'en face, rêve de partager leur liberté.

Structure des récits

PÉRIPÉTIES	ÉLÉMENT DE RÉSOLUTION	SITUATION FINALE
• **Une succession de découvertes :** exécution d'un condamné, la morgue, la Bourse, les barricades. • **D'autres scènes s'intercalent :** la boucherie, les serrures, le fiacre qui écrase un enfant, la taverne, la Seine où l'on jette les cadavres.	Les animaux regagnent leur ménagerie.	Le Lion et la Hyène se satisfont de leur « *cellule douce et civilisée* ». Épilogue : la Hyène vérifie que les barreaux de sa cage la protègent bien des hommes.
• Relations de bon voisinage. • Découverte du métier de croque-mort. • Une amitié se noue. • Jacques se change chez le narrateur. • Le narrateur rêve que les vêtements du croque-mort s'animent. • Durant une année, Jacques rend visite au narrateur qui écrit les *Mémoires d'un croque-mort*. • Absence de Jacques pendant huit jours.	**Disparition** de Jacques.	Après l'enterrement de Jacques, la vie continue.
• Le chat s'échappe et rencontre des chats sauvages. • Guidé par un matou, il goûte aux joies de la liberté. • Affamé, il tente en vain de s'emparer d'une côtelette. • En quête de nourriture, il découvre une vie nocturne difficile.	Le chat désire rentrer chez lui et le matou le raccompagne.	Le chat a retrouvé chez sa maîtresse « *la volupté d'avoir chaud et d'être battu* ».

Structure des récits

	SITUATION INITIALE	ÉLÉMENT PERTURBATEUR
Naïs Micoulin	Deux mondes opposés cohabitent depuis des années : celui des Rostand et celui des Micoulin.	Arrivée de Frédéric à la Blancarde et naissance de l'amour entre Naïs et Frédéric.
Nantas	Nantas, arrivé de Marseille à Paris pour réussir grâce à ses talents, vit dans la misère.	**Double élément :** • Nantas décide de mettre fin à ses jours. • Nantas accepte la proposition que lui fait Mlle Chuin d'épouser Flavie Danvilliers, qui est enceinte de M. des Fondettes.

Structure des récits

PÉRIPÉTIES	ÉLÉMENT DE RÉSOLUTION	SITUATION FINALE
1. Une liaison heureuse • Frédéric rudoie Naïs. • Frédéric embrasse Naïs. • Naïs attend Frédéric qui la rejoint : début de leur liaison. • Frédéric et Naïs découvrent que Toine les suit : il sera leur « *chien de garde* ». **2. La colère de Micoulin** • Le père Micoulin découvre la liaison des deux jeunes gens. • Sortie en mer : Micoulin provoque un accident, mais Frédéric est sauvé. • Sortie familiale sur une plage : Micoulin tente de tuer Frédéric lors d'une chasse aux perdreaux, mais Naïs l'en empêche. • Le méger annonce clairement à sa fille son intention de tuer Frédéric. • Dernier rendez-vous de Frédéric et de Naïs.	Alors que Toine manie une bêche, la falaise s'éboule : Micoulin meurt.	Frédéric a repris sa vie de plaisirs à Aix et Naïs, enlaidie, a épousé Toine ; tous deux s'occupent de la Blancarde.
• Organisation du mariage : Nantas rencontre successivement le baron Danvilliers et sa fille. • Dix ans plus tard : Nantas, sur le point de devenir ministre des Finances, avoue à Flavie qu'il l'aime et l'accuse devant son père d'avoir un amant. La jeune femme dévoile à son père la vérité sur son mariage arrangé. • Dix-huit mois plus tard : Nantas, devenu ministre, demande à Mlle Chuin de surveiller sa femme. • Trois mois plus tard : Mlle Chuin, au service de M. des Fondettes, introduit l'ancien amant d'un soir dans la chambre de Flavie puis prévient Nantas. • Nantas, persuadé que sa femme a un amant, décide de se suicider dès qu'il aura rendu à l'empereur le travail qu'il lui a demandé.	**Double élément :** • Nantas tente de se suicider au revolver dans la mansarde qu'il occupait jeune homme. • Flavie intervient à temps et lui avoue son amour.	Nantas a satisfait ses deux désirs : la réussite sociale et l'amour **(situation finale implicite)**.

Structure des récits

	SITUATION INITIALE	ÉLÉMENT PERTURBATEUR
La Mort d'Olivier Bécaille	Olivier Bécaille et sa femme Marguerite s'installent à Paris dans un meublé.	Olivier Bécaille est victime d'une crise nerveuse qui le rend comme mort.

structure des récits

PÉRIPÉTIES	ÉLÉMENT DE RÉSOLUTION	SITUATION FINALE
• Plusieurs personnages constatent successivement la mort du narrateur, ce qui accroît son angoisse : sa femme ; Mme Gabin, la voisine ; Dédé, la fille de cette dernière ; M. Simoneau, un jeune voisin dont le narrateur est jaloux ; le médecin ; les employés des pompes funèbres. • *Retour en arrière : le passé du narrateur à Guérande et son mariage* (« Il y avait un coin de campagne […] afin qu'elle pût dormir mollement »). • Olivier Bécaille est mené à l'église puis au cimetière où il est inhumé. • Le narrateur sort de sa crise nerveuse et s'efforce de quitter sa tombe. • *Deux histoires s'entremêlent : la réalité de l'enfermement dans la tombe et le cauchemar du train bloqué dans un tunnel.* • Le narrateur, qui a réussi à s'échapper de sa tombe, efface les traces de sa sortie et rejoint Paris. • Pris d'un malaise, il est emmené par un vieux médecin qui le soigne pendant trois semaines. • Guéri, Olivier Bécaille se rend à l'hôtel et découvre que sa femme n'y habite plus.	Surprenant une conversation, le narrateur apprend l'affection qui unit M. Simoneau et Marguerite : « *ça finira par un mariage* ». Heureux pour la jeune femme, il décide de ne pas commettre « *la bêtise cruelle de ressusciter* ».	Le narrateur est un homme ordinaire ; il ne redoute plus la mort qui semble même l'oublier.

Contes et nouvelles : les spécificités du récit bref

Entre la parution des *Contes à Ninon* et la publication du recueil *Naïs Micoulin*, une vingtaine d'années se sont écoulées durant lesquelles la notoriété de Zola n'a cessé de croître. Le journaliste qui fait paraître des articles et des récits dans la presse est devenu dès 1867, avec *Thérèse Raquin*, un romancier renommé. On pourrait croire que les récits publiés dans les journaux ne sont que des œuvres de jeunesse, les premiers essais d'un écrivain qui trouvera sa voie dans de vastes romans tels que *L'Assommoir* ou *Germinal*. Mais ce serait ignorer que le romancier a continué à écrire des contes et des nouvelles. Certes, les récits que nous rassemblons ici occupent une place marginale dans la production littéraire de l'écrivain naturaliste*, mais ils témoignent d'une maîtrise d'un genre que Maupassant, autre grand romancier de la fin du XIXe siècle, a lui aussi apprécié.

Le récit bref destiné à la presse

La publication des récits

À une époque où la presse prend son essor, le récit bref trouve sa place dans les journaux. En effet, ces derniers cherchent à conquérir un lectorat large et la publication de récits fictifs leur permet de rompre avec la monotonie des textes informatifs. Sainte-Beuve voit se profiler une « *littérature industrielle* », pour reprendre le titre d'un article que le célèbre critique fait paraître dans la *Revue des Deux Mondes* en 1839. Les récits réunis ici, qui ont d'abord paru dans des revues, appartiennent à cette nouvelle forme de littérature : *Celle qui m'aime* paraît dans cinq numéros de *L'Entracte*, *Une cage de bêtes féroces* dans un numéro de *La Rue,* et c'est sous le titre de *Voyages dans*

* *Cf. Lexique.*

Le genre

Paris qu'a d'abord paru *Mon Voisin Jacques* dans le *Journal des villes et des campagnes*. Le titre de la rubrique sous laquelle est édité ce récit est d'ailleurs significatif : « Variétés ». Il s'agit de divertir et de séduire le lecteur. La brièveté y contribue. La parution en feuilleton sur plusieurs numéros permet également, sans avoir le temps de lasser le lecteur, de s'assurer de sa fidélité. *Nantas*, par exemple, est publié du 19 au 26 juillet 1879 dans *Le Voltaire.*

Certains récits ont par la suite été réunis dans des recueils : *Contes à Ninon* en 1864, *Nouveaux Contes à Ninon* en 1874, *Naïs Micoulin* en 1884. En les rassemblant ainsi, Zola entend accentuer leur dimension littéraire et leur assurer une postérité car, à la différence du journal qui ne dissimule pas son caractère éphémère, le livre est destiné à rester sur les étagères des bibliothèques. Cependant, les récits de Zola gardent l'empreinte de leur destination première : la publication dans les journaux.

La simplification

Inscrits, comme on l'a vu, sous le titre de « Variétés », les récits brefs sont destinés à divertir sans obliger le lecteur à se pencher sur les méandres de la psychologie ou de l'intrigue. D'où la nécessité de la simplification des personnages et de l'histoire. Alors que les romans de Zola proposeront au lecteur un univers fictif élargi, peuplé de personnages nombreux et variés, les récits, eux, resserrent l'intrigue autour d'un nombre réduit de personnages. On pense, par exemple, au *Forgeron*, un apologue* qui nous présente un tête-à-tête entre l'artisan et le narrateur. C'est le cas aussi de *La Mort d'Olivier Bécaille* et de *Nantas* (quoique plus étoffé), qui centrent le récit sur le personnage éponyme* et sa femme. Ce centrage sur un nombre réduit de personnages n'empêche pas que des silhouettes gravitent autour des protagonistes : l'entremetteuse dans *Nantas*, la mère de Frédéric dans *Naïs Micoulin,* la famille de Jacques dans *Mon Voisin Jacques*...

* *Cf.* Lexique.

Le genre

Les personnages principaux eux-mêmes sont simplifiés : le Forgeron n'a pas de nom et sa vie se réduit à son activité dans la forge ; Olivier Bécaille se caractérise par son angoisse de la mort, Frédéric *(Naïs Micoulin)* par son égoïsme de jeune homme riche... Poussée à l'extrême, cette simplification des caractères rejoint l'art de la fable. Zola a d'ailleurs parfois recours à des animaux : des chats dans *Le Paradis des chats*, un lion et une hyène dans *Une cage de bêtes féroces*.

Comme il est impossible d'échafauder les péripéties d'une intrigue complexe en quelques pages, le récit bref se doit de présenter une histoire simple à l'armature visible. Souvent le récit développe un unique événement déterminant : la mort d'Olivier Bécaille, la rencontre de l'écrivain et du Forgeron, le mariage de Nantas, la promenade d'animaux hors d'un zoo ou d'une maison bourgeoise. Dans les récits plus amples, comme *Naïs Micoulin*, l'intrigue s'étoffe et les péripéties apparaissent. Mais l'écrivain ne s'appesantit pas et choisit souvent l'esquisse : « *Naïs épousait Toine, le bossu* » (p. 104). Cette courte phrase invite le lecteur à développer lui-même l'histoire en imaginant ce qui a conduit la jeune fille à ce mariage.

La surprise

Pour intéresser le lecteur du journal, Zola doit le séduire et capter son attention par tous les moyens. Le procédé est parfois spectaculaire : l'écrivain met en scène, par exemple, des animaux personnifiés. Dans *Une cage de bêtes féroces*, la technique est plus originale encore puisque les rôles sont inversés, et le lecteur découvre avec amusement – et horreur ! – que les « *bêtes féroces* » sont en réalité les hommes que deux animaux échappés d'un zoo observent avec effroi. Dans *La Mort d'Olivier Bécaille*, la surprise est également de taille puisque le narrateur (« Est-il vraiment mort ? » se demande le lecteur) raconte son propre décès. L'apologue* *Le Forgeron* est construit sur ce même principe de surprise puisqu'on ne comprend la signification du personnage qu'à la fin du récit, une fois que le narrateur a dévoilé sa profession.

* *Cf.* Lexique.

Le genre

L'accroche

Les phrases d'ouverture jouent un rôle déterminant dans le récit bref. On peut s'en convaincre en relisant celle d'*Olivier Bécaille* : « *C'est un samedi, à six heures du matin, que je suis mort, après trois jours de maladie.* » Comment un homme peut-il raconter sa propre mort ? Cette question, qui jaillit de la phrase liminaire, accroche inévitablement le lecteur et contribue à le divertir, au sens fort du terme. On peut citer aussi l'ouverture de *Mon Voisin Jacques* : « *J'habitais, alors, rue Gracieuse, le grenier de mes vingt ans.* » La phrase brève a la légèreté d'une confidence spontanée : « *alors* », « *mes vingt ans* ». Le nom de la rue, même si la phrase suivante garantit son existence, est léger, presque fantaisiste. Mais, pour le lecteur qui a une expérience littéraire (Corneille, *Le Cid* : « *Et dans ce grand bonheur, je crains un grand revers* »), cette insouciance prépare assurément un drame.

La péroraison

En accord avec l'art du discours tel que le pratiquaient les orateurs grecs puis latins, Zola soigne autant la péroraison (la fin) que l'accroche afin de frapper plus fortement son lecteur. Les exigences de la « *littérature industrielle* » semblent amener l'écrivain à renouer avec les techniques de la rhétorique* antique. De façon plus profonde, tout se passe comme si la dernière phrase devait résonner et compenser la brièveté du récit. On peut évoquer la formule qui achève *Mon Voisin Jacques* : « *Le croque-mort est croqué.* » La toute fin de *Naïs Micoulin* est elle aussi particulièrement réussie ; il y est question de ces filles qui, « *au bord de la mer, passent vite* », et notamment bien sûr de l'héroïne sacrifiée : « *Oh ! un déjeuner de soleil, dit Frédéric, qui achevait tranquillement sa côtelette.* » Nous venons d'apprendre que Naïs, abandonnée par Frédéric, a épousé le bossu, et cette dernière phrase exprime à la fois l'insouciance scandaleuse du jeune homme et la brièveté du récit (l'expression cliché « *un déjeuner de soleil* ») en accord avec la vie brisée de la jeune fille.

* *Cf.* Lexique.

Le genre

Ainsi, dans ces récits brefs destinés initialement à une parution ponctuelle dans la presse, Zola met tout en œuvre pour séduire son lecteur : architecture marquée, personnages simplifiés, surprise, accroche, péroraison... Car ces récits, bien que soumis aux contraintes de la presse, ne sont pas pour Zola, en quête de postérité, de simples « *déjeuner*[s] *de soleil* ». En les réunissant dans des recueils, Zola montre combien il tient à leur force littéraire.

Contes ou nouvelles ?

Nous avons pris l'habitude de distinguer clairement deux formes de récits brefs : la nouvelle et le conte, caractérisé par sa visée didactique*. Or, la distinction n'est pas aussi marquée au XIXᵉ siècle.

Des contes...

Les premiers récits réunis ici sont rassemblés dans les *Contes à Ninon* puis dans les *Nouveaux Contes à Ninon*. La mention du destinataire dans le titre annonce un genre populaire sans prétention : « *ces libres récits de notre jeune âge, que je t'ai contés dans les campagnes de ma chère Provence* » (préface des *Contes à Ninon*). Mais ne nous y trompons pas : ce caractère populaire, cette impression de souplesse et de spontanéité, mises en avant, par exemple, dans la phrase liminaire de *Mon Voisin Jacques*, sont en fait le résultat d'un travail de la forme. Du conte, on retiendra principalement la fonction didactique. Tout dans le récit, jusqu'à sa simplification même, est mis au service de la leçon. Ainsi, deux des récits réunis ici renouent avec la fable animalière en mettant en scène des chats pour l'un, un lion et une hyène pour l'autre, afin d'amener le lecteur à réfléchir. Dans *Une cage de bêtes féroces*, on retrouve même le procédé du regard étranger, cher au conte voltairien. Zola écrit bien dans la tradition de l'apologue*. Ces contes restent conventionnels et classiques.

* *Cf.* Lexique.

Le genre

Cependant, Zola, imitant en cela Voltaire, introduit dans son univers fictif la réalité de son temps ; le monde découvert par les deux bêtes féroces est bien réel : place de Grève, morgue, Bourse... Avec une fausse naïveté, Zola subvertit la forme traditionnelle de l'apologue*. En effet, alors que l'on attend d'un conte une leçon universelle, Zola invite son lecteur à y voir plutôt une image de son époque.

Le procédé est quelque peu différent dans *Le Forgeron* : le lecteur, en effet, ne sait pas s'il a affaire à un récit réaliste* donnant à voir un véritable artisan ou à un conte allégorique. L'écrivain entretient habilement l'hésitation afin de préparer l'élucidation finale : le travail du forgeron est une allégorie* de celui de l'écrivain.

D'autres récits présentent une dimension argumentative*, sans pour autant adopter la forme symbolique du conte. On se rapproche plutôt alors de la narration engagée telle que Zola a pu la pratiquer dans son œuvre romanesque. Sans doute est-il alors préférable de parler de « nouvelles » pour ces récits en prise directe avec la réalité.

... et des nouvelles

Zola, avant même que son projet romanesque ne voie le jour en 1868, manifeste déjà dans ses récits brefs son souci d'exprimer la réalité de son temps. Ainsi, la nouvelle *Celle qui m'aime* met clairement en scène l'emprise douloureuse du réel. En effet, le narrateur, à la recherche de la femme qui lui est destinée, croit au destin, aux prédictions, aux images de la foire. Mais la réalité triomphe des rêves et des idéaux : « *Celle qui m'aime* » en aime beaucoup d'autres... La dernière section du récit révèle la dure réalité de l'existence : « *je suis pauvre, je fais ce que je peux pour manger* » (p. 23) ; « *il faut bien travailler pour vivre* » (p. 24). L'univers de Nana se profile dans cette nouvelle.

Nantas et *Naïs Micoulin* opposent deux univers : celui des riches (la femme de Nantas, la famille de Frédéric) et celui des pauvres (Nantas au début, Naïs et sa famille). Dans le premier récit, l'ascension sociale est possible, et le jeune homme, contraint de

* Cf. Lexique.

Le genre

se vendre au début pour assurer sa survie, est un homme politique important à la fin de l'histoire. Au contraire, Naïs Micoulin, après avoir perdu son père, épouse le bossu. Le drame de la jalousie paternelle a bouleversé la vie de la jeune fille sans effleurer celle du riche et insouciant Frédéric. Dès les premières lignes de la nouvelle, on devine que la pauvre Naïs est offerte aux Rostand, comme un des fruits qu'elle apporte : « *À la saison des fruits, une petite fille, brune de peau, avec des cheveux noirs embroussaillés, se présentait chaque mois chez un avoué d'Aix, M. Rostand, tenant une énorme corbeille d'abricots ou de pêches qu'elle avait peine à porter* » (p. 72). Sous l'apparence de la légèreté, Zola, déjà connu pour ses romans engagés, prend position en faveur de ceux que les puissants détruisent.
L'écrivain dénonce également la solitude de l'individu dans une société qui le rejette : Nantas, ne parvenant pas à sortir de la misère au début de la nouvelle, se sent désespérément seul ; même les enfants n'hésitent pas à le bousculer. De façon similaire, Olivier Bécaille, dont l'angoisse de la mort demeurera incomprise, ne reprendra pas sa place dans un monde qui l'a si vite oublié.

Vers les romans

Qu'ils aient été antérieurs ou contemporains de la fresque des *Rougon-Macquart*, ces contes et nouvelles nous rappellent l'œuvre romanesque de Zola. L'exemple le plus net est bien sûr *Le Forgeron*. Sans doute inspiré d'un artisan que l'écrivain a vraiment rencontré, le personnage de l'apologue* (1874) sert de modèle à la Gueule-d'Or dans *L'Assommoir* (1877), comme le montre l'extrait de la page 64, tandis que Jacques, le personnage central de *Mon Voisin Jacques*, rappelle le personnage de Bazouge. Et Nantas n'est-il pas une figure de l'ambitieux que l'on retrouve avec Saccard (*La Curée* en 1872, puis *L'Argent* en 1891) et Octave Mouret (*Pot-Bouille* en 1882, puis *Au Bonheur des dames* en 1883) ?

* *Cf. Lexique.*

Le genre

De manière plus large, les nouvelles et les romans partagent les mêmes thèmes, notamment l'opposition entre la richesse et la pauvreté : rapprochons, par exemple, la venue de la Maheude chez les Grégoire dans *Germinal* et celle de Naïs chez les Rostand. La figure de l'individu qui ne trouve pas sa place dans la société et qui disparaît sans laisser de trace hante aussi certaines nouvelles tout comme *L'Œuvre*, un roman qui s'achève sur l'enterrement de Claude Lantier, le personnage principal. De ce peintre de génie, il ne reste rien : ses amis l'ont oublié, son enfant est mort, sa femme est folle et ses toiles ont été détruites. Ce thème de la mort et de l'oubli nourrit des nouvelles comme *La Mort d'Olivier Bécaille, Mon Voisin Jacques* ou même les dernières lignes de *Naïs Micoulin*.

Sans doute les premiers récits, desquels Zola se démarque dans la préface des *Contes à Ninon*, peuvent-ils être considérés comme des galops d'essai avant l'œuvre romanesque. Mais par la suite, dès lors que la notoriété lui est acquise (à partir de 1867), Zola pratique comme un divertissement cet art du récit bref à la mode. On y retrouve les enjeux de l'œuvre romanesque, mais on sent Zola plus libre, comme l'observe François-Marie Mourad dans sa préface des *Contes et Nouvelles* chez Garnier-Flammarion : « *La nouvelle, c'est un peu le romancier en vacances. Il garde ses réflexes mais n'en est pas prisonnier.* »

Ainsi, malgré les vingt ans qui séparent le premier et le dernier texte de notre recueil et malgré la diversité des registres (didactique*, réaliste*, fantastique...), les récits reprennent les thèmes majeurs de la création romanesque zolienne tout en gardant leur spécificité de formes brèves. Voués au départ à partager le caractère éphémère des journaux, ils ont en définitive pleinement acquis leur droit de cité dans l'univers littéraire de la fiction.

* *Cf.* Lexique.

Au croisement de plusieurs mouvements littéraires

Après deux siècles dominés par l'esthétique classique, un souffle de liberté balaie le XIXe siècle, invitant les écrivains comme les artistes à se libérer des contraintes anciennes pour s'affirmer et explorer des voies nouvelles. Émile Zola, auteur de la seconde moitié du siècle, est traversé par différentes influences avant de devenir le chef de file incontesté du mouvement naturaliste* grâce à son œuvre romanesque. Quelle place ces récits brefs publiés en marge des romans occupent-ils dans ce projet ? Quelles influences subissent-ils ? Quelle est leur place particulière dans le champ complexe des mouvements littéraires et esthétiques du XIXe siècle ?

L'influence classique

Zola n'a que 23 ans lorsqu'il écrit *Celle qui m'aime* : notre chroniqueur est encore marqué par le classicisme*, sa rhétorique* et son esthétique apprises au lycée. D'ailleurs, si la préface des *Contes à Ninon* exprime une distance bienveillante vis-à-vis des récits réunis, sans doute est-ce parce que l'écrivain a bien vu lui-même que ces histoires de son « jeune âge » sentaient encore l'encre et le buvard de l'écolier appliqué... Mais l'on aurait tort de réduire cette influence classique à un souvenir du lycée, car les nouvelles écrites plus tard témoignent aussi de ce goût pour la pureté des lignes classiques.

Les exemples les plus marquants sont sûrement *Une cage de bêtes féroces* et *Le Paradis des chats* qui reprennent le procédé de la fable animalière cher à La Fontaine, grand auteur classique. De façon plus profonde, la construction soignée des récits relève aussi du classicisme : une ligne simple renforcée par des répétitions *(Une cage de bêtes féroces)* ou une gradation *(La*

*Cf. Lexique.

Mort d'Olivier Bécaille), un effet de chute prévisible dans nombre de récits (de *Celle qui m'aime* à *Naïs Micoulin* en passant par *Le Forgeron* ou *Nantas*). La forme du récit bref, supposant une simplification de l'histoire et des personnages, se satisfait des propositions de l'esthétique classique, et Zola, qui connaît la complexité d'une œuvre romanesque ambitieuse (les 20 volumes des *Rougon-Macquart*), ne renie pas pour autant la simplicité des canons anciens.

La nostalgie du romantisme*

L'indéniable choix classique dont nous venons de parler n'empêche point une influence romantique, courant dominant au début du XIXe siècle en France. Voyant en Zola le chantre du naturalisme*, l'homme de terrain soucieux de représenter le réel, on oublie trop souvent que, dans *Germinal*, le cadre réaliste* abrite une histoire d'amour d'autant plus passionnée qu'elle reste muette. Étienne Lantier et Catherine s'aiment sans le dire et, à la fin du roman, juste avant la mort de la jeune fille, ils s'aimeront non loin du corps de Chaval, le mineur qui avait fait autoritairement de Catherine sa maîtresse. Un amour passionné et condamné, un destin tragique... Le romancier naturaliste* n'échappe pas à cette influence romantique que nous retrouvons aussi dans les récits brefs.
Le thème de la solitude est, par exemple, un thème romantique récurrent dans les récits de Zola, où les personnages se sentent seuls, incompris. Ce qui arrive à Olivier Bécaille arrive aussi, quoique de façon plus ordinaire, à Jacques ou à Nantas. *Celle qui m'aime* met en scène un narrateur solitaire et incompris, fortement attaché à l'idéal romantique : ne pense-t-il pas, en effet, avoir trouvé la femme qui, de toute éternité, lui est destinée ? ne voit-il pas dans « *l'immortelle au blanc nuage de mousseline* » (p. 21) un « *ange* » ou une « *sainte* » qu'il va adorer avec « *ferveur* » ? Bien sûr, le lecteur ne peut manquer de

Cf. Lexique.

Le courant littéraire

percevoir la naïveté du narrateur et l'ironie de l'auteur ; mais la noirceur de la fin (« *je fais ce que je peux pour manger* ») donne plus de pureté et de force à l'aspiration vers l'idéal qu'exprime la quête du jeune homme. Vingt ans plus tard, on ressent, à la fin de *Naïs Micoulin*, cette même nostalgie de l'idéal romantique : Frédéric, le jeune homme léger, est passé à côté d'un amour passionné et d'un sacrifice ; là où il n'a vu qu'un « *déjeuner de soleil* », le lecteur a, lui, découvert un amour profond.

Du réalisme* au naturalisme* ?

L'influence des écrivains réalistes

Si l'idéal romantique suscite un sentiment de nostalgie, c'est que la réalité a le plus souvent gain de cause. On retrouve, en effet, dans les récits de Zola, un réalisme proche de celui de Flaubert, dans la mesure où les personnages romantiques (le narrateur de *Celle qui m'aime*, Naïs Micoulin) se heurtent à une réalité destructrice. De même qu'Emma Bovary découvre que les hommes qu'elle a passionnément aimés sont en réalité médiocres, de même Naïs se sacrifie pour un jeune homme sans idéal. À l'exception de *Nantas* qui présente une fin heureuse à la hauteur de l'esprit passionné de son personnage éponyme*, les récits de notre recueil répètent le triomphe d'une réalité décevante, voire cruelle : Frédéric a le dernier mot dans *Naïs Micoulin* ; Olivier Bécaille renonce à retrouver sa place dans le monde ; les hommes ne sont finalement que des « *bêtes féroces* »...

Comme les romanciers réalistes de son siècle, Zola s'applique à représenter la société de son temps et à en analyser les rouages. Ainsi, l'argent et l'ambition jouent un rôle clé, comme dans l'univers balzacien : dans *Nantas*, le pouvoir de l'argent prend même une dimension faustienne (dans ce mythe allemand, Faust vend son âme au Diable qui promet de satisfaire tous ses désirs), car le personnage principal semble vendre son âme pour

* *Cf. Lexique.*

Édouard Manet, *Le Rendez-vous des chats*, lithographie de 1868.

Le courant littéraire

échapper à la misère ; dans *Une cage de bêtes féroces*, la Bourse est présentée comme un lieu si cruel que les animaux sauvages n'osent pas s'en approcher. De manière plus générale, les deux contes animaliers de notre recueil font de la réalité une jungle effrayante. Dans *Le Paradis des chats*, comme dans *Nantas* ou *Naïs Micoulin*, la société est partagée entre ceux qui possèdent et ceux qui se battent pour survivre.

De l'écriture réaliste* d'un Balzac ou d'un Flaubert, on retrouve aussi le souci du détail significatif, la minutie de la description, qu'il s'agisse du travail de la forge *(Le Forgeron)* ou de l'enterrement d'Olivier Bécaille. Nous ne sommes pas surpris de retrouver, dans les récits brefs, le talent dont le romancier fait preuve dans ses descriptions de la mine ou des grands magasins.

Des récits naturalistes* ?

Si l'influence des réalistes est indéniable dans notre recueil, peut-on aller jusqu'à parler de « naturalisme* » ? Rappelons d'abord que le naturalisme tel que Zola le définit ajoute au réalisme* une dimension scientifique : en mettant en scène des personnages fictifs, le romancier cherche à démontrer le double déterminisme (l'hérédité et le milieu social) qui préside aux destins individuels. Certes, le destin de Naïs Micoulin (comme celui de Frédéric) est déterminé par le milieu social auquel elle appartient ; n'est-il pas en effet scellé dès les premières lignes, lorsque la jeune fille vient offrir ses fruits ?

N'oublions pas cependant que certains récits ont été écrits avant que le projet naturaliste n'ait pris forme et que d'autres constituent, pour l'écrivain, une parenthèse de liberté au sein d'un projet littéraire aussi contraignant qu'ambitieux. Laissons donc aux personnages des *Rougon-Macquart*, comme Zola lui-même l'a voulu, le soin d'illustrer les théories de leur auteur et considérons que les récits brefs échappent pour la plupart à la démonstration naturaliste.

* *Cf. Lexique.*

Le courant littéraire

Un projet esthétique en marge de la création romanesque

Dans la mesure où les récits, notamment ceux de la maturité, témoignent d'une volonté de se libérer des entraves naturalistes* que l'écrivain s'est imposées pour ses romans, c'est davantage dans un projet esthétique qu'il faut chercher la spécificité des contes ou des nouvelles de Zola. La brièveté de la forme rappelle la poésie, et Baudelaire, qui a fait connaître le poème en prose, a sans doute inspiré le romancier. En effet, la frontière entre la nouvelle et le poème en prose est perméable car tous deux partagent la même simplification des lignes et parfois le même effet de chute. D'ailleurs, lorsqu'on lit *Celle qui m'aime*, on est sensible à son rythme poétique : « *Celle qui m'aime est-elle grande dame, toute de soie, de dentelles et de bijoux, rêvant à nos amours, sur le sofa d'un boudoir ? marquise ou duchesse, mignonne et légère comme un rêve [...] la femme d'un autre, amant ou mari, que j'ai suivie un jour et que je n'ai plus revue ?* » (p. 10). La première partie du récit est entièrement constituée par cette litanie de questions dans lesquelles résonne l'écho de Gérard de Nerval et de Charles Baudelaire (« À une passante », par exemple).

Bien avant que ne se constitue le mouvement du Parnasse* autour de Leconte de Lisle, José-Maria de Heredia et Théodore de Banville, Théophile Gautier, en rupture avec le romantisme* dont il a été un fervent partisan à ses débuts, défend en 1835, dans la célèbre préface de son roman *Mademoiselle de Maupin*, la théorie de « l'art pour l'art » : « *Tout ce qui est utile est laid.* » Le projet de Baudelaire, dans ses poèmes en prose, s'inscrit dans le prolongement de ce manifeste, et l'on peut supposer que Zola, journaliste, a lu les poèmes parus dans les revues avant d'être réunis dans l'édition posthume du *Spleen de Paris* en 1869. Le récit resserré concentre une signification qui le dépasse et que le lecteur doit percevoir : *Le Forgeron* fait à peine allusion au travail de l'écrivain ; à nous de dépasser la simple trame

* *Cf.* Lexique.

Le courant littéraire

narrative. De la même manière, dans « Le Galant tireur » ou « Le Joujou du pauvre », Baudelaire avait bâti en quelques traits de plume un univers bien plus large que celui de l'histoire proposée.

Les premières pages de *Celle qui m'aime* nous font aussi penser à « Mon Rêve familier », un poème que Paul Verlaine publie dans ses *Poèmes saturniens* deux ans après le récit de Zola. On perçoit une sensibilité commune, un goût partagé pour l'implicite et la suggestion. Si le romancier naturaliste* assure sa notoriété en se posant comme un écrivain scientifique au service d'une étude de la réalité, il n'est pas indifférent aux autres courants artistiques de son temps ; on le connaît ami des peintres, notamment de Cézanne qu'il fréquente depuis son enfance à Aix-en-Provence. Alors que les romans se présentent comme des démonstrations, les récits brefs cultivent l'art de la touche suggestive à la manière des poètes et des peintres impressionnistes que l'écrivain, critique d'art, a toujours soutenus. Dans *Naïs Micoulin*, comment rester indifférent à ces petites touches de couleur qui suggèrent toute la Provence : « *La mer, presque noire, est comme endormie entre les deux promontoires de rochers, dont la blancheur se chauffe de jaune et de brun. Les pins tachent de vert sombre les terres rougeâtres. C'est un vaste tableau, un coin entrevu de l'Orient, s'enlevant dans la vibration aveuglante du jour* » (p. 86) ? Sans doute est-ce cette esthétique impressionniste de « l'entrevu » qui, plus que les influences classiques, romantiques ou réalistes*, caractérise le mieux la spécificité du récit bref chez Zola.

* *Cf.* Lexique.

Lexique d'analyse littéraire

Allégorie Personnification d'une idée.

Apologue Court récit à visée didactique (parabole, conte philosophique, fable).

Argumentatif Qui défend une opinion grâce à des arguments et des procédés.

Classicisme Mouvement littéraire du XVIIe siècle caractérisé par son goût pour la clarté, la simplicité et l'équilibre.

Didactique Qui exprime une leçon.

Éponyme Qui donne son nom à un livre (pour un personnage).

Focalisation Point de vue ; on distingue la focalisation zéro (point de vue omniscient), la focalisation interne et la focalisation externe.

Incipit Ouverture (pour un texte narratif) ; au théâtre, on parle d'« exposition ».

Lexical (Champ –) Ensemble des termes rattachés à une notion.

Métaphore Comparaison dépourvue d'outil, souvent réduite au seul comparant.

Naturalisme Mouvement littéraire de la fin du XIXe siècle visant à étudier de façon scientifique la réalité, notamment le double déterminisme (hérédité et milieu social).

Naturaliste Voir *Naturalisme*.

Parnasse Mouvement poétique de la seconde moitié du XIXe siècle pour lequel le poème n'a d'autre ambition que d'être beau.

Personnification Fait d'attribuer des traits de caractère humains à un objet ou à un animal.

Réalisme Ce mot peut caractériser un texte qui, quelle que soit son époque, évoque la réalité de façon fidèle ou bien désigner un mouvement littéraire du milieu du XIXe siècle, soucieux d'analyser le réel.

Réaliste Qui fait preuve de réalisme ou qui appartient au mouvement littéraire du réalisme.

Rhétorique Art de manier les procédés d'une langue pour toucher la sensibilité de son destinataire.

Romantisme Mouvement littéraire de la première moitié du XIXe siècle (en France) qui accorde beaucoup d'importance aux sentiments et aspire à un idéal.

Bibliographie, site Internet

Bibliographie

Éditions des contes et nouvelles de Zola

Contes et Nouvelles, coll. « Bibliothèque de la Pléiade », Gallimard, 1976.

Naïs Micoulin et autres nouvelles, coll. « GF », Flammarion, 1997.

Contes et Nouvelles 1 (1864-1874), coll. « GF », Flammarion, 2008.

Contes et Nouvelles 2 (1875-1899), coll. « GF », Flammarion, 2008.

La sélection de récits présentée dans ces deux derniers ouvrages est accompagnée d'une étude très intéressante de François-Marie Mourad.

Biographies

Évelyne Bloch-Dano, *Chez les Zola*, Payot, 2002.

Henri Troyat, *Zola*, coll. « Le Livre de Poche », LGF, 1992.

Ouvrages sur Zola

Henri Mitterand, *Zola et le Naturalisme*, coll. « Que sais-je ? », PUF, 2002.

Alain Pagès et Owen Morgan, *Guide Émile Zola*, Ellipses, 2002.

Site Internet

Vous trouverez des renseignements et une bibliographie complémentaires sur le site de la Société des amis de Zola : http://www.cahiers-naturalistes.com.

Achevé d'imprimer en Italie par Rotolito Lombarda
Dépôt légal : septembre 2017 - Edition 05
28/1507/4